海外の猫
THE WHITE HART INN
FREE HOUSE

日本の猫

我が家のキャルア

ある

どこの家猫にも、あるある「猫性」。キャルアも例外ではありません。本書でご紹介する「猫性」が垣間見られる、キャルアの日々、あれこれ。

キャルア、椅子を取る。「わたしの～」と手を伸ばす。「触ってもいいのよ～」と腹を見せて、しれーっと椅子を取っているキャルア。
☞ 第9章

パソコンを噛んだり、伸びをしたり、ガンをつけたり、ノートを押さえるキャルア。
仕事をするな、私を見ろ。
☞ 第5章

家猫ある

ドアの開け方。キャルア流。隠れて『猫語の教科書』を習得してる？　そしてからだ、思ったより長い。　☞ 第9章

ひょっこり
キャルア。
暗いところ
狭いところが
好き。

香箱座り。こうみるとキャットローフに見えます。
☞ 第3章

魔法のふみふみ。
キャルアの毛布
はおかあさん。
☞ 第3章

おそろしきネオテニー。何をしても許されます。
☞ 第3章

ギャルア七変化

猫に紙袋　チョコレートの夢でも見てる？

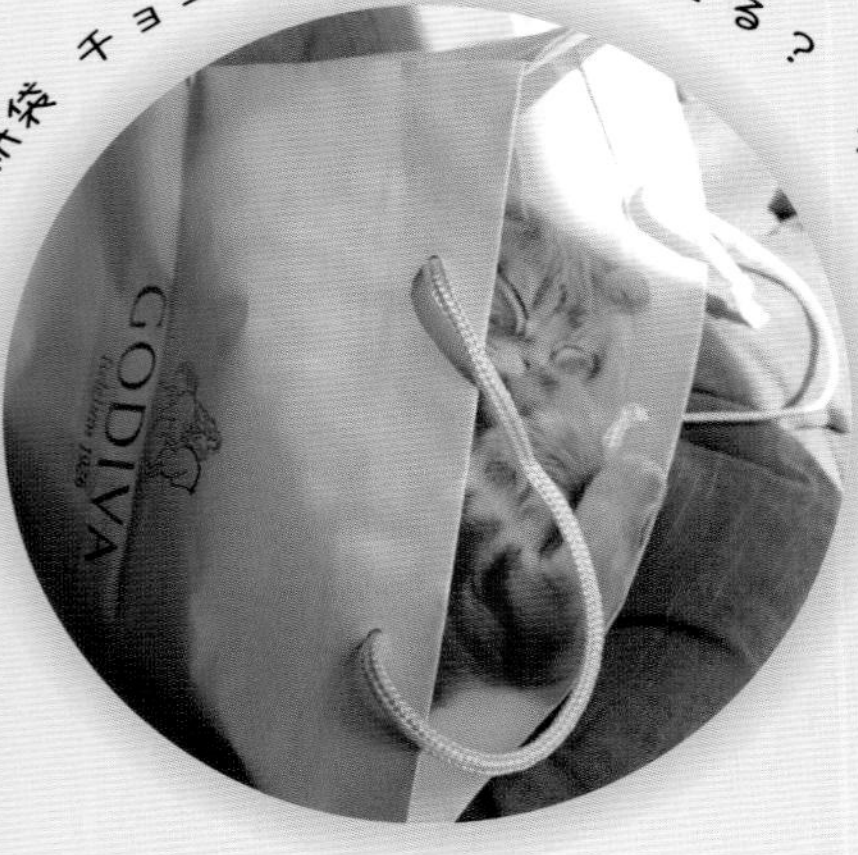

やっちまったあ

猫の型　奥義　腹天！（幼獣最強）

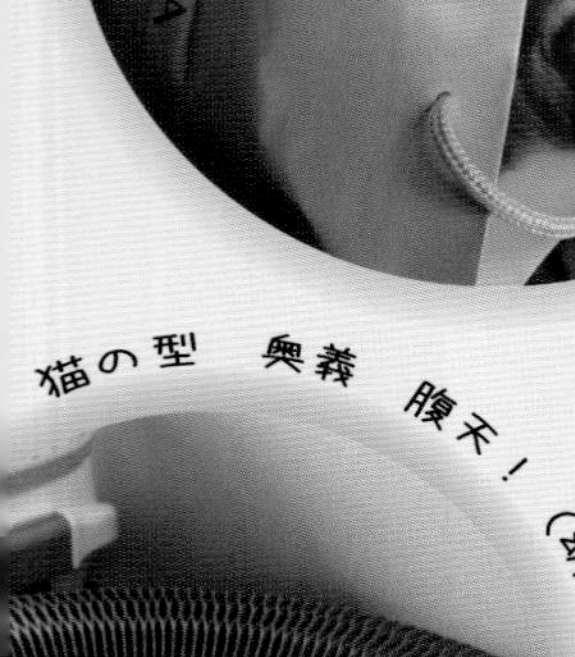

昇りカーテン！

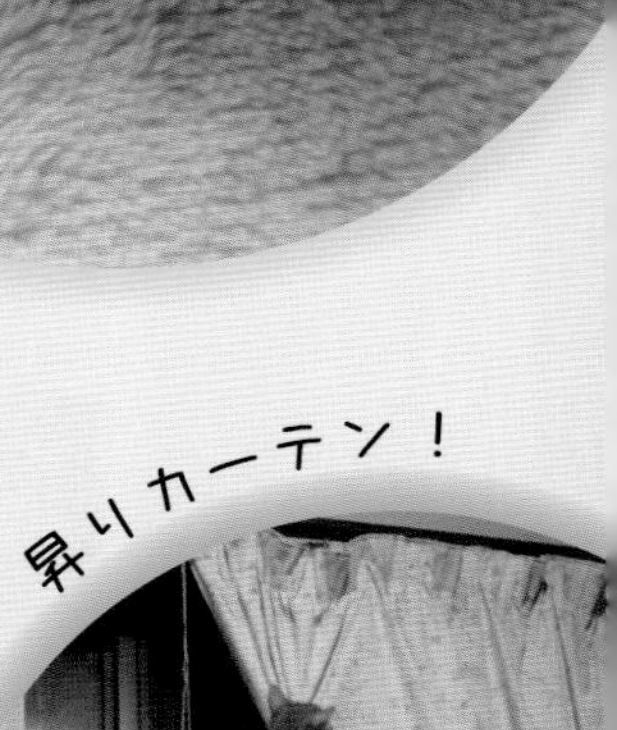

休息中　分身の術！？

ねじれひも　修行中

CATS STRAYED INTO POEMS IN ENGLISH

英詩に迷い込んだ猫たち

FELINITY AND LITERATURE

猫性と文学

松本 舞　吉中孝志

小鳥遊書房

† 目次

第3章　仔猫たちの物語　45

第4章　猫とヒトとネズミ　67

第12章　猫へのエレジー　235

まえがき

猫。その多くは、人間との関わりの中で生きているように見えるのに、人間が理解する範囲を優に超えている動物。ふわふわしていて、ぷにぷにした肉球なるものを持っていて、あざといかわいさをもった、この不思議でいとおしい生き物。そのような猫たちを、世界中の作家たちが、詩の中で、小説の中で描き、また猫の体《からだ》や生態を理解しようとして、科学者たちが実験し観察してきました。猫とはいったい何者なのか、何者でもないのか、考えれば考えるほど、人間たちは不思議な世界に迷い込んでしまいます。この『英詩に迷い込んだ猫たち』の筆者も読者も、実は「猫の世界に迷い込んだ人間たち」といえるかもしれません。

一九〇〇年頃からは猫を愛玩動物として飼う人が多くなりました。最近では、猫と伴に暮らす人々にとって、猫は単なる「ペット」ではなく、「家族」として認識されるようになりました。

近年、人々が気軽に動画サイトを利用できるようになってからは、犬のようには外に連れていけない愛猫のかわいらしい姿を動画サイトで投稿する人々が増え、また、新型コロナウイルスのパンデミックで不要不急の外出ができなくなった結果、「巣ごもり」を余儀なくされた人々が猫を家に迎え入れることが多くなり、猫ブームに拍車をかけているようです。

キャットショーで優勝するような、血統書つきの猫ではなく、野生の猫の姿をとらえた動物写真家の写真集や動画が人気になり、また、動物保護の活動が盛んになってからは、保護猫カフェが作られる都市も増えました。九州や瀬戸内海の島々の一部は「猫島」として、観光地化されています。しかしながら、こうしたブームの陰では、観光客による餌やりが引き金となって生態系が壊されたり、糞尿被害などが住民に悪影響をもたらしたりすることが懸念されるようになっています。また、高齢者による多頭飼育崩壊などの問題も深刻になっており、動物愛護団体の活動による、増えすぎた猫の去勢手術を行う活動が広がっています。

良くも悪くも話題になる「猫」ですが、猫ブームの中で確実に愛猫家も増えているように思います。そんな猫好きな皆様に向けて、本書は、猫性――猫らしさ、猫たるものの特徴、猫の不思議など――をいくつかに分類し、それにまつわる詩や文学、動物行動学などの書籍を紹介しています。さらに、その猫性を観察した身近なエピソードとして、筆者の愛猫キャルアについてのエッセイ「我が家のキャルア」を、各章末に付しています。英語の原文は巻末に収録し、各章頭では翻訳して紹介しています。本書で指す「英詩」とは、翻訳を含む英語で書かれた詩のことであり、原文がフランス語の詩なども含まれています。猫にまつわる本は数知れずありますが、猫の詩の日本語の翻訳を集めた書籍は意外と見かけません。また、日本の詩や小説などをまとめた猫本も多くありますが、英語圏の物語と日本の物語を「猫性」の観点から考察した書籍はこれまでになかったと思われます。「ネコメント」は必ずしも各章の冒頭で紹介した猫の英詩を解説することを目的としておらず、むしろ、テーマに沿った日本文学への言及や考察を含む「猫エッセイ」としてお読みいただけると幸いです。何しろ、これほどまでに猫本にあふれた世界ですから、読者の方々のお好きな猫文学についての言及がないかもしれませんが、その作品で扱われている猫の特徴がこの本でご紹介したどの猫性にあたるか、あたらないかを考え、また新たな視点から猫たちを愛していただけるとありがたいです。

本書は、英詩の翻訳は吉中が、「ネコメント」は松本・吉中の両者が、「我が家のキャルア」は松本が執筆しております。

それでは、猫たちが紡ぐ物語の中に、迷い、そのワンダーランド、ならぬ、にゃんダーランドをお楽しみください。

第1章

猫、はぶられる

金魚鉢で溺れた愛猫《まなねこ》の死を悼む歌

トマス・グレイ

哀愁に満ちた猫のセリーマ、ぶち猫族一番のおしとやか、
眼下の湖《みず》をじっと見つめて、
　もたれているのは、壺のふち。
支那の巧《たく》みの魅惑の技で、
藍色に咲いた花々を染めつけた
　壺の、そびえたつ山腹の上。

彼女の喜びは、ぴんとしたしっぽですぐわかる。
かわいい丸顔、雪のように白いおひげ、
　あんよのビロード、
鼈甲《べっこう》と優劣競う、つややかした毛並み、
玉のような黒いお耳に、エメラルド色のおめめ、
　自分を見つめて、自画自賛で喉をゴロゴロ。

じっと見つめてた彼女だけど、流れの中に
すべるように過ぎる、二つの天使の御姿《おんすがた》、
　水の守り神に気がついた。
鱗《うろこ》の鎧《よろい》の古代テュロスの色が、
最高に豪華な紫色の衣《ころも》に透けて、眼には
　黄金色に輝いて見えた。

あわれなことになる美猫は驚嘆のまなざし。
最初はおひげ、次はかぎづめを、
　何度も一心に願いつつ、
獲物に届けと伸ばしたけれど駄目だった。
黄金《きん》の嫌いな女性の心なんてありえない。
　魚の嫌いな猫なんてありえない。

あつかましいお嬢さん！　熱心なまなざしで、
もいちど体を伸ばし、もいちど乗り出した。

深淵に隔てられているのも知らないで、
悪意に満ちた運命が、傍らに座って、ほくそ笑んでいるのも知らないで。
足はすべりやすい縁《ふち》に欺かれ、
　彼女はもんどりうって転げ落ちたよ。

九《ここの》つある命《いのち》の八回分、大水から顔を上げ、
彼女は祈ったよ、ありとあらゆる水神さまに、
　早く助けを遣《よこ》してくださいませ、と。
でも、イルカも来ないし、水の妖精も現れない、
薄情な猫仲間のトムもスーザンも聞きつけてはくれない。
　贔屓《ひいき》されてる猫には友達はいないもの！

このことから、美しいご令嬢の皆々様、だまされないで
知って頂きたく存じます、過《あやま》てる一歩は決して取り返しがつかないことを。
　そして、大胆であっても、用心深くあれ、ということを。
皆様の浮ついたまなざしと不注意な御心《みこころ》を
惹きつけるものの皆が皆、正当な獲物というわけでなく、

輝くものこれすべて黄金ではないということを！

ネコメント

三毛猫とぶち

はじめに、トマス・グレイ（Thomas Gray　一七一六―一七七一年）の「金魚鉢で溺れた愛猫《まなねこ》の死を悼む歌」と題された詩を見ていきましょう。この詩は詩歌集に掲載されることも多い有名な詩の一つで、グレイの友人であった、ホレス・ウォルポール（Horace Walpole　一七一七―一七九四年）が飼っていた猫の顛末を描いたものです。のちにウォルポールは、この詩で有名になったセリーマがおぼれ死んだ壺を台座にのせて展示したそうです。セリーマは「鼈甲《べっこう》［'tortoise'］と競う毛並み」の持ち主だったようですから、三毛猫（tortoiseshell cat）だと考えられます。現在、三毛猫は雄の場合、希少価値があることが知られていますが、グレイの雌の三毛猫セリーマは、その毛並みと模様の美しさで愛玩された猫だったと思われます。[*1] グレイは彼女のことを「ぶち猫族で一番のおしとやか」な猫として描いています。[*2] 英語の'tabby'は体に斑点がある猫のことを表すのですが、グレイは、三毛猫の模様も広い意味で斑点の一種として捉えているようです。それと同時に、「斑点のある」という英語'spotted'は道徳的にしみのついた状態や罪を背負っていることも併せて暗示します。詩全体の中でセリーマの模様のもつ意味を考慮すると、グレイは三毛猫の模様に装飾的な希少価値と罪という両義性をもたせているのではないかと考えられます。

黄金と女性

セリーマは、自身の「ベルベットのような足」「エメラルド色のおめめ」など、水面に映る自分を見て、自身にうっとりとします。そして金魚鉢の中の金魚を見つけ、その獲物めがけて、「かぎづめ」を伸ばします。金魚は一種の黄金に喩えられ、その黄金に目がくらむセリーマは「あつかましいお嬢さん!」とも表現され、魚に目がくらむ猫の様子が、黄金に目がくらむ女性の空しい欲望、そして虚栄の寓意として示されています。イタリアの画家ナサニエル・ホーン(Nathaniel Hone 一七一八―一七八四年)は《高級娼婦キティ・フィッシャーの肖像》(【図1】)を描いていますが、[*3] この絵画の中でも、猫が金魚鉢のふちにしがみついて、中の金魚を捕ろうと試みています。ここでの猫の顛末はわかりませんが、娼婦の欲求と猫の本能が重ねられ寓意的に描かれているといえるでしょう。また、興味深いことに、女性の虚栄を寓意的に表した一六世紀オランダの版画の一つでは、女性がのぞき込む鏡の中に自分自身と自分にささやく悪魔が写っているだけでなく、鏡に見入る女性の肩にとりついている悪魔の上に猫がのっています(【図2】)。

【図1】《高級娼婦キティ・フィッシャーの肖像》

【図2】Annonymous, Netherlandish print, 'Le miroir est le vray cul du diable'

同じように、見せかけの黄金に心を奪われてしまったセリーマは、「悪意に満ちた運命」によって最後は金魚鉢の中で溺れてしまいます。セリーマが異教の神々に必死に「みゃあと祈る」（'mewed'）様子はコミカルです。セリーマが水から顔を上げて助けを求めている様子が「八回」と描かれているのは、「猫に九生あり、女に九猫の生あり」（'A cat has nine lives and a woman has nine cats' lives'）という諺があり、猫には九つの命がある、と考えられていたことに由来していると思われます。[*4]

猫の気持ち——猫のゴロゴロとしっぽのサイン

この詩の中で、グレイはセリーマのしっぽに「知覚のある」とか「自意識過剰の」とも訳せる形容詞'conscious'をつけています。[*5] 基本的には、嬉しい時、ご機嫌な時に、猫のしっぽはピンと立ちますから、獲物を見つけた彼女がしっぽをピンと立てている様子が思い浮かびます。イギリスの動物学者デズモンド・モリス（Desmond Morris 一九二八年生まれ）は、喜びの表現だけではなく、葛藤の印として、猫が尾を激しく振ったり、防御的な状態を示すしぐさとして、尾を弓なりにすることなども併せて説明しています。*6

また、自身の美貌を自画自賛するセリーマの気持ちが表現されているものとして、ゴロゴロ音も挙げることができるでしょう。この、ゴロゴロ音、猫が身近にいない人にはなじみがないものかもしれませんが、猫と生活していると、必ず耳にするものです。一般的には、喜びを表現しているものと考えられています。たとえば、『猫語の教科書』（*The Silent Miaow*, 1964）の中で、ポール・ギャリコ（Paul Gallico 一八九七―一九七六年）は、人間の家に見事に入り込んだ、語り手の猫に次のように語らせています。

ゴロゴロのどをならすことも、欲しいものを知らせるための猫語かしら？　どうも私は、ゴロゴロは一般の猫語とは別、という気がしてならないのだけれど。特に人間に対しては、この音独自の効果的な使い方があるように思えるの。

まずはじめに、この音はミステリーです。猫がどうやってこの小さな音を出すのかこれまで誰もわかった人はいないし、今後も解明されることはないでしょう。これは、猫の歴史のそもそもの始まりから続いている秘密で、けっしてあばかれることはないのです。

［……］

刺激を受けたり満足したりすると、猫は自然にゴロゴロいいます［……］

［……］世界中どこの国の人も、猫はうれしいとゴロゴロするものと思っているので、事前のゴロ

ゴロで、人間の良心や罪の意識をつっつくことができるんです。*7

ギャリコの猫がゴロゴロ音の仕組みについて「これまで誰もわかった人はいない」と言っていることは、ある時点まで当たっていました。たとえば、日本では、物理学者・随筆家の寺田寅彦(一八七八―一九三五年)が猫のゴロゴロ音について次のように書いています。

猫に関する常識のない私にはすべてただ珍しい事ばかりであった。妻が抱き上げて顋《あご》の下や耳のまわりをかいてやると、胸のあたりで物の沸騰するような音を立てた。猫が咽喉《のど》を鳴らすとか、ゴロゴロいうとかいう事は書物や人の話ではいくらでも知っていたが、実験するのは四十幾歳の今が始めてである。これが喜びを表わす兆候であるという事は始めての私にはすぐにはどうもふに落ちなかった。「この猫は肺でもわるいんじゃないか」と言ったらひどく笑われてしまった。実際今でも私にははたして咽喉が鳴っているのか肺の中が鳴っているのかわからないのである。音に伴う一種の振動は胸腔《きょうこう》全部に波及している事がさわってみると明らかに感ぜられる。腹腔《ふくこう》のほうではもうずっと弱く消されていた。これは振動が固い肋骨に伝わってそれが外側まで感ずるのではないかと思うのである。

[……]

この音は私にいろいろな音を連想させる。海の中にもぐった時に聞こえる波打ちぎわの砂利《じゃり》の相摩する音や、火山の火口の奥から聞こえて来る釜のたぎるような音なども思い出す。もしや獅子《しし》や虎《とら》でも同じような音を立てるものだったら、この音はいっそう不思議なものでありそうである。それが聞いてみたいような気もする。*8

寺田は、猫のゴロゴロ音は、「喜びを表わす兆候」であることは信じているようです。しかし、胸で鳴っているか、腹で鳴っているかわからず、これらの音の発するメカニズムはわからない、と述べています。また、動物行動学の見地からの議論もありました。モリスは、「ネコがどのようにしてゴロゴロという音を出すのか」について、「専門家たちがいまだに議論している」ことを指摘しつつ、「まったく相いれない二つの説明」があると述べています。*9 即ち、ゴロゴロ音は喉頭で発するという仮声帯説と、大静脈から心臓に向かう血流によって生じる乱流の音であるという、血液乱流説の二つの仮説を紹介して、仮声帯説を支持していますが、未だに明確なメカニズムは証明されていないと論じています。

しかし、ギャリコの猫が信じていたように「今後も解明されることはない」というわけにはいかなかったようです。今泉忠明（一九四四年生まれ）は二〇一九年出版の『猫脳がわかる！』の中で、「最近になって、米国ルイジアナ州のテュレーン大学の研究チームが、このゴロゴロ音を詳細に調べ」た結果、「喉頭の筋肉が、2枚の声帯にある隙間を開閉させて、喉を通る空気流を震わせて」いることを解明した、つまり仮声帯説が正解だったと述べて、さらに、この振動は「神経細胞の興奮と関係している」と書いています。

「神経細胞の興奮」ということなら、気分の良い時だけではなく、逆に体の調子が悪い時やケガをして傷ついている時も起こる。その結果、猫は自らを落ち着かせるためにゴロゴロと喉を鳴らしていると考えられるようになりました。今泉は、「猫脳は不安や恐怖に素早く反応する扁桃体が、よく機能」するため、「不安などが刺激要因となってインパルスが伝わり、ゴロゴロの振動が始まる」のではないかと書いています。つまり、猫のゴロゴロ音は、喜びだけでなく、その逆の不安や恐れをも表すということです。加えて、もともと猫がゴロゴロと喉を鳴らすのは「母猫と子猫のコミュニケーションから始まった」とすれば、[*10]自分の怖い気持ちを抑えるだけでなく、ほかの猫を慰めるためにゴロゴロ音を出すというのも首肯できます。アメリカの小説家、アーシュラ・K・ル＝グウィン（Ursula Kroeber Le Guin 一九二九―二〇一八年）は『空飛び猫』（*Catwings*, 1988）の中で、兄弟猫の恐怖を鎮めるために、兄弟たちがそろってゴロゴロと喉を鳴らす場面を描いています。

子猫たちはみんなごみ捨て場にやってきました。ハリエットはまだぶるぶると震えています。他の子猫たちはみんなでごろごろと喉を鳴らして、ハリエットが落ち着くまで慰めてやりました。[*11]

セリーマ　はぶられる？？？

さて、グレイの詩に戻りますが、ここで注目していただきたいのは、セリーマの最後の叫びです。必死に祈った甲斐もなく、何の助けも現れません。そして、屋敷の中の誰もセリーマを助けに来てはくれません。セリーマの身近にいるはずの「トム」や「スーザン」とは、誰でしょうか？　この屋敷に住む人間たちにセリーマは助けを求めているとも考えられますが、トムという名が雄猫によくつけられる名であることを考慮すると、これらの名は、人間の名ではなく、同じ屋敷で飼われている、猫仲間のことではないか、と考えることもできます。*12 換言すれば、「愛猫」（'a Favourite Cat'）とも表現されるセリーマは、日ごろの待遇の差の恨みをかっているためか、溺れてしまうような事態になっても、ほかの猫たちの助けを得ることはできない、と解釈することもできるでしょう。

目や心が惹きつけられてしまうものすべてが「正当な獲物」というわけではなく、「輝くものこれすべて黄金ではない」（'Nor all that glisters, gold', l. 42）という、ウィリアム・シェイクスピア（William Shakespeare　一五六四―一六一六年）が有名にした格言（'All that glitters is not gold', cf. *Merchant of Venice*, 1596, 2.7.65）を使ってグレイは御婦人方に忠告します。虚栄にまみれた女性を美猫に喩えたグレイのエレジーは、一種の教訓詩であったことは間違いありませんが、喜びからしっぽを立てたり、自画自賛をして機嫌よくゴロゴロと喉を鳴らしたり、という猫のしぐさが事細かに描かれているのも注目に値します。また、九回生きるはずの美猫セリーマの八回分の願いも虚しく、飼猫のトムなどに、その叫び声が届かない、というように、人間に贔屓《ひいき》されている美猫には助けが来ない、という顛末も滑稽に描かれています。三毛猫という、一種のぶち猫に希少な装飾と同時にそれが表す罪を暗示しながら、猫の生態を詳細に描いたグレイの描写の中には、女性の虚栄に対する戒めだけではなく、猫を詳細に観察している詩人の姿が併せて読みとれます。*13

次の章では、人間に重ねられる猫界の出来事が、詩的表現の中でどのように描かれているか、そして、動物行動学者にはどのように分析されているかを、グレイの一八世紀から、ほぼ一〇〇年遡った一七世紀前半の詩を題材にして見ていくことにしましょう。

我が家のキャルア①

ひらがなの「のし」の文字をプリントしたような柄《がら》の毛並みをもつレッドタビーホワイト、立ち耳のスコティッシュフォールドの猫、キャルア（本名はキャラメル・カルーア・マキアート）は、ペットショップから初めて車に乗って家に連れて来られる時、ずっとゴロゴロゴロ言っていました。猫のゴロゴロ音も聞いたことがなかった私たち夫婦は、何か呼吸器系の病気ではないか、とかなり心配しました。夫はしきりに「肺炎じゃないか」と心配していました。ところが、獣医さんには、「これ、ゴロゴロですよ」と一蹴されました。今考えてみれば、ペットショップから外に出されて、どこに連れていかれるのか、とても不安だったのでしょう。その時のゴロゴロは、不安からきた、自分を慰めるためのものだったようです。その後もやはり、病院に行くために車に乗った時、怖いと感じた時は、ゴロゴロ言って自身を安心させているようです。もちろん、嬉しい時もゴロゴロと喉を鳴らしますが……。極めつけは、朝、夫を起こす時に耳元で発するゴロゴロ。かなりうるさいらしく、効果は抜群。ちなみに、キャルアのゴロゴロを彼女の目の前でまねしてみると、すごく高音かつ大音量でゴロゴロのお手本をやってくれます。こんなこともできないの？　と細い目をされます。私は巻き舌すらできないので、かなり馬鹿にされているようです。

第2章

猫、恋になく

事《こと》、恋愛に関しては猫たちを見られたし

トマス・フラットマン

真夜中、互いに愛のうなり声を発する君たち、
情熱的な恋人の激痛を最も感じる猫たちよ、
君たちの引っ掻き傷やボロボロの毛並みを見てみなよ、
恋愛という仕事は、ゴロゴロと喉を鳴らすだけじゃないだろ？
フサスグリの実《み》の目をした、年取った雌猫グリマルキン嬢は、
仔猫の頃にはなにがしか知っていた、何故って、彼女は賢かったからさ。
君たちは、経験でわかるのさ、恋の発作はすぐに終わるということを。
「ねこちゃん！　ねこちゃん！」は長くは続かない、「売女《ばいた》猫め！」へと変わるのだ。

　男たちは何マイルもの道のりを馬に乗り、
　猫たちは何枚もの屋根瓦の上を踏破する。
両者とも、けんか騒ぎとなれば、首の骨を折る危険あり。
　ただ、猫たちは、家や
壁から落っこちても

足から着地し、しっぽをピンと立て、颯爽と去っていく。

ネコメント

恋猫の奇声

細密画（miniatures）の画家でもあるトマス・フラットマン（Thomas Flatman 一六三五―一六八八年）が書いたこの詩は、一七世紀に英国で流行した「キャッチ」と呼ばれる輪唱歌としても親しまれました。[*1] この頃の輪唱歌の歌詞はきわどいものが多いといわれています。「事《こと》、恋愛に関しては猫たちを見られたし」と題された詩の中でも、性的な表現が多く含まれています。たとえば動詞の「発する」（'spit'）には、「射精する」という意味や「ペニスで突き刺す」という意味も含まれます。

しばしば西洋の人々は、恋に狂う猫たちを人間の愚かな姿に重ね、さらには、多くの雄と交尾する雌猫たちの姿に娼婦の姿を重ねる傾向があったようです。のちに言及するT・S・エリオット（T. S. Eliot 一八八八―一九六五年）原作のミュージカル『キャッツ』のグリザベラもその一人（否、一匹）です。一方、日本人は猫を比喩として使うのではなく、猫の生態そのものをじっくりと観察する傾向が強いように思われます。フラットマンの詩との関連で想起するのは、俳句の春の季語、「猫の恋」です。「おそろしや石垣崩す猫の恋」と正岡子規（一八六七―一九〇二年）は詠みました。また、「喧嘩とも恋とも知らず猫の声」も子規の句です。猫の恋も、喧嘩も、命がけ。「恋猫の奇声怪声寒温《ぬく》し」という日野草城（一九〇一―一九五六年）の俳句があるのですが、日本人は、春先、彼岸の頃の真夜中に、どこからともなく、にゃおーんとも、わおーんとも、なんとも表現しがたい、恋に狂った野良猫の唸り声に気づいていました。発情期の猫たちは日本の俳句の世界にたびたび登場します。「ばか猫や身体ぎりの浮《う》かれ声」という句を小林一茶（一七六三―一八二八年）は詠んでいます。[*2] また、猫を扱った小説の中での恋猫の出現率は高く、内田百閒（一八八九―一九七一年）が愛猫の失踪の日記とそれにまつわる記録を収録した小説『ノラや』の中で、「中秋名月から二三夜過ぎた宵」には「彼岸猫の季節なので、外の猫にさかりがついたらしく、家のまはりでうるさく鳴き立てる」と書いています。[*3]

なぜ雌猫は拒否する？

フラットマンは「情熱的な恋人の激痛を最も感じる猫たち」といっていますが、この「激痛」とは、精神的な痛みに加え、実は肉体的な痛みをも示唆します。わずかな時間の交尾の後、雄猫が生殖器を引き抜こうとすると雌猫は雄を攻撃し、雄猫はひどい罵り声をあげます。この時の雄猫の声も、フラットマンが聞いたに違いない「愛の唸り声」のうちの一つなのです。

デズモンド・モリスは交尾中に雌が悲鳴をあげる理由は、雄のペニスが持つ棘にあると述べています。

猫のペニスはほかの哺乳類のものとは違って、鋭い棘におおわれており、棘が付け根のほうを向いているため、雄猫がペニスを引き抜く時に雌の膣壁を引っ掻くことになって、雌猫に激しい痛みを与える、と言うのです。[*4]モリスら動物学者たちは、この痛みによって雌猫の排卵が起こり、生殖ホルモンの働きを開始させるという仕組みを解明しました。猫には月経がなく、効率的に受精が行われるというわけです。また、交尾後の雄が雌猫に引っ掻かれ、自慢の毛並みもボロボロになってしまうのは、そのためのようです。このような猫の生態を視野に入れると、フラットマンが言うところの、「君たちの引っ掻き傷やボロボロの毛並み」は、雄同士の喧嘩によるものでなく、実は、雌猫からの攻撃の結果であるのかもしれません。詩人は、「恋愛という仕事は、ゴロゴロと喉を鳴らすだけ」であることを否定しています。「ゴロゴロと喉を鳴らすだけ」という姿は、この先に雌にどのような仕打ちを受けるかも知らない雄猫を揶揄しているようにも思われます。交尾刺激でより一層発情する雌に比べて、雄猫は、雌猫たちよりも早く、そして容易に発情します。たとえば、マタタビのような植物に含まれる物質も、雄猫の性的な誘発剤となります。[*5]

一方で雌猫は、雄猫より発情までの時間が長くかかるものの、その後は狂ったように雄を求めます。最初の交尾を終えて三〇分ほどで、雌猫は再度セックスに興味を示すことが知られています。[*6]雌に比べると雄猫の性欲は早く減退します。「恋の発作はすぐに終わる」のです。そのため、恋の歌を歌って雌を誘っていた雄猫を、今度は雌猫のほうが追いかけていく、というわけです。交尾の後はすぐに性欲がなくなって「恋の発作」から覚めてしまう雄猫は、もし人間だったら、何日も相手を変えながら発情する雌猫に向かって「売女！」と吐き捨てることになるでしょう。かくして、一匹の雌猫が多くの雄猫と交尾する様子は詩人たちによって、人間の売春婦と重ねられることとなり、フラットマンはロマンチックな人間の恋心も性欲と分かちがたく結びついていることを暴露するのです。原文にある'Pussy'は、かわいらしい仔猫を表現する英語ですが、愛しい女性にも使われる単語です。[*7]

娼婦猫——『キャッツ』のグリザベラとマグダラのマリヤ

ロンドンのウェストエンドでは、アンドリュー・ロイド・ウェバー（Andrew Lloyd Webber 一九四八年生まれ）作の『キャッツ』と題されたミュージカルがロングランを続けています。日本でも大阪四季劇場で劇団四季が上演していますね。この作品は、二〇世紀のイギリスの詩人T・S・エリオットの詩集『ポッサム親爺の実際的な猫の本』（*Old Possum's Book of Practical Cats*, 1939）に収録された詩にロイド・ウェバーがメロディをつけて生まれました。[*8]

ミュージカル『キャッツ』では、誰か（というかどの猫か）一匹だけ天上に昇ることができる。その猫は誰か？　と案内役でもある長老猫デュータロノミーが歌います。最終的に娼婦猫グリザベラがその一匹に選ばれます。グリザベラは、かつては売れっ子の娼婦だったのですが今は年老いて、ちょっとみすぼらしい恰好で出てきます。[*9] この娼婦猫が猫たちの中から選ばれて聖人になるというモチーフは、聖書の中のマグダラのマリヤの描写を思い出させるものです。娼婦マリヤは涙を流して悔い改め、キリストの足を髪でぬぐい、聖人となり、キリストの復活にも立ち会ったといわれることもあります。この、選ばれし者だけが聖人となって天上へ昇るという概念――『キャッツ』では車から外れた一輪のタイヤに乗って天へとあがっていくのですが――は、アポテオーシス（apotheosis）という概念に基づくものです。キリスト教では、肉体の死後、一度煉獄という場所に行って罪を悔い改め、清められた後で、魂が天国へと昇っていく、と考える教義を信じる人たちもいます。グリザベラの場合、人生、否、猫生のあいだに犯した罪を悔い改めるために煉獄へ行くことなしに、直接天へと昇っていくのです。

ただし、先に見たように、交尾を終えるとすぐにほかの雄猫に発情する雌猫の性質を考えると、グリザベラという一匹の雌猫だけが娼婦猫、という設定もなんだかおかしいような気もしますが、ロイド・ウェバーが、人間界の娼婦の姿を交尾をする猫たちの姿に重ね合わせたのは確かでしょう。

しっぽをピンと立てて颯爽と……

詩の最後にフラットマンは、人間と猫との違いに目を向けています。喧嘩に負け、もしくは雌猫に攻撃されようと、人間の男たちとは違って、威厳は忘れない猫たちに、心の中で拍手を送っているような表現です。興味深いことに、国王ジェイムズ一世（James I　一五六六―一六二五年）が、フラットマンと同じような表現を使って、高い地位と階層秩序の大切さを主張した言葉が残っています。

高い屋根から地下貯蔵所や地下納骨堂の底まで猫を投げ落としてみよ。彼女は足で着地して何の害も受けず走り去ってゆくであろう。猫が国王をどのように見ようと、王は猫のようにはいかない。平民の状態という硬い舗道の上に着地するために、王位の高い頂点から落ちれば、必ずや彼の骨は粉々に壊れてしまうだろう。[*10]

ジェイムズ一世は、当時人口に膾炙した二つの表現をうまく使っています。一つは、身分の低い者でも身分の高い者の前でやってよい特定の事柄があるということを表す、「猫は王様を見ても構わない」('A cat may look on a king') という言い回し。もう一つは、フラットマンも同様に念頭においていたと思われる、「猫のように、彼はいつも足から着地する」('Like a Cat, he'll still fall upon his legs') という言い方です。[*11] 目的としては、国王という高い地位を弁護するための言説ですが、ジェイムズ一世の言葉は、猫の身体能力と比較することによって、結果的にフラットマンと同じように、皮肉にも人間の生身の弱さを暴露することになっています。さらに皮肉なことに、彼の息子チャールズ一世は、内乱という「けんか騒ぎ」の結果、断頭台にかけられて公開処刑され、実際に「首の骨を折る」ことになったのです。清教徒革命は、フラットマンが幼少の頃に起こった出来事ですが、揺るぎない王党派だった彼の詩は、その辛い思い出を想起させることになっているのかもしれません。

ところで、これは現代の知見ですが、アメリカでの実験例で、猫は五階程度の高さから落ちても、体をくるっと反転させ、落ちた瞬間、一瞬にして体勢を立て直し、足から無事に着地できる、と報告され

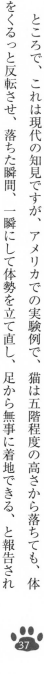

ています。

猫が背を下にして落ちはじめると、自動的に身をよじる反応が始まるそうです。その理由としては、猫は、三半規管が高性能で、かなりの高さから落ちても、態勢を立て直すことができるためと考えられています。頭や顔の重力に対する向きを自動的に計算し、体が倒れてしまわないように調整することができるのです。そして「猫たちは［……］足から着地し、しっぽをピンと立て、颯爽と去っていく」のです。[*12]

猫と王様

フラットマンの前後の時代、猫とネズミの力関係を模して、猫を王様に、ネズミたちを民衆に喩える文学的手法がしばしば使われました。詩人トマス・ワイアット（Sir Thomas Wyatt 一五〇三―一五四二年）は、時の国王ヘンリー八世と彼の宮廷に仕えることの恐ろしさを、いわば「猫に睨まれたネズミ」的な寓話を隠れ蓑にして表現しました。都会のネズミの家で歓待を受けていた田舎のネズミが、ふと「横目で見た時、腰掛の下に、とがった耳のある丸い頭の中で、小さく輝いている二つの目を見つけた」（'as she looked askance, / Under a stool she spied two steaming eyes / In a round head with sharp ears'）のです。[*13]逃げ損ねた田舎のネズミはお尻からガブリと捕まえられてしまいます。のちにワイアットは、ヘンリー八世の二番目の妃になるアン・ブリンの元恋人だったことが災いして、ロンドン塔に監禁されてしまうことになるのですが、詩の中の寓話が現実になってしまうことになります。

猫とネズミ、王様と民衆の関係は、一六世紀末のエンブレム作家と一七世紀前半、内乱に近づいていく頃のエンブレム作家との興味深い違いに見てとることができます。ジョフリー・ホイットニー（Geoffrey Whitney　一五四八年頃―一六〇一年頃）の『エンブレム選集』（*A Choice of Emblemes*, 1586）には、それぞれの檻の中に横たわっている猫の周りでネズミたちが踊っている様子が描かれて、尊敬すべき人間が迫害されると邪悪な人間たちが喜ぶという格言的真理を伝えています[*14]（【図3】）。ジョージ・ウィザー（George Wither　一五八八―一六六七年頃）の『古今エンブレム選集』（*A Collection of Emblemes, Ancient and Modern*, 1635）でも同じように、檻に閉じ込められた猫の周りでネズミたちが遊んでいるのですが、ここではっきりと猫が王様で、ネズミたちが邪悪な民衆たちに喩えられています（【図4】）。

【図3】ジョフリー・ホイットニー『エンブレム選集』p. 222.

つまり、統治者を欠くと国は混乱状態になる、ということを暗示しているわけです。ただ、ウィザーの寓意画解釈が、国王チャールズ一世が断頭台の露と消える方向に傾いていく直前の歴史的、政治的背景を考えると、非常に興味深いのは、ここでは「猫」が、ただの王様ではなく「専制的、すなわち邪悪な統治者」（'A Tyrannous, or wicked *Magistrat*'）を表しているということです。そして、「統治者が良かろうと悪かろうと」（'whether Governours bee good or bad'）、彼ら

【図 4】ジョージ・ウィザー『古今エンブレム選集』p. 215.

がいなくなることを邪悪な民衆たちは喜ぶ、と言うのです。*15 換言すれば、クーデターを起こして国王を排除するよりは、たとえ悪い国王でも、国の秩序を維持するには必要だ、ということです。悪魔的な要素を中世から引きずってきた猫が、害獣であるネズミを駆除するための必要悪だとする考え方が、ここでは、王党派ウィザーの微妙な国王擁護論へと焼き直されているように思われます。

仔猫の毛並み問題と仔猫たちの試練

さて、こうして多数の雄と交尾をした雌猫から生まれる仔猫にどのような現象が起こるかというと、その一つは一回に生まれる仔猫の毛の色がバラバラ、という事態になります。カレル・チャペック（Karel Čapek　一八九〇―一九三八年）の飼っていた猫、プレドンカは「出産の時がやってくると、五匹の子猫を産んだが、そのうち一匹は赤毛で、一匹は黒で、一匹は三毛《みけ》で、一匹は斑《まだら》で、一匹はアンゴラ猫だった」

と書いています。[*16] 小林一茶も猫の恋をうたった一連の句の中で、「猫の子の十が十色の毛並み哉」と書いています。人間界では不貞の問題が起こりそうですが、猫たちはその状況を知ってか、知らずか、猫界ではそれがもとでトラブルになるようなことはありません。雄猫の遺伝子によっても猫の毛並みは決まりますが、DNAの遺伝情報だけで決まるのではなく、仔猫の発生段階での環境に左右されます。[*17] また、一般的には雄猫は子育てには参加しないといわれています。[*18] どれがわが子かわからない状態では、無理もないかもしれません。

仔猫たちにも試練が待っています。体が大きくなるまでは、いろいろな敵から身を守らなければなりません。トンビやカラスといった鳥類だけではなく、仔猫の敵の中には、「あぶれオス」と呼ばれる、雌と交尾できなかった雄猫が含まれます。この雄は、子育てをしているあいだの雌猫は発情しないため、雌猫が巣から離れている瞬間を狙って仔猫たちを殺してしまいます。デズモンド・モリスは、「何世紀もの間、雄ネコはセックス狂とみなされ、子ネコに対する彼らの唯一の関心は、機会さえあれば彼らを殺すことだと考えられていた」と述べています。また、モリスによれば、「あぶれオス」行動の記述は、歴史家ヘロドトス（Hērodotos　紀元前四八四頃–四二五年頃）にまで遡るもののようです。ヘロドトス曰く、

「雌は子ネコを産むともう雄とつきあおうとしないので、雄はもう一度交わりをもつために妙な術策をめぐらす。彼らは子ネコを捕まえて連れ去り、そして殺す。けれどその後それを食べることはない。こうしてこどもを奪われた雌はかわりのこどもが欲しいばかりにもう一度雄を求める」。

いいかえれば、セックス狂の雄は、雌に早く発情が戻るように子ネコを殺すというわけだ。この話は過去二〇〇〇年にわたって伝えられ、今でも多くの人が信じている。[*19]

雌猫の出産は、一般的には春と秋の年に二回。多い場合は四回出産します。春に生まれた仔猫たちは、秋になると母親から離れなくてはなりません。[*20] そして母親猫から自立した仔猫たちにも、さまざまな物語があります。次の章では、仔猫をめぐる詩を見ていきましょう。

我が家のキャルア②

猫はある程度の高さから落とされても足から着地できる、といっても、これも個体差があります。キャルアは、本棚から落ち、机から落ち、何度着地に失敗したことか……。そのたびに耳の毛細血管に血の塊をつくっていました。でもプライドは人並みならぬ猫並みのようで、決して痛がったりはしません。何事もなかったかのように、でもしっぽは立てずに、そそくさとどこかへ行ってしまいます。ギャリコの『猫語の教科書』の語り手は、「けっして、けっして、けっして、恥ずかしい姿やみっともないかっこうのところを見られて、笑われるなんてことのないように。一度笑いものになると、もとの地位をとりもどすのに何日もかかります、ホントよ」といっていますが、[*21] キャルアもきっと笑われたことに心を痛めているのでしょう、しばらくは隠れてしまいます。最近では、どの程度なら跳べるか、上半身を前後に揺らし、必死に目で距離を測っています。しまいには、こちらを振り返り、かわいい顔をして、本棚や机に「乗せて～」と訴えてきます。

第3章

仔猫たちの物語

「仔猫と落ちる葉」より

ウィリアム・ワーズワス

あっちを見てごらん、わが子よ、ほら！
なんてかわいい、赤子の見世物！
ほら、仔猫が塀の上で
落ちる葉っぱと戯れている。
とても背の高いニワトコの木から
枯れ葉が、一枚、しばらくして二枚、それから三枚！
輝いて美しい今日の朝の
静かで凍《い》てついた空気の中を
ぐるぐる、ぐるぐる渦を巻きながら枯れ葉は落ちる、
やわらかく、ゆっくりと。その動きを見ていると、
こんなふうに想像する人がいるのかも――
一枚一枚の小さな葉っぱには、
空気の精か妖精が乗っていて、こちらに向かって、

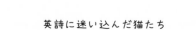

彼の揺れるパラシュートで、
目には見えず、物言わず、
この下界へと下降しているのだ、と。
――でも仔猫の様子はといえば、驚いて跳びのき、
かがみ込んで準備し、体を伸ばし、猫パンチ、それから
最初は一枚目に向かって、それから同じように軽やかで、
同じように黄色い二枚目の葉っぱに向かって、突進だ！
今度はいっぱい落ちてきた。しばらくすると今度は一枚、
今度は、止まってしまって何も落ちてこない。
仔猫が燃えるような眼差《まなざ》しで見上げる時の
獲物を求める願いの激しさたるや！
ほら、彼女は、虎のような跳躍で
落ちてくる途中の獲物を捕まえる。
捕まえたのと同じくらい敏捷に放したかと思うと
次にはそいつをまたもや手中に捕まえる。
今度は、三枚、四枚を扱って、
インド人の曲芸師がお手玉をしているよう。

でも、その妙技にかけては同じくらいの早業だけど、
心の中に喜びを感じることでは、彼よりはるかに優ってる。
仔猫の、この道化芝居が、目を見張り
拍手喝采する、たくさんの見物人の前で
演じられたとしても、
群集の賞賛に対して、ちいさなぶち猫は、
何もかまいはしないだろ。
すごいだろ、と胸を張るよりももっと幸せで、
彼女自身の、一心不乱の喜びという
宝物で、あまりに満ち足りているから！

……

手当たり次第、どんな玩具《おもちゃ》にも喜んで、
仔猫の活気のある喜びに、もしくは、
仔猫の一心不乱ぶりの仲間になって
笑っている赤ん坊の目に、喜ばされて、
私は暮らしてゆきたい、仔猫か赤ん坊のように。
幸福を感じることこそ知恵なのだと悟り、

活発な魂の目を覚まし、
悲しみによって作られた物事からでさえ
快活な思いの材料を得ることのできる
能力をもち続けたい。
憂いにもかかわらず、悲しみにもかかわらず、
落ちていく人生の葉っぱとじゃれあう能力をもちたい。

「ぼくは、かあさんをふみふみ」より

フランチェスコ・マルチウリアーノ

「おかあさんにゃん？」とぼくはたずねる
毛布をふみふみしながら
ただ、家族のキルトが
　ベッドにおいてあるだけなのだけれど。

「おかあさんにゃん？」とぼくはたずねる
セーターをふみふみしながら
ただ、カシミアって、とっても
ちぎれやすいってわかるだけなんだけど。

……

「おかあさんにゃん？」とぼくはたずねる

あなたのからだをふみふみしながら
ただ、つぎつぎと胸毛のかたまりを
むしりとるだけだけれど。

「おかあしゃんにゃ！」とぼくはいう
あなたの肌をかぎづめでひっかきつづけ
最後は飽きて、こんどは
破れるまで椅子をひっかく。

ネコメント

仔猫のポーズ

ウィリアム・ワーズワス（William Wordsworth　一七七〇—一八五〇年）は一八〇四年に発表した「仔猫と落ちる葉」と題した詩の中で、抱きかかえた自分の赤ん坊と一緒に、仔猫が葉っぱとじゃれる様子を観察し、そこから教訓を得ています。おそらくこの仔猫は、イギリス湖水地方特有の緑色のスレートを積み上げた塀の上で、葉っぱとじゃれているのでしょう。この様子は、それを見て無邪気に喜ぶ「赤子の見世物」でもあります。しかしあくまで仔猫のほうは、この世的な褒美である「瞠目と拍手喝采」を求めていません。動くものには反応せざるをえないのが猫の性《さが》とはいえ、成長すると猫はありふれた物には反応しなくなります。しかし好奇心旺盛な仔猫は違います。この詩の中では、少しずつ、もしくは一度にどさっと、落ちてくる葉っぱに真剣に反応しています。きっと最初は自分の視界の外から葉っぱが落ちてきたのでしょう、仔猫はまず「驚いて飛びのき」、そして獲物にとびかかる時のように、「かがみ込んで準備し、体を伸ばし、猫パンチ」します。ワーズワスの使う一つひとつの動詞が猫の習性や動作を詳細に捉えたものとなっています。'crouch'という単語は『リーダーズ新英和大辞典』には「〈猫・短距離走者などが〉足をまげて身をかがめる」と定義されています。クラウチングスタートのクラウチですね。また、ここでは'paw'という単語を「猫パンチ」と訳してみました。辞書では「〈動物が〉前足で打つ［たたく］」となってますが、やはりここは猫パンチでしょう。無邪気な仔猫は、くるくると落ちてくる葉っぱの一枚一枚に格闘、ひらひらと舞う葉っぱに全力で猫パンチ。

これらは、仔猫のしぐさでありながら、まるで、野生の虎のような躍動感をも伴います。獲物を追いかける仔猫は、「虎のような跳躍」を見せ、獲物を手に入れ、弄ぶかのようにまた放し、また捕まえる。獲物を求める仔猫の情熱は、「仔猫が燃えるような眼差しで見上げる時の／獲物を求める願いの激しさたるや！」と表されています。ここでの仔猫の「獲物」に対する執着心は、第一章で見たグレイの詩の三毛猫セリーマの獲物に対するそれとは本質的に異なるように描かれているように思われます。それは、ワーズワスの描きだす仔猫が、グレイの猫と違って、弱肉強食の世界に住んではおらず、アダムが原罪を犯した後に誕生する殺生という罪を背負っていないかのように描かれているからだといえます。そしてグレイの詩は、金魚を狙うセリーマの愚かさを喚起しますが、ワーズワスの場合、詩人も、彼の赤ん坊も、そして読者も、「小さな葉っぱ」に反応する仔猫の無邪気さ、真剣さに微笑み、最後には神聖な教訓さえ感じとるのです。伝記的な情報を加味すると、明らかに仔猫の無邪気な描写はワーズワスの作詩上の意図が反映したものであることがわかります。実は、詩人が一緒に暮らしていた妹のドロシー（Dorothy）はワーズワスに劣らず小鳥好きで、晩年にはコマドリをペットにし、生涯を通じてワーズワス家の庭や果樹園に訪れる鳥たちや彼らの囀《さえず》りを愛していました。猫はその鳥たちにとって天敵なのです。しかし、ワーズワスの結婚相手で、ワーズワス兄妹と一緒に住むようになったメアリー・ハッチンソン（Mary Hutchinson）はネズミ恐怖症で、彼らはしばしばネズミ捕りを仕掛けましたがうまくいきませんでした。それで、やはり猫が効果的であることを認めざるをえず、この仔猫が飼われるようになったという経緯があります。[*1] つまり、結局のところ、この猫は弱肉強食の現実世界で飼われているわけです。

さて、ここでワーズワスの描く葉っぱは、二重の意味で落下しているといえます。一つは、何か神聖なものが、天上から舞い降りてくるという意味での落下。この葉っぱには、「空気の精か妖精が乗っていて」パラシュートを使って「この下界へと下降している」のです。もう一つは、詩の最終行の言葉「落ちていく人生の葉っぱ」が明かしてくれるように、かつては若々しい青葉だったけれど、今は衰弱し落ちていく枯葉、つまり老いの象徴と考えられます。要するに、ワーズワスの落ち葉は、詩人自身の老いを想起させながらも、妖精が宿るパラシュートのような愛らしいものとして描かれ、さらには、仔猫のもつ本来の生命の躍動感を引き出すものとしても描写されており、結果としてこの下界を楽園喪失以前の、いわば無邪気な幼子の世界へと変えているわけです。

ワーズワスは、仔猫が具現化してくれた「一心不乱の喜びという／宝物」を通して、そしてその仔猫を見て純粋に喜ぶ「幼子の笑う眼差し」を通して、その世界を垣間見ています。現代でこそ、子どもや自然は愛されるべきものとして、純真さをもつものとして認識されていますが、一八世紀以前の英国においては、子どもも、自然も、また、動物も、人間の下位に位置し、より原罪に近いものとして捉えられていました。ワーズワスは、ほかのロマン派の詩人たちとともに、自然と子どもの地位を高めた詩人であるといえますが、彼の詩の中では、かつて中世から初期近代にかけて魔女のお供をし、悪魔の使いとして罪を背負わされていた猫が、芸術の主題として扱われているだけではなく、詩人に啓示を与えるという神聖な役割さえ担っているのです。

猫は大人にならない？——猫性と幼児性

日本で猫が文学作品の中で扱われるようになって以来、初めて猫の鳴き声が登場するのは、紫式部の『源氏物語』（一〇〇八年頃）の中です。そこでは、猫の鳴き声は「ねうねう」と表現されています。[*2] これは現代では「にゃあにゃあ」という表現になるでしょう。猫が、にゃあと鳴くのにも理由があります。そこには母親に対する仔猫の愛情表現が潜んでいます。だから家猫は、飼い主がいないと鳴きません。

飼い猫は野良猫に比べていつまでも幼い（特に去勢手術を行なった場合はその兆候が顕著になる）ことが知られています。生物学的には生後一〇ヵ月頃には体は成熟すると考えられていますが、一方で、猫の精神年齢は二歳程度に過ぎないといわれることもよくあります。これには猫の生物学的な理由があります。猫は性的には成熟した個体でありながら、非生殖器官に幼い体質が残る、ネオテニー（幼形成熟）という性質をもっていると考えられています。犬の場合、幼犬から成犬へと成長するにしたがって頭蓋骨も同じように成長するのですが、猫は仔猫から成猫へと成長しても頭蓋骨の大きさに変化は見られません。ちなみに松苗あけみ（一九五六年生まれ）は、「少女漫画は猫の顔」の中で、猫の目の大きさが少女漫画の登場人物のぱっちりとした大きな目と同じであることに言及した後、「猫の目玉2つは［猫の］脳みそ1個分より大きい&重いとか／しかしどーみても目玉ひとつ分より小さい脳です」、「頭の良さよりも見ための可愛さを選ぶとは」、「そしてあの小さくて上品な口元／それに合わせてあごなんかないくらいに小さい」、「人間にたとえて見ると幼児顔です」と書いています。[*3] オーストリアの動物行動学者コンラート・ローレンツ（Konrad Lorenz　一九〇三－一九八九年）は、一九四三年の論文で、人間が本能的に「かわいい」と感じるのは、幼い個体がもつ身体的特徴（ベビー・シェーマ／ベビー・スキーマ）に対してではないかと提案しました。顔の中央よりやや下に位置する大きな目、全体に丸みのある体形、柔らかい体表面、短い四肢などは、猫のもっているその特徴です。最近の研究では、必ずしも幼いものほどかわいいと感じられるわけではないという点など、種を超えたベビー・シェーマへの批判的知見も提出されていますが、少なくとも猫たちに関しては、はずれてはいないと思います。[*4] 私たちが頼みごとをする時に上目づかいになるのは、そうすることで表情がベビー・シェーマに近づき、相手に「かわいい」という印象を与えることで願い事を受け入れてもらおうとしているからだという説がありますが、それが本当ならば、猫が前足をそろえて座り、しっぽをくるりとその前に巻いたおねだりポーズは、ただでさえかわいいのに、それに加えて上目づかいで見つめられれば、猫好きにとってはたまらない表情でしょう。

猫のネオテニーは、特に飼い猫の場合、一種の「かわいさの戦略」とでも呼べるような実用的な効力を発揮します。仔猫を見て、そのかわいさゆえに、ほぼ悲鳴に似た叫び声をあげる猫好きは少なくないと思います。守ってあげたい、という母性本能に由来するように思われる感情で、私たちは仔猫を抱き上げるのです。人間の場合も幼さが実用的な効力をもつ場合があります。阿部公彦（一九六六年生まれ）は、文学作品の中にその特徴を見出し、『幼さという戦略――「かわいい」と成熟の物語作法』という本を書いています。特に興味深いのは、『富士日記』の作者、武田百合子（一九二五―一九九三年）について、年長者である夫の泰淳（一九一二―一九七六年）の保護者的な目の下で「百合子にとっては［……］『幼さ』の境地が、きわめて解放的に働いた」ことを指摘している点です。[*5] 阿部は、百合子が日記を書きはじめるきっかけが、「面白かったことやしたことがあったら書けばいい。日記の中で述懐や反省はしなくてもいい。反省の似合わない女なんだから」という泰淳の言いつけにあったことも説明しています（一一三―一一五頁）。ここで、猫好きの読者が気づくのは、百合子の、少なくとも夫、泰淳に対する、猫性ではないでしょうか。猫もまた、反省しない。猫川柳の一つには「落ち込まない　反省しない　学ばない」とあります。[*6] 実際、百合子は、泰淳の前で「母猫を真似て」、娘が拾ってきた虎斑の三毛猫の「首っ玉をがっぷりと口にくわえ、ぶら下げて廊下を往き来」して見せています。[*7]

ところで、仔猫のにゃあという声は、母親猫に助けてもらいたい時に発する声です。野生の猫は母と子の関係のための音声をもっていて、それは成長するにしたがって大人の生活のための音声と置き換わりますが、家猫はいつまでも仔猫気分が抜けないため、この子どもの音声をもち続けます。いつまでも大人にならない猫は、成長しても人間に対して、にゃあ、と鳴き、構ってもらおう、特に食べ物を与えてくれ、とアピールしているのです。さらに猫は、環境によってその音声に多少改良を加えて多様化させ、一〇〇種類もの異なる音をもつという説もあります。[*8] 猫を飼った経験がある人には想像しやすいと思いますが、ごはんの時、トイレの時、構ってほしい時、怖い時、と、飼い猫はいろいろな声で鳴きますね。

猫の幼児性がもたらすものは、鳴き声としてのにゃあ、だけにとどまりません。とりわけ仔猫の必殺技は、声の出ないニャーオ、と、ふみふみ、というなんとも不思議で魅惑的な行動です。

サイレント・ミャオ

ポール・ギャリコは、語り手の猫にこのように語らせています。

> 欲しい物があるとき、この「声を出さないニャーオ」［'the Silent Miaow'］はすごいききめを発揮します。ほんとよ。でも使いすぎてはだめ。ここぞという時のためにとっておかなくては。
>
> これのやりかたは実に簡単です。ふつうのニャーオ、たとえば「外に出たいからドアを開けて」とか「おなかがすいた」とか「これは気にいらない」とかの意味を伝えるニャーオをいうときと同じに、相手を見つめて口を開けます。ただし、声は出しません。
>
> たったこれだけのことなのに、その効果たるや劇的です。男も女も心を揺さぶられて、まずどん

なことでもしてくれます。あんまり効果があるからこそ、使いすぎが禁物なの。[*9]

声を出さないニャーオ。ギャリコ（が猫語翻訳を試みている猫）はこの鳴き方について、さらに次のように続けています。

ものごころついて以来、人間の研究を続けている私ですが、この声なしのニャーオがなぜこれほど力があるのか、人間の心のどんな部分にうったえるのか、すっかり解明できたとはいえません。まあ、こういうことかなと思えるのは、声なしのニャーオはあまりにもたよりなげな気配をただよわすので、人間は仏心をおこさずにはいられないというあたりでしょうか。もともと私たち猫のなき声ニャーオは、人間の赤ん坊がおっぱいを欲しがったり、だっこして欲しいときの泣き方に似ているので、猫にはずいぶん有利です。（一三七頁）

この指摘のように、実際の猫たちが、自分たち猫族の鳴き声と人間の赤ちゃんの声が似ていると認識しているかどうかは定かではありませんが、赤ん坊の鳴き声に反応せずにはいられない人間のことを「猫にたよりなげにニャーオとされると、何かしてあげなくてはという気持ちにかられるんでしょうね」とギャリコは猫に語らせています。元祖猫日記を書いたとされる宇多天皇が「猫は溜息をつき、私を見上げて咽を鳴らして何か言うようだったが、言葉にはならなかった」と書いた時もこのサイレント・ミャオを観察したものだったように思われます。[*10]

猫のふみふみ

そして、仔猫のもう一つの必殺技は、なんといっても、ふみふみ、でしょう。猫が身近にいない場合は、サイレント・ミャオと同様、「ふみふみ」という単語もピンとこないかもしれません。エッセイ『今日も一日きみを見てた』（二〇一五年）の中で小説家の角田光代（一九六七年生まれ）は猫界に存在する猫用語――「辞書にはのっていなくとも、猫界の人に言えばすぐ通じる言葉」――として「ふみふみ」を挙げています。

なんとなくその響きが照れくさいというか恥ずかしいというか、かわいすぎて私はとてもそんな言葉は使えないな、と思っていた。思っていたのだが、トトがやってきて、本当にふみふみすると、それはもう「ふみふみ」としか形容しようのない動作で、「うわーふみふみしてる」と、もうすでに使ってしまっている。[*11]

前足でふみふみする行動は、もともとは仔猫時代の習慣に由来するものです。お腹が空いた時、母猫のおっぱいの周辺を前足で刺激することで、お乳の出をよくするために、このふみふみを行います。[*12]飼い猫の場合はいつまでも仔猫の気分が抜けず、ふみふみをすることが多くなるのです。これも猫がもつネオテニーの性質に由来するものでしょう。ふみふみという動作は猫を飼っている人間にしかその詳細な様子はわかりにくいと思いますが、寺田寅彦は「舞踊」と題されたエッセイの中で愛猫「玉」がふみふみをする様子を以下のように描写しています。

死んだ「玉」は一つの不思議な特性をもっていた。自分が風呂場へはいる時によくいっしょにくっついて来る。そして自分が裸になるのを見てそこに脱ぎすてた着物の上にあがって前足を交互にあげて足踏みをする、のみならず、その爪で着物を引っかきまたもむような挙動をする。そして裸体の主人を一心に見つめながら咽喉《のど》をゴロゴロ鳴らし、短いしっぽを立てて振動させるのであった。

どうやら家猫は、母親猫の柔らかさをもつものであれば、なんでもふみふみをするようです。ここで「玉」は、筆者の脱ぎ捨てた着物——おそらくきちんとたたまれていない状態で、ぐしゃっとなった形態の着物——に飼い主の匂いを感じながら、ふみふみをするのでしょう。しかし、このエッセイの中で、寺田は、「丸裸のアダムに飼いならされた太古の野猫《やびょう》のある場合の挙動の遠い遠い反響」さえ聞いています。そして、「人間の喜びに相当するらしい感情の表現として、前足で足踏みをするのは、食肉獣の祖先がいい獲物を見つけてそれを引きむしる事をやったのとある関係があるのではないか」とも空想しています。[13]
さて、この猫の行動は、擬音語が多様な日本語では、ふみふみ、と表現されますが、英語では、'knead' という単語で表現されます。この語は、もともとは「〈パン生地〉を捏ねる、もむ」という意味で使われています。ちなみに、パンの塊のことを英語では 'loaf' と言いますが、日本語での猫の「香箱座り」（【図5】）を英語では 'cat loaf' と表現します。[14] 英語になると猫関連の用語がなぜかパンに関連する単語で説明されているのも面白いですね。

【図5】香箱座り

おかあさんにゃん？

本章の冒頭で挙げた、フランチェスコ・マルチウリアーノ（Francesco Marciuliano　一九六七年生まれ）の「ぼくは、かあさんをふみふみ」と題された詩の中では、仔猫が母親猫を求めて、「おかあさんにゃん？」と尋ねながら、いろいろな柔らかいものをふみふみしていきます。声に出してみるとわかりますが、「ふみふみ」を意味する 'knead' という単語は「必要とする」の意の 'need' と同じ音です。母親猫が何度も「おかあさんにゃん?」と繰り返しては執拗に「ふみふみ」する様子には、「おかあさんが要るにゃん」と甘えている様子が掛け合わされています。ベッドの上にあるキルト、カシミアをふみふみ。勝手にベッドに上がり込み、ふみふみ、セーターの上にのって、ふみふみしている姿が想像できます。仔猫がふみふみするせいで、カシミアのセーターはボロボロでしょう。最後に猫は胸毛の生えた飼い主の上でもふみふみしています。猫のふみふみを見たことがある人、猫にふみふみされた人なら経験があると思いますが、角田が次のように言っているように、ふみふみする時の力は結構強いです。

トトは、うつろな目つきで何かを呪うようにふみふみをする。しかも力が妙に強い。爪は切っているのに、爪先が寝間着に引っかかり、私の寝間着は一部爪研ぎがわりになったかのようにぼろぼろである。暗闇のなかだから、ちょっとこわい。ふみふみをしているうちに、のどの奥からごろごろごろごろ聞こえてきて、そしてごろごろいったまま、トトは眠る。[……]

私はときどき、猛烈にほかの猫のふみふみを見たくなる。こんなに強くふみふみするものなのだろうか。みんなうつろな目つきでやるのだろうか。甘えというより呪いのように見えるのだろうか。本当は、その言葉の語感と同じく、もっとかわいらしい動作なのではないだろうか……。*15

角田の言葉を借りるのであれば、猫のふみふみは「うつろな目つき」で、「何かを呪うよう」でもあります。しかし、作詞家の、うちのますみに言わせれば、ふみふみの様子は「ねこのグーパー/開いて閉じて」と表現されるかわいくてたまらない行為でもあります。猫のふみふみそのものは、そのあまりのかわいさゆえに飼い主には「昼間の悪さ／忘れさせる／猫の作戦」でもあり、まさに夢見るような眼差しをした猫の「魔法のふみふみ」なのです。[*16] そして、寺田や角田のように、猫をつぶさに観察する人間は、猫のふみふみには、機嫌が良い時のゴロゴロがついてくることに気づきます。

ばりばり爪とぎ

マルチウリアーノの詩の中の仔猫は、おそらく椅子に寝ていると思われる作者をふみふみした後で、「最後は飽きて」、その関心を「椅子」に移します。この部分の英語 'tear into~' は、「～の中へ突進する」とか「～にかぶりつく」、「～に食ってかかる」とも訳せる箇所ですが、ここでは動詞の「ひっかく、かきむしる」という意味を強調して訳出しました。猫を飼っている家の椅子がボロボロになってしまっているのは珍しいことではないからです。猫にとって爪とぎは、小動物を捕獲するために武器である爪をとぐ行為に加え、自分の存在をアピールする行為、つまりマーキング行為でもあります。「ネコの前足の裏には匂いの腺があって、椅子の布地をひっかくときにこれを強くこすりつける。［……］布の表面に匂いをすりこみ、その椅子に自分のサインを残す」と、モリスも観察しています。[*17]

次の章では、アメリカの女流詩人エミリー・ディキンソンの詩を題材にして、猫と捕食の関係について見ていくことにしましょう。

我が家のキャルア③

家猫のキャルアにも野生の狩猟本能が少しは残っているようで、一粒チョコレートのビニールの包み紙をリボン型にして投げてやると、あごが床につくほど低くかがみこんで、おしりを三度ほどふって、それから跳びかかります。どうやら、この、ビニールの包み紙の摩擦音は、虫の羽の音に似ているようです。実際の生き物を捕ろうとする時には、あんなにわかりやすい動きだと獲物に逃げられるのではないか、と思うのですが、その準備がないと、どうも跳びかかれないみたいです。

実際、ワーズワス家が猫を飼った本来の目的が示すように、いくら幼いものでさえ、猫という生き物は、かなりの獣です。日ごろはほとんど動かないのんびりキャルアなのに、夏は夕方くらいからごそごそ、ゴソゴソ。ゴキブリ、かめむし、やもり、テントウムシ、といろいろな虫に目を光らせています。飼い主たちがバタバタおいかけ回してもなかなか捕まえられない小さきものたちを、キャルアは猫パンチで秒殺。夏の時期は、朝が明けると、手足をもぎ取られた虫たちの死骸が床に転がっています。恐るべし、虎の同族、猫。連続テレビドラマ『ネコナデ』のキャッチコピーに「萌えてたまるか、たかが幼獣。」という言葉が、つけられていたのですが[*18]、仔猫には「幼獣」という表現がぴったりだと思います。

そんなキャルアも、もうすぐ五歳になりますが、いまだに、仔猫の頃の声とかわらず、なんとも頼りなげに鳴きます。「ニャー」ときちんと発音したのは、一度だけ。大嫌いな歯磨きをされているとき、私がキャルアの口をあけようとして、あごの肉を無理に下に引っ張ったので、よっぽど痛かったのでしょう。キャルアにしてみれば必死の抵抗なのでしょうが、私と夫は、「キャルアがニャーって鳴いた！」といって大はしゃぎ。それまでは、猫なのに「ニャー」と鳴けないのだと思っていました。みゃあん、ふああん、という、か細い声がいつもの鳴き方。そんなキャルアが、一度だけ、私たち夫婦の前でサイレント・ミャオをしてくれました。「キャア〜ル」とよぶと、口だけを動かして、目を細くして、声を出さないミャーオ。一瞬なんなのか、戸惑いました。なんと儚げで、なんと切なくて、声だけではなく、キャルアまでもが消えてしまいそうな感覚におそわれました。ギャリコがいうように、サイレント・ミャオの可愛さの効果は抜群。そして、これまたギャリコの指示に従って使い過ぎは禁物なのか、キャルアのサイレント・ミャオはその時の一度きりで、夫は「見逃した」と悔しがっていますが、キャルアは成猫になった今でも、どこかうっとりとしながら、毛布などのやわらかいものの上でふみふみをし、眠りながら猫のグーパーをしてみせて、私たち夫婦をほっこりさせてくれています。

第4章

猫とヒトとネズミ

ネコが鳥を見つける

エミリー・ディキンソン

ネコが鳥を見つける——彼女は静かに笑う——
身を低くし——それから腹ばって動き——
脚の動きも見えないほど早く走り——
目は大きくなって玉になる。

ネコの顎が動く——ピクピクとひきつって——おなかすいた——
歯はカチカチと動いてとめられず——
跳びかかる、が、ツグミのほうが先に飛び退いた——
ああ、砂地の、ニャン

希望たちは、ジュースが滴るほど熟れて——
君が、ほとんど舌を浸した——
その時、至福はたくさんの足があることをあらわにして——

みんなと一緒に逃れ去ってしまった――

猫とネズミ

テッド・ヒューズ

羊が食《は》んで短くなった草むらのてっぺんで、暑い太陽の下、
ネズミが身を低くして隠れていた、あえて試す勇気もない
機会をじっと窺《うかが》いながら。

　　時と世界は、
変わるにはあまりに歳を取りすぎ、五マイルの眺望――
森と村と農場――は、熱をおびて重い、麻痺した生活の
遠い雑音を鳴らしていた。

　　二足歩行の動物に
であれ、四つ足の動物にであれ、祈りは、何と縮約されていることか!
神の目の中に、もしくは猫の目の中に、という違いはあるけれども。

レノルズ夫人の猫へ

ジョン・キーツ

猫よ！　歳を取って大厄年を通り越した君、
　全盛期には幾匹のイエ・ネズミやドブ・ネズミを
　殺したんだい？　旨い物をいくつくすねたんだい？
その、輝いて物憂い、緑色の切れ長の目で見つめなよ、
そのビロードの耳をそばだてなよ、――でも、頼むから君の
　隠れた爪を僕に突き立てないでおくれ――そして優しくミァオと
　声高く鳴いて――そして教えておくれ、
魚、イエ・ネズミやドブ・ネズミ、そして、いたいけなひよことの戦いの一部始終を。
いや、うつむかなくていいし、君の細くなった手首をなめなくてもいい、
　ゼイゼイいう喘息にもかかわらず、――君のしっぽの先は、ちぎられて
傷を負っているにもかかわらず――そしてたくさんの女中たちのこぶしが、
　君をたくさんひどいめにあわせてきたけれども、まだその柔らかな毛並みは、
あの時のまま、割れたビン・ガラスの突き刺さった壁の上で、君が

矢来を抜けて槍試合の場へ入る騎士のようだった若かりし日のままなのだから。

「賄い方の話」より

ジョフリー・チョーサー

猫を捕まえなさってな、ミルクと
柔らけえ肉とを充分に与え、絹の寝床をこさえてやりなさってな、
それで鼠が壁のそばを通るのを見させてみなされ。
たちまち猫は、ミルクや肉や何やかや
家の中にあるどんなご馳走もそっちのけの
そんな食欲で、鼠を食べちまうんでさ。

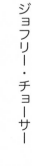

ネコメント

顎が動く、歯が鳴る

エミリー・ディキンソン（Emily Dickinson 一八三〇―一八八六年）が「ネコの顎が動く――ピクピクとひきつって――おなかすいた――／歯はカチカチと動いてとめられず――」と描写した時に猫が発していた音は、個体差もしくは聞く人によって表現の違いがあり、「ケケケケ」とか「カカカカ」とか「キャキャキャキャ」とも聞こえるようです。「短く鋭い連続音をたてること」という意味の英語を使ってクラッキング（clacking）と呼ばれています。外猫も獲物を見つけた時、同じ鳴き方をします。この音で獲物に逃げられてしまうのではないかという疑問も生じるかもしれませんが、猫はその時必ず風下にいて自らの鳴き声で（そして臭いで）獲物に気づかれることがないように、意識的にか本能的にかはわかりませんが、気をつけているといわれます。家猫が窓の外に獲物を見つけた時の反応をデズモンド・モリスは次のように説明しています。

すべての飼い主がこの奇妙な行動を見ているわけではないが、それは「一度見たら忘れられない」ほどふしぎな光景だ。窓の敷居に座っているネコがおもてをチョンチョン跳ね歩く小鳥の姿をとらえ、熱心にそれを見つめている。そんなとき、ネコが顎を動かして歯をかちかちいわせ始める。これは「連発歯鳴らし」とか、「痙攣《けいれん》反応」とか、「機械的スタッカート方式による欲求不満の顎鳴らし」とかいろいろいわれている。*1

猫はこの音を、捕まえたいのに捕まえられないなどの葛藤を感じている時に出すという説もありますが、モリスは、猫は鳥をすでに口の中にくわえているかのように、噛み殺し行動を行なっていると考えています。彼はこれを「真空運動」(vacuum activity)と呼んでいます。猫は特別な顎の動きで瞬時に獲物を即死させる。最初は爪で獲物を抑えつけ、それから顎を素早く振動させて脊髄を切断するそうです。クラッキングはそれを想像で実行しているというわけです。

もちろんディキンソンの詩の主題は「希望」(九行目)や「至福」(一一行目)というものの性質ですが、猫の生態もそれに劣らずよく観察されています。「身を低くし——それから腹ばって動き——」というのも、獲物を見つけた時の猫の様子がよく表れています。そして、「脚の動きも見えないほど」早く走る猫。かなり低い姿勢なので、脚そのものが見えなくなっているのかもしれません。そして、彼女の「目は大きくなって玉になる」。猫の目は、周りの明るさによって、瞳の大きさが変わることは知られていますが、恐怖を感じた時や、興奮した時もまた、黒目が大きくなるからです。*2

ディキンソンの詩では、猫は鳥に跳びかかろうとしています。八行目の 'of the Sand' の 'of' は、動きの起点を表す前置詞で、「～から」ととれば、跳びかかろうとする猫も、飛び退く鳥もともに「砂地から」ということでしょう。しかし、これは少し古い用法なので、「猫」のほうにかかるとすると、この 'of' は、*OED*, 47: [a.] 'Belonging to a place as a native or resident'; b. 'Belonging to a place, as situated, existing, or taking place there' という意味になるのではないでしょうか。すなわち「砂地の猫」。今、猫がいる場所が砂地なのです（そういえば、スナネコ（sand cat）という種類もいるし、イエネコの祖先にあたるリビア・ヤマネコは砂漠を生息地にしていたのでした）。ただ、解釈としては、猫の獲物である「ツグミ」が砂でできている（*OED*, VII）とも想像できる。「砂のツグミ」。つまり、砂上の楼閣のように、猫が抱いている目論見は、不確かで不安定で危うい、実現不可能な計画であることを暗示するのではないかと思います。狙っている猫にしろ、狙われている鳥にしろ、不確かな場所にいる、というニュアンスが、この表現で伝わります。

キーツと老猫

ジョン・キーツ（John Keats　一七九五―一八二一年）は、イギリスロマン主義運動の代表的詩人の一人です。彼の友人であったジョン・ハミルトン・レノルズ（John Hamilton Reynolds　一七九四―一八五二年）とは、書簡を通して、またレノルズ家への訪問を通して文学的な深いつながりがありました。詩に登場する猫は、レノルズの母親が飼っていた老猫です。私たちが第一章で読んだトマス・グレイの猫の詩と同じように、英雄風を茶化した疑似英雄詩（mock heroic）というジャンルに属する詩です。ここでは最初に、まるで壮大な叙事詩の冒頭で詩人が詩神ミューズに助けを求めて呼びかけるかのように、「猫よ！歳を取って大厄年を通り越した君」、と重々しくかつ滑稽に、おそらくは詩人のひざの上でうずくまっている老いぼれた猫が紹介されます。「大厄年」というのは、人間ならば六三歳ですが、ここでは九つの命をもつと言われる猫のことですから、63÷9で、七歳というジョークだと思われます。当時の猫は七歳で充分な年寄りでした。さらに、かつての彼の戦歴、すなわち狩猟と略奪の経験が、高らかにかつ滑稽に詠われた後で、まるで中世の愛と冒険の物語にでも登場する馬上の騎士、「矢来を抜けて槍試合の場へ入る騎士」であるかのような老猫のかつての勇ましい姿が、防犯用の「割れたビン・ガラスの突き刺さった壁の上」を超えて縄張り争いの喧嘩に赴く、あくまで卑近な猫の姿であるということが読者に突きつけられて詩が終わります。荘重な調子が突然、卑俗で滑稽な転落を示す表現方法を修辞学では急落法（bathos）とか漸降法（anticlimax）といいますが、ここで使われているのはその類です。

この猫の詩は、あの大叙事詩『失楽園』（*Paradise Lost*, 1667）を書いたジョン・ミルトン（John Milton 一六〇八―一六七四年）の文体のパロディでもあるとしばしば評されるのですが、ミルトンを敬愛して、同じレベルの叙事詩を書こうと努力していたキーツが、ミルトンを茶化すような文体を使っていることは、興味深いことだと思われます。最終的にキーツは一八一九年九月二一日の書簡でミルトン的な文体との決別を表明することになりますが、この猫の詩が書かれたのは一八一八年一月一六日ですから、それより早い時期に彼の中では、いわばミルトンの神格化といえるようなものが終わる可能性が示されていたといえるかもしれません。簡単にいえば、キーツはミルトンには猫的側面がある、と暗示していたのかもしれない。

猫は、良い言い方をすれば、孤高の精神の持ち主だけれど、悪い言い方をすれば、自分勝手で、独りよがり。ある意味、独善的な自分の世界に浸り込んで、周りが見えない。ここで思い出さなければならないことは、自我とか自己という概念は、多くのロマン派詩人たちにとって非常に重要な、彼らの芸術の根源であったということです。「私」や「私の感情」を詠うことこそが詩人の務めだと彼らは信じたのです。ですから、揺るぎない自己と確固とした信念をもっていたミルトンがロマン派の詩人たちにほとんど偶像崇拝的に敬愛されたのは不思議ではありませんでした。この猫の詩を書いたほんの五日後に、遺品のミルトンの髪の毛を見た印象を興奮して詩に書き綴ったキーツも本質的には、少なくとも最初はそうだったように思われます。ところが、やがて彼が、レノルズへの書簡で多くを語るようになる、シェイクスピアのもつ能力、「消極的能力」(negative capability)を賛美するようになると、彼は、縄張り争いで戦闘的になっている雄猫のように自己を前面に出して主張することよりも、自己を消してさまざまな他者の中に入り込める、もしくはカメレオンのように他者の色に変化できる能力を称揚するようになります。そうすると、猫の自尊心を撫《な》でながら、年老いた猫に同情するかに聞こえる優しい言葉も、実はその勇ましい自我と滑稽なプライドを茶化している言葉に聞こえてくるのは、キーツの価値観の変化に由来するのだと考えられるのではないか。しばしば、ユーモラスな手慰みの詩として片づけられる、この老猫の武勇伝の詩は、案外、キーツの詩論に関わる重要な意義をもっているのかもしれません。

ここからは、猫とネズミ、そして猫の狩猟本能とヒトとの関係が示されたエピソードを見ていくことにしましょう。

猫の公務員

ディキンソンの詩では獲物は鳥でしたが、猫の獲物の代表といえば、ネズミでしょう。テッド・ヒューズ（Ted Hughes　一九三〇—一九九八年）の詩では、神の眼差しから逃れられない人間が、猫に睨まれたネズミと重ねられています。鶴彬（一九〇九頃—一九三八年）に、「がくぜんと相見しこの世の猫鼠」という俳句がありますが、その緊張感に似ているかもしれません。*3

イギリスでは、猫の公務員なるものが存在します。官邸職員名簿にも掲載され、給料は飼育費として一〇〇ポンドの年俸を内閣府から支給されています。*4「ネズミ捕獲長」（Chief Mouser to the Cabinet Office）という職務です（【図6】）。

首相官邸周辺のネズミ被害に悩まされていたイギリス政府は、一九二九年頃からネズミ対策のために猫を公務員として雇うようになりました。イギリス国内で、政治家がネズミ対策のために猫を使ったのは、古くはヘンリー八世のもとで政治を行なったトマス・ウルジー（Thomas Wolsey　一四七五—一五三〇年）にまで遡るともいわれています。そんな職務に就いている猫のラリーは、職務怠慢のために一時更迭される騒ぎとなりましたが、デイヴィッド・キャメロン、テリーザ・メイ、ボリス・ジョンソンとイギリスの首相が代わってもずっと官邸をパトロールしています。猫は家につき、人にはつかない、とよく言われますが、ラリーの場合も例外ではなく、キャメロンやメイが官邸を去る際にもラリーは首相官邸に残りました。ラリーをかわいがらなかったのではないか、と追求されたキャメロンの国会での答弁も、インターネット上で話題になりました。[*5] このラリーについては、また第九章「野良猫、家猫」で言及します。

【図6】「ネズミ捕獲長」（Chief Mouser to the Cabinet Office）
History of 10 Downing Street - GOV.UK（www.gov.uk）

猫の家畜化とペスト、新大陸へ渡った猫

猫の狩猟本能を利用した動物、それは人間でしょう。猫とヒトとの関係を考える際に、ネズミの存在は欠かせません。モリスの言葉を借りれば、

ネコがやさしい人々の友やペットの地位に昇格する以前は、人間とネコの間には、ネコのネズミ

捕りの能力にもとづく契約があった。人類が最初に倉庫に穀物を貯えはじめて以来、ネコは自分の仕事をもち、契約における自分の役割をみごとにこなした。[*6]

ということになります。

猫が家畜化されたのは、紀元前二〇〇〇年頃、エジプトにおいてとされています。古代エジプト文明の初期にはすでに穀物を貯蓄するための倉庫が作られており、貯蔵庫に貯めた穀物は野ネズミや家ネズミを呼び寄せ、そのネズミたちを退治する役割を猫たちは担っていました。猫は倉庫を荒らすネズミたちだけではなく、邪気をもつ悪魔的要素を追い払うことも期待されていました。エジプトから発掘されたパピルスには猫に姿を変えた太陽神ラーが、敵である闇の世界の蛇アペプを殺す姿が描かれています。巨大な蛇であるアペプの頭をラーが二つに割き、体を切り刻み、その骨を砕くのです。

ところが、中世のヨーロッパにおいては、ネズミよりも、猫こそがペスト菌を媒介するかのように伝えられている文献が目につきます。一七世紀になっても、たとえば、エドワード・トプセル（Edward Topsell　一五七二頃―一六二五年）の『四足獣の歴史』（*The Historie of Foure-Footed Beastes Describing the True and Lively Figure of Every Beast*, 1607）にも書かれているように、この考え方が修正されることはなかったようです。猫は日々、野ネズミや家ネズミを食するため、猫の体は毒から逃れられない、とトプセルは論じています。猫は、汚染物質を持ち帰るだけではなく、人間を単に見るだけで、その視線は毒を注入すると考えられていました。トプセルによれば、猫の歯は毒性を帯びた液を分泌し、肉は有毒で、猫の毛は乗ってイギリスからアメリカに移住する人間たちの船のネズミを退治することが期待されました。[*8]

の狩猟能力は高く評価され続けました。アメリカンショートヘアという種類の猫はメイフラワー号に

命を奪い、誤って毛を飲み込もうものなら、窒息死する、というほどのものでした。[*7] しかしながら、猫

日本のネズミ退治

日本においても、人間と猫との関わりはネズミを抜きにしては語れません。日本の外来猫は、江戸時代に貿易船に乗ってきたのだろう、と小泉八雲（一八五〇—一九〇四年）は考えています。[*9] 猫たちは外交や貿易とともにあったのです。特に、船でのネズミ捕りとしての役割が重宝されました。

また日本の、特に農村では、猫にとってネズミ退治は、命がけの仕事でした。阿部真之助（一八八四—一九六四年）はエッセイ「猫のアパート」の中で次のように言っています。

ことさら農村では、猫の寿命は短かかった。野鼠が繁殖すると、これを退治しようとして毒団子を配給してくる。すると鼠も倒れるが、猫も倒れる。鼠が生き残って、村中の猫が死に絶えるような場合もないではなかった。村では米倉の番人として、また蚕の番人として猫は欠くべからざる必要物だった。鼠が蚕をとり食うとは、村に移り住んで、初めて知った知識であった。それなのに村の人は、野鼠が殖えると、その番人まで併殺して意に介しない。これは少なくとも忘恩的、非人道

的といわなければならないようである。もし、村の人が少しばかり人道的で、科学的であったなら、敵味方を併殺しないような工夫をしたにちがいなかった。[*10]

また、阿部は、このエッセイの中で、ヨーロッパでネズミが蔓延し、穀物の損害が数億ドルに達した際に、アメリカから一〇〇万の猫軍を派遣するか否かの議論が起こったことも述べています。その時は、一〇〇万の猫軍を養う損とネズミの食い荒らす損と差し引いて、どれだけの利益があるか、という反論が勝ったため、猫軍出兵は沙汰止みになったそうです。阿部は「これは猫の名誉のため、かえすがえす惜しいことをしたものである」と述べています。[*11]

そんなにネズミがたべたいか?

ジョフリー・チョーサー(Geoffrey Chaucer 一三四三-一四〇〇年)の「賄い方の話」の一節は、猫にとっていかにネズミが大好物なのかを描いています。たとえ、「ミルクと/柔らけえ肉」が充分与えられ、さらに「絹の寝床」というビップな待遇を与えられたとしても、ひとたび、ネズミが壁の傍を通るのが見えると、「どんなご馳走もそっちのけ」で「鼠を食べ」てしまうというのです。内田百閒もノラには、「バタと玉子とコンビーフを混ぜて捏ね合はせた物」や「小あぢの筒切り」を与えたり、何よりの大好物は「鮨屋の握りの玉子焼」で、それらを嬉しそうに食べると書いています。それでも、ノラのネズミに対する執着は強く、家にいないネズミをわざわざ外から持ってきて、家の中が大騒ぎになったことも描いています。[*12] 猫がいかにネズミに執着したか、猫の狩猟本能のしくみを知りえない人間は、半ば敬意を払いながら、半ば呆れながらも、その狩猟能力を観察してきました。高村光太郎（一八八三―一九五六年）は、「猫」と題した詩の中で「そんなに鼠が喰べたいか／黒い猫のせちよ／どんな貴婦人でも持たない様な贅沢な毛皮を着て／一晩中／塵とほこりの屋根裏に／じつと息をこらしてお前は居る」と書いて、黒猫の美しさと残酷さの共存に当惑しています。[*13] フランスにも留学で訪れていた高村ですから、パリで黒猫がおしゃれな猫としてブームになったことも念頭においているのでしょう。[*14] 貴婦人のような黒猫のすました顔と残虐に殺されたネズミが目に浮かぶようです。

猫の利益？　猫の残忍さ？

キャサリン・M・ロジャース（Katharine M. Rogers　一九三二年生まれ）は、猫を犬と比較した場合に、猫の肉食動物ぶりが際立って見えることを指摘しています。[*15] 犬は集団で狩りを行うため、自分たちよりも大きな獲物を集団で捕え、分け合います。一方で猫は単独で狩猟を行います。ネズミ捕りをさせると意外にも犬のほうが猫よりもネズミを捕るとの話ですが、それは、人間が喜ぶからという理由でネズミを捕るように訓練されているためであるとも考えられています。一方、猫は自分を楽しませるために狩りをします。ポール・ギャリコは、『猫語の教科書』で猫に、本当はネズミなんか食べないのだと語らせます。「猫がねずみをとるのは単なるスポーツだってことは、猫ならみんな知っているでしょ？　飢え死にしかかっているのでないかぎり、そんなものを食べたりするもんですか。人間がきつね狩りをしてもきつねを食べないのと同じよね」[*16]。そして、『猫語のノート』(*Honourable Cat*, 1990)と題された詩集に収録された詩の中では、さまざまなネズミたちに対して「私たちはただ遊びたいの／ああそうよ、私たちはただ遊びたいだけなの」('we only want to play. / Oh yes, all we really want is just to play')と猫に言わせます。[*17]だからこそ猫は自分の獲った獲物を得意げに飼い主のところに持ってきたりする。「死んだネズミをプレゼント」するのです。さらに、ギャリコは、「猫はネズミをなぶり殺しにして遊ぶ」とよく言われるものの、猫の言い分としては、正しくは、猫はネズミと狩りの「練習をしている」もしくは「訓練をしている」のだと言います。小さくて動くものに反応する猫は、それを反射的に捕まえようとするのです。スピードや嗅覚、狡猾さ、本能という天賦の才をもっているネズミを人間はなかなか素手で捕まえるということはできないはずだ、ともギャリコは言います。猫の狩りは、ネズミや鳥などの獲物の習性と向き合った結果であり、決して「残酷」という言葉で片づけられるものではないのだというわけです。ロジャースも、捕まえた獲物をすぐには食べずに弄ぶ猫の習性に言及し、その比喩を用いた批評として、エドマンド・バーク(Edmund Burke　一七二九―一七九七年)の言葉を紹介しています。バークは『一貴族への手紙』(*A Letter to a Noble Lord*, 1796)の中で、政治的空論ばかりを論じて現実の人間をおろそかにする理論家のことを「捕ったネズミをおもちゃにする猫に似ている」と批判しました。[*18]また、ロジャースによれば、猫は小さな体で獲物を捕らえる必要があるため、生きるための知恵が時にはずる賢さとして表現されたと述べています。

前の章で見た、武田泰淳・百合子夫妻が飼っていた猫の玉（もしくはタマ）は、一九年も生きましたが、彼らの娘は「玉が長生きしたのは、毎夏の山暮らしのせいだったかもしれない」と書いています。[*19] タマは、いわば、ストレス・フリーの環境を楽しむことができたわけです。百合子の『富士日記』には、タマが「ネズミの仔」だけでなく「四十雀」や「うぐいす」や「もぐら」や「リス」を獲ってくる様子が頻繁に記録されています。昭和四七年六月一一日の日記では、次のような記述があります。

タマ、午前中、キイキイ、チャーチャーともぐらに似たもっと大きい声でないている、リスのようなのをくわえてきて、放しては手で押え、また放しては手で押えて遊ぼうとする。タマはつめをひっこめて、傷をつけないように押えている。頭をかむときも、歯をたてないで、おどすようにかむだけだから、血も出ていない。タマはひたすら、遊びたいだけなのだ。手で押えたり放したりしても、脅えていてされるままになっているが、頭をカッとくわえると、チーチーチャーチャー、あらんかぎりの声で啼く。タマを押えて放させる。やっと歩けるばかりになった兎の仔だった。バケツに入れて、タマのこない遠くの松林の奥へ放しに行く。[*20]

「手で押えたり放したりしても、脅えていてされるままになっているが、頭をカッとくわえると、チーチーチャーチャー、あらんかぎりの声で啼く」という文は、おそらくは百合子自身が企んだわけではないと思いますが、主語を欠いて、効果的です。最初、読み手は、タマが「手で押えたり放したり」しているのだから、主語はタマだと思って読んでいく。ところが、述語は、「あらんかぎりの声で啼く」と結ばれる。この時点では、タマが弄んでいる、この小動物の正体がわからない。わかるのは「もぐらに似た」、「リスのような」動物ということだけ。だから、むしろ「脅えていてされるままになっている」、「あらんかぎりの声で啼く」主体が書かれていないほうが作者の心理により忠実な文といえます。何者かわからないから、否、噛みついている対象が何であっても構わないから、主語がない。結果としては、「タマを押えて放させる」という文を読むまでは、まるで百合子がタマに憑依しているかのような描き方だといえるかもしれません。同じように百合子が意図して書いているのかそうでないのかはわかりませんが、同じ昭和四七年の六月二四日の日記には、糖尿病になって食事制限を強いられている泰淳の嘆きに合わせるかのように、「夜、十一時半まで、タマが帰ってこないので食堂の硝子戸を少しあけて待っている。タマは耳を冷たくし、眼をしょぼしょぼさせて、何もくわえずに帰って来た」(三三五頁)、とどことなくユーモアとペーソスを感じさせるような終わり方になっています。ご主人様が食べられないのだから、私も狩りを遠慮しました、とタマは言っているかのように。ここでも百合子は、タマとともに、夫泰淳を愛する、そして泰淳に愛された飼い猫になっているように思われます。

「ネコがネコになったわけ」？

テッド・ヒューズは、「猫とネズミ」と題された詩の中で、猫に睨まれたネズミの様子を描いていますが、短編物語「ネコがネコになったわけ」（'How the Cat Became'）の中では、猫とネズミの関係を、人間を介して捉え直しています。この作品は短編集『クジラがクジラになったわけ』（*How the Whale Became and Other Stories*, 1963）に収録されており、神が動物を創った際に、それぞれの動物がどのようにして今の形、生態になったか、という物語で構成されています。

神様の動物創りはうまくいっているように見えたのですが、森に住む動物たちの中で唯一、何をしているかわからない動物がいました。それが猫でした、とこの短編は始まります。ヒューズは、夜行性の猫を（ほかの動物たちにとっては）得体の知れない動物として表現し、しかも「毎晩、［……］ネコは木のほら穴の奥」へ引きこもり、「バイオリンの調子をあわせていた」というのです。猫が曲を作ってばかりで仕事をしないために、「森の動物たちは委員会を作り、うるさくいってネコに仕事を持たせることに」したのです。「仕事だ！　仕事だ！　仕事しろ！」と、カケスにカササギ、オウムは夜が明けると猫につきまとい、ずっと猫の耳元で口をそろえます。とうとう昼寝ができなくなった猫は、「じけじけした森の中で一日中あくせくはたらくなんて、まっぴら」と考え、「さんざん走ったあげく」「人間の農場」にたどり着きます。ほかの動物は人間を怖がり、畑までやってこなかったので、戸をたたかれた人間はびっくりしました。そんなことは気にしない猫は「仕事をもらいに来ました」と言います。

「仕事？」人間は自分の耳が信じられず、聞き返しました。

「はたらくんです。かせぎたいんです」と、ネコはいいました。

人間は上から下までながめまわし、ネコの長い爪に目をとめました。

「ネズミをとらしたらうまそうだな。」

それを聞いて、ネコはびっくりしました。おれのどこが、ネズミとりの名人みたいに見えるんだろう、とふしぎでなりません。ですが、はたらけるせっかくのチャンスをのがす手はありませんでした。そこで、ネコは胸をそらしていいました――「それなら、もう何年もやってます。」

「よし、そんならやってもらいたい仕事がある」と、人間はいいました。「この農場には、ドブネズミやハツカネズミがわんさといるんだ。干し草の山にもいりゃ、小麦袋の中にもおるし、食料庫にもどっさりはいりこんでるんだ。」

というわけで、あれよというまもなく、ネコはドブネズミならびにハツカネズミたいじの専門家として、就職することになってしまったのです。お給料は、ミルクと肉と、暖炉のそばに寝かせてもらえることでした。昼間は一日中寝ていて、夜はひと晩じゅうはたらきました。

初めのうちはネズミ捕りに苦戦した猫。天井の高いところから急降下してきたりするネズミたちにからかわれていたのですが、でも、物おぼえの早かったネコは、その週のおしまいには、半時間もあれば、一ダースのドブネズミと二ダースのハツカネズミをやっつけられるようになりました。もしひと晩じゅうネズミ狩りにせいを出したら、そのうちじきにネズミは一ぴきもいなくなり、あげくに失業ということになってしまったでしょう。そこで、ネコは毎晩二、三びきずつとることにしました――さいしょの十分間くらいで。そして納屋へ引き上げ、朝までバイオリンをひくのです。前からやりたいと思っていたのは、まさにこういう仕事だったのです。

人間は猫の仕事に大満足で、人間の奥さんは猫をひざの上にものせてくれ、何時間も撫でてくれる、と、この話は続きます。この猫だけでなく、ほかの猫もネズミ退治の専門家として人間と関わるようになります。「夜あけになると、ネコたちはバイオリンをカラマツの木にぶらさげ、大いそぎで農場へとんで帰り、ひと晩じゅうネズミどもを相手に大かつやくしていたようなふり」をします。*21

いつまでも仕事をもたない猫。「仕事だ！　仕事だ！　仕事しろ！」と鳥たちに何度も追いかけられる猫。その猫は、動物たちの中でも初めて人間と関わり、ネズミ退治の仕事が与えられているのですが、人間にはわからないように仕事をさぼっている、という一面もコミカルに描かれています。猫とネズミにまつわる童話としては、シャルル・ペロー（Charles Perrault　一六二八－一七〇三年）の『長靴をはいた猫』（*Le Chat Botté*, 1697）が有名ですが、そこでも猫のネズミ捕りは、最終的に貴族に取り立てられた主人公の賢い猫が気晴らしにやる趣味になっています。[*22]

猫とネズミと堕落

ネズミを捕らえる猫は、初期近代のヨーロッパにおいては、アダムとイヴの堕落の象徴としてみなされていました。たとえば、アルブレヒト・デューラー（Albrecht Dürer　一四七一―一五二八年）の版画作品《アダムとイブ》（*Adam and Eve*, 1504）（【図7】）の中では、猫は、原罪を犯した始祖たちが住まねばならなくなった弱肉強食の世界の到来を表すものとして使われています。この作品の中では、アダムとイヴの足元で、猫（【図8】）とネズミ（【図9】）が向き合っていて、堕落が起きた後には、猫はネズミに跳びかかることが想定されます。神への背信行為をそそのかすイヴと、猫とが対応させられてもいるのです。

また、フィレンツェのオンニッサンティ教会に所蔵されている、ドメニコ・ギルランダイオ（Domenico Ghirlandaio　一四四九―一四九四年）作の《最後の晩餐》（*Ultima Cena*, 1480）（【図10】）では、これからイエスを裏切ろうとするユダの足元に猫（【図11】）が描かれています。

ギルランダイオが示した、ユダと猫との関連は、ヴァチカンのシスティーナ礼拝堂のフレスコ画の一つである、コジモ・ロッセッリ（Cosimo Rosselli　一四三九―一五〇七年）の《最後の晩餐》（*Ultima Cena*, 1481-1482）（【図12】）の中でも反復されています。この作品の中では、ユダの足元で犬と猫（【図13】）がいがみ合っています。神に対して忠実なキリストを暗示する犬と、神への裏切りを暗示する猫が対峙し

【図 7】アルブレヒト・デューラーの
版画作品《アダムとイブ》

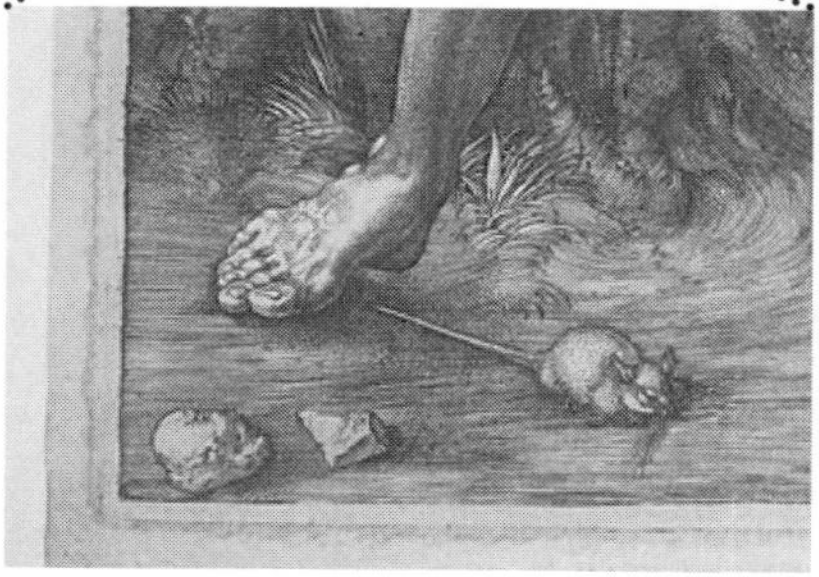

【図 9】

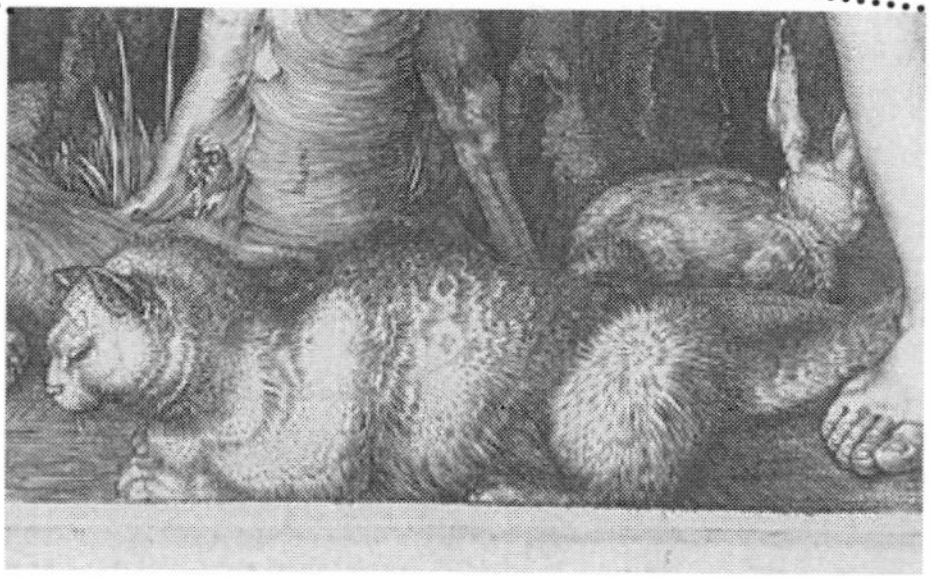

【図 8】

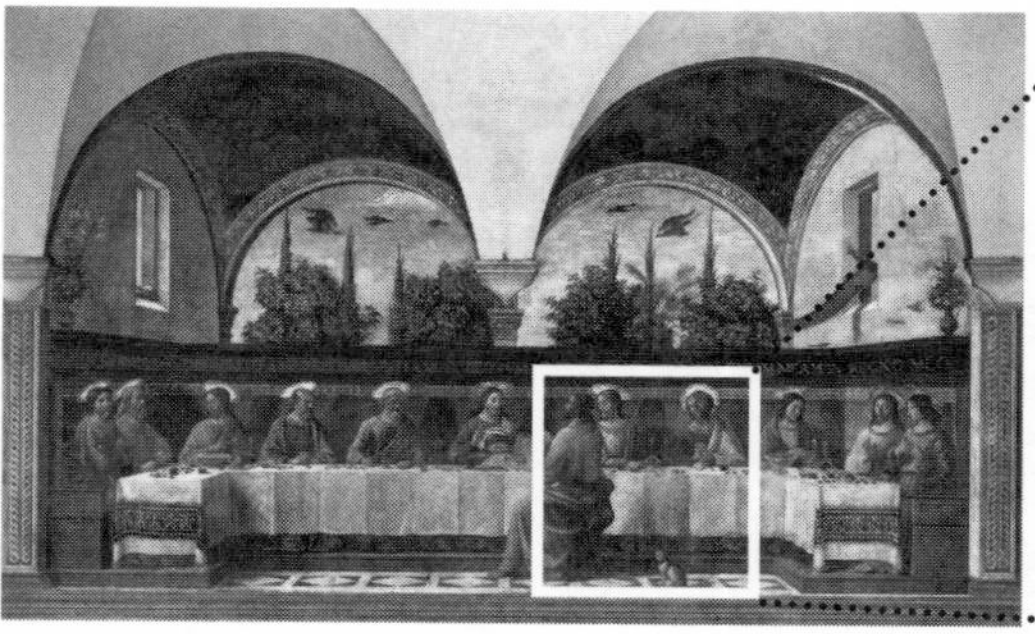

【図 10】ドメニコ・ギルランダイオ 作の《最後の晩餐》

【図 11】

【図 13】

【図 12】コジモ・ロッセッリの《最後の晩餐》

ており、キリスト対ユダの構図が犬対猫の構図として示されているのです。これらの楽園追放や最後の晩餐を主題とする絵画においては、神に対する裏切りや人間の堕落がその瞬間にまさに到達しようとする場面で、猫が描かれています。

次の第五章「猫と魔女」では、なぜ猫が魔術と結びつけられることになったのかに注目したいと思います。また続く第六章「猫と犬」では、猫と犬それぞれと人間との関係を見ていくことにしたいと思います。

我が家のキャルア④

まだキャルアが小さかった頃。パソコンで作業をしていると、キーボードの周りをウロチョロしていたキャルアが、急に窓の外の一点を見つめ、チャチャチャという声を発したので、とても驚きました。一瞬だったので、気のせいかとも思ったのですが、また数秒後にチャチャチャチャ。猫らしからぬ声。声というよりも、奇妙な音のような気がして驚いていると、また、チャチャチャチャ。えっ、チャチャチャ？　よく見るとキャルアの下顎《したあご》がガクガクして、ひきつったようになっています。痙攣かと思って心配をしましたが、のちにそれが狩猟行為に関わるものであるとわかりました。キャルアが二回目にチャチャチャ、とさせた時、よく観察してみると、窓の外の木には小さな鳥がとまっていました。この声は猫それぞれのようですが、北九州出身の私には、どうしても北九州の方言で語尾を強調する時に使う「チャ」に聞こえてしまうのでした。

第5章

猫と魔女、黒猫の運命

老婆と猫たち

ジョン・ゲイ

悪党と親交を結んでしまった者たちは、
その筋の商売の共同経営者と判断される。
街角で、その気のある娘を導く
御婦人は、女郎屋のおかみと思われる。
だから、慎み深い女の子が、恋人の悶々の情を
癒す女性と一緒にいるのを見られたならば、
彼女は、ひどく上品だとは思われず、
ただ、幾らでやらせてもらえるのか知りたいと願われるだろう。
我々の名前が良いものになるか悪いものになるかが、
友を選ぶことにかかっているというのは、こういうことなのだ。

悪名高い、しわくちゃババアが、
ちいさな、くすぶる火のそばで
老齢と寒さで苦しめられ、前後に揺れながら座っていた。

血管の浮き出た、彼女のしなびた手は、
膝の上で体重を支え、中風が彼女の
気の狂った脳みそを震わせていた。
彼女は、ブツブツとお祈りを反対から唱えはじめる、
八〇歳の荒々しいがみがみ女だ。
彼女の周りには、多くの猫たちの一団が
群がっていた、飢えて痩せて、ニャーニャーと鳴いていた。
彼らの鳴き声に悩まされて、彼女のかんしゃくは増長し、
つばを飛ばしながら、こう言った。「むこうへ行け、野郎ども。
ほんと私は馬鹿だったよ、こんな小悪魔たち、
こんな悪鬼たち、地獄の群れを快く受け入れるなんて！
あんたたちを家に入れて養いさえしなかったならば、
あたしゃ、魔女だって言われてけっして呪われりゃしなかったのにさ。
あんたたちのせいだよ、ガキどもの群れが、
果てしなく騒ぎ立て私を苦しめるのは。
藁がずっと敷かれて、普通に歩けやしないし、
（いちいち敷居には魔除けに）蹄鉄が釘づけされるのも。

女中たちは、小エニシダの枝で作った箒を隠しやがる、
あたしが立ち上がってまたがるのを恐れてるんだよ。
連中は、あたしの血の出たおしりをピンで刺して、
使い魔を養う、あたしの秘密の乳首を見せろ、って命じるんだ。」
「あんたがべらべらとしゃべるのを聞いてると、聖者様だっていらだつだろうね。
誰が不満を言うのに一番の理由をもってるだろうか？」と
猫が応える。「証明しよう、
もし私たちがけっしてあんたの屋根の下で飢えて暮らさなくてもよかったならば、
私たちは、猫族の他の連中のように、
狩猟する動物として、正当に評価されて暮らしていたんだ。
老婆に仕えるのは不名誉だ。
猫は小悪魔、箒は馬だと思われちまう。
ガキどもは徒党を組んで私らの命を狙ってくる、
曰く、おまえたち猫どもは九つの命をもっている、からだとよ。」

ネコメント

猫の神聖化、バステト信仰と猫のミイラ

ヨーロッパでの魔女狩りには猫に関係するエピソードが多いのですが、猫は初めから魔女や悪魔的な存在と結びつけられていたわけではありません。そもそも、古代エジプトにおいて、食物を荒らすネズミや、時には蛇など邪悪なものを追い払う猫は、聖なる動物とされていました。イギリスの動物学者エドワード・トプセルは、「猫について」（'Of the Cat'）の中で、エジプト人の猫崇拝と彼らが時には猫を神殿の中で飼ったことについて述べています。[*1] また、エジプトを旅した歴史家ヘロドトスの記述では、猫が死んだ際にはエジプト人たちは深い哀悼の意を捧げ、眉を切り落としたとも述べられています。

このような風習は、猫をバステトという神として崇める姿勢へと導きました。大英博物館には、多数のバステト像（【図14】）が所蔵されています。

バステトは猫の頭をもった神様です。ちょうど猫の目が、暗闇の中でも物を見ることができるように、バステトの目は、夜になっても地平線の下の太陽をも見通すことができると考えられていました。また、

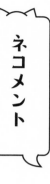

猫の目が暗闇の中で光るのは、バステトの目が人間には見えない太陽光線を反射するからだと考えられていたのです。[*2] 夜になると、いわば、目の中に太陽を置くバステトは、その光によって辺りを警戒し、闇に潜む天敵の蛇を見つけ、その頭を傷つけ、爪を突き刺すとも考えられていました。[*3] 夜のあいだ、太陽神の目の光を反射し、その代役を果たすことから、月の象徴にもなりました。つまり、バステトは、太陽の象徴と月の象徴の二つの側面をもっていたと考えられています。

【図 14】バステト像

エジプトのカイロには、野良猫の給餌用庭園があっただけでなく、世界最初の猫のための病院があったそうです。[*4] また、エジプトでは、特別な猫が死んだ時には、その神聖さを表すべく、ミイラにされることもあり、大英博物館には数多くの猫のミイラが保管されています（【図15】）。ミイラは多種多様で、二色刷りの麻布で巻かれたものや、棕櫚の葉を使って耳のように見せているもの、クリスタルを目にはめ込んだもの、黒曜石で瞳孔を作ったものや、猫型の棺に納められたものなどさまざまです。[*5]

エジプトの人々がいかに猫を神聖視していたかは、古代ギリシアの歴史家ディオドロス・シケリオテス（Diodooros Sikheliootees）の記録の中にも見られます。紀元前一世紀にエジプトを旅行した彼は、アレ

【図 15】大英博物館の猫のミイラ

クサンドリアで猫を殺したローマの兵士が群衆に捕らえられたことに言及しています。[*6] ローマの兵士にはローマ市民としての特権が与えられており、ローマの復讐を恐れたエジプトの国王はローマ兵を殺さぬよう、便宜を図ろうとしたのですが、このローマ兵は猫を殺した罪でエジプトの人々に殺されてしまいました。[*7] エジプト人の猫信仰は、時には、戦争に利用されることもありました。古代エジプトの軍隊とペルシア軍隊とのあいだで起こった、ペルシウムの戦い（紀元前五二五年）では、アケメネス朝ペルシア帝国のカンビュセス二世が、猫を盾に縛りつけて戦ったと言われています。猫はエジプト人にとっては聖なる動物であるがゆえに敵の盾には切りつけることができなかったというわけです。ペルシア軍は、エジプト人の猫に対する崇拝を逆手にとって、難攻不落とされていたエジプトを征服したのです。[*8] そして、エジプト人によって信じられていた、猫の、この霊的な力は、キリスト教の布教において転倒した形で利用されることになります。

ローマ教皇と猫

コーランには、「猫は清純な生き物」と書かれており、預言者ムハンマドも猫を溺愛していたと伝えられています。[*9] イスラム世界の猫に対する愛着とともに、時に過剰なまでの猫の神格化は、異教の神を排除しようと試みるローマ教皇たちに敵視されました。ローマ教皇グレゴリウス九世（Papa Gregorius IX　一一四三―一二四一年）が定めた『新版教令集成』（*Nova Compilatio decretalium*, 1234）の中では、猫はサタンの化身であり、邪悪な動物と定義されました。のちに、インノケンティウス八世（Innocentius VIII　一四三二―一四九二年）は、魔女狩りを行う根拠として異端審問官ハインリヒ・クラーマー（Heinrich Kramer　一四三〇―一五〇五年）の論文『魔女に与える鉄槌』（*Malleus Maleficarum*, 1486）を使い、猫を連れている魔女たちを火あぶりの刑にしました。一六一八年の魔女裁判の様子を記したパンフレットの表紙には、三人の魔女が黒猫を連れている様子が描かれています[*10]（【図16】）。

魔女たちの手先は「使い魔」（familiar spirit）と呼ばれ、しばしば猫の姿をしていると考えられていました。[*11] スコットランドで魔女として名をはせたイザベル・ガウディー（Isobel Gowdie）の場合は、自分自身が猫の身体に入り込む力があったようです。魔女裁判の際に、「悪魔の御名によって［……］私は猫の中に入る」（'I shall goe intil ane catt, //... in the divellis nam', ll. 1-3）、という呪文を唱えたことを告白したとされています。[*12] 魔女裁判における罪状認否では、魔女が猫の姿に化けることによって人に呪いをかけた、と白状することで罪が確定することが多かったようです。たとえば、一六〇七年に、魔女イゾベル・グリアソン（Isobel Grierson）は火あぶりの刑になったのですが、その罪状は、スコットランドのプレストン・パンスに住む、アダム・クラークとその妻の家に、彼らの飼い猫の姿に化けて侵入したというものでした。また、魔女イゾベルが、同じ町のブラウン家に侵入した際にも猫の姿であり、ブラウンは魔女イゾベルにかけられた病が原因で死亡したとされています。*13

魔女が自らの悪の目的を達成するために猫を利用する興味深い一例は、彼女らが猫を使って嵐を起こし、難破を引き起こすということです。シェイクスピアは、『嵐』（*The Tempest*, 1611）の中で魔女シコラックスについて「月を操って、潮の干満を起こし／月の力を超えた支配力をふるっていた」（'a witch ... so strong / That could control the moon, make flows and ebbs, / And deal in her command without her power', 5.1.269-271）と書きましたが、魔女が月を操れたのは、他ならぬ猫が月を操れたからだと思われます。エジプトのバステト神の場合もそうでしたし、古代の人々も、月と猫を強く結びつけて考えていました。そして現代でも、第八章で扱うイエイツの詩にあるように、人は根源的な連想として、夜行性の猫と月とを結びつけてしまうのかもしれません。ならば、猫自体が潮の干満を利用して海を操る力をもっていると信じる人々が

【図 16】*The Wonderful Discoverie of the Witchcrafts* 表紙

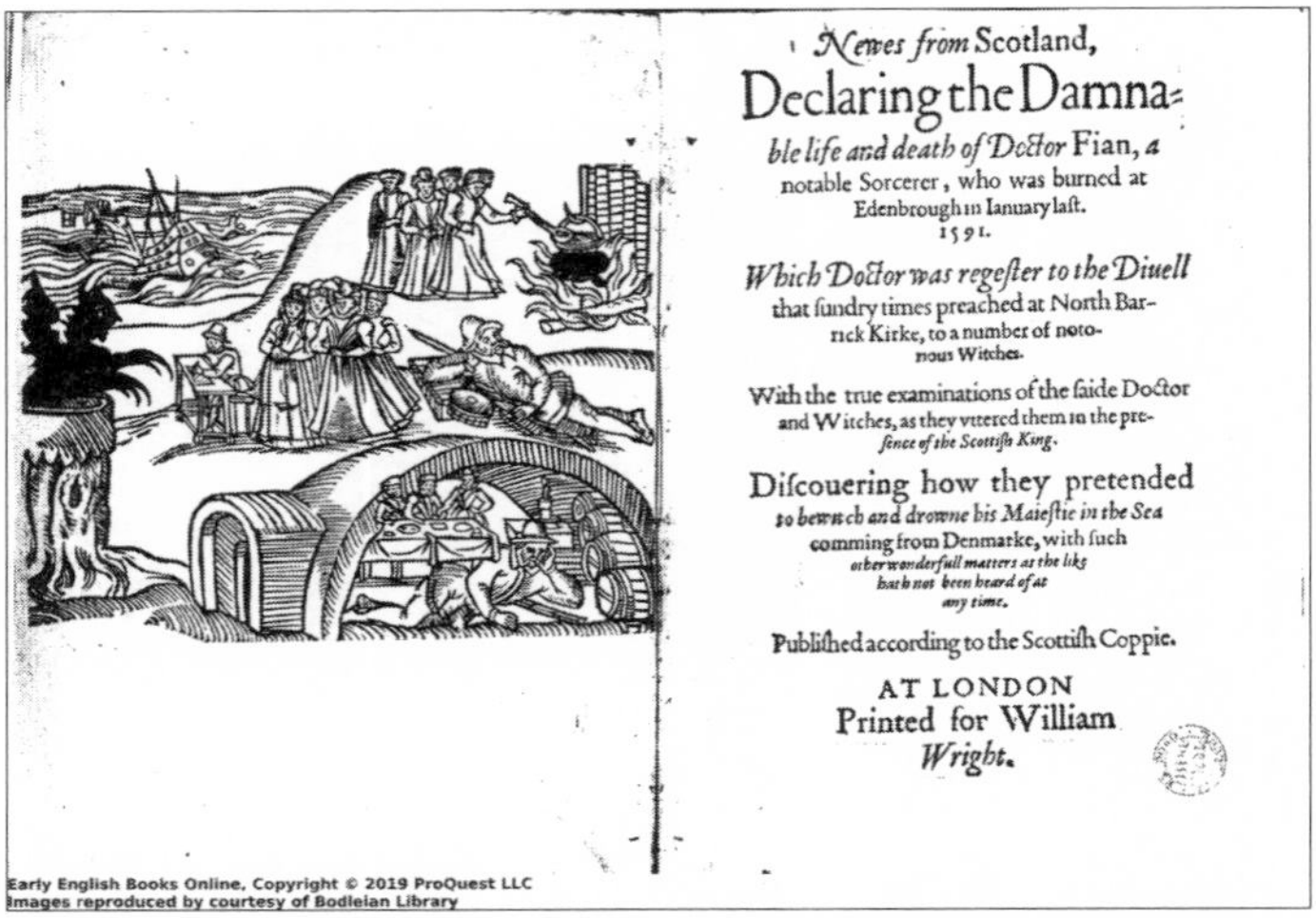
Newes from Scotland,
Declaring the Damnable life and death of Doctor Fian, a notable Sorcerer, who was burned at Edenbrough in Ianuary last.
1591.
Which Doctor was regester to the Diuell that sundry times preached at North Barrick Kirke, to a number of notorious Witches.
With the true examinations of the saide Doctor and Witches, as they vttered them in the presence of the Scottish King.
Discouering how they pretended to bewitch and drowne his Maiestie in the Sea comming from Denmarke, with such other wonderfull matters as the like hath not been heard of at any time.
Published according to the Scottish Coppie.
AT LONDON
Printed for William Wright.

【図 17】『スコットランドからの知らせ――悪名高き魔術師フィアン博士の忌まわしき生涯と死』（1592）sig. Ciiv; タイトルページ

いたとしても不思議ではないのでしょう。実際、オールドフィールド・ハウイ（M. Oldfield Howey）は、「魔女が嵐を起こそうとするときに猫に姿を変え、その得体の知れない猫を、船乗りたちが猫に化けた魔女として『目撃した』としても、意外ではないだろう」という言い方をしています。[14] 大勢の悪名高き魔女たちの前で幾度となく教えを説いていた高名な魔術師ドクター・フィアンが裁かれた時、彼らは、デンマークから戻るジェイムズ一世の船を転覆させようとしたとされています（【図17】）。魔女の一人、アグニス・トンプソンが白状したところによると、猫の力によって嵐が起こされ、国王の乗った船だけが逆風を受けて国王の溺死が企てられた。彼女は、その猫にまず「洗礼を施し、体の各部分に死んだ人間の五臓六腑と幾つかの関節を縛りつけ」てその魔術を行なった、と言っています。[15]

乳首を多数もつ魔女

猫を連れていることが魔女の証拠であるとされていたのですが、魔女は子分を多く育てるために、多くの乳房をもつ雌猫に姿を変えているという俗説が流布していました。二つ以上の乳房（おそらく、現代でいう副乳でしょうか）は、魔女の証拠となり、迫害の対象となりました。この俗説は長くヨーロッパ社会に根づいており、ジョン・ゲイ（John Gay　一六八五―一七三二年）の「老婆と猫たち」と題された寓話（【図18】）の中でも、猫を飼っているという理由で魔女の扱いを受ける老婆は、確たる証拠として、「自分の秘密の乳房を見せるよう命じられる」（'[They] bid me shew my secret teat', l. 34）ことになってしまう、と言うのです。同時代の劇作家、ウィリアム・コングリーヴ（William Congreve　一六七〇―一七二九年）も『愛のための愛』（*Love for Love*, 1695）の第二幕で、アンジェリカが乳母に対し、「ちょっと聞いてよ。あなたの左腕の下に不自然に大きな乳首があるのを見たって、それにぶち猫の姿をした若い悪魔にあなたが乳をあげてたって、そういう証人を私は連れてこれるわよ」、と言ってからかっています。*16

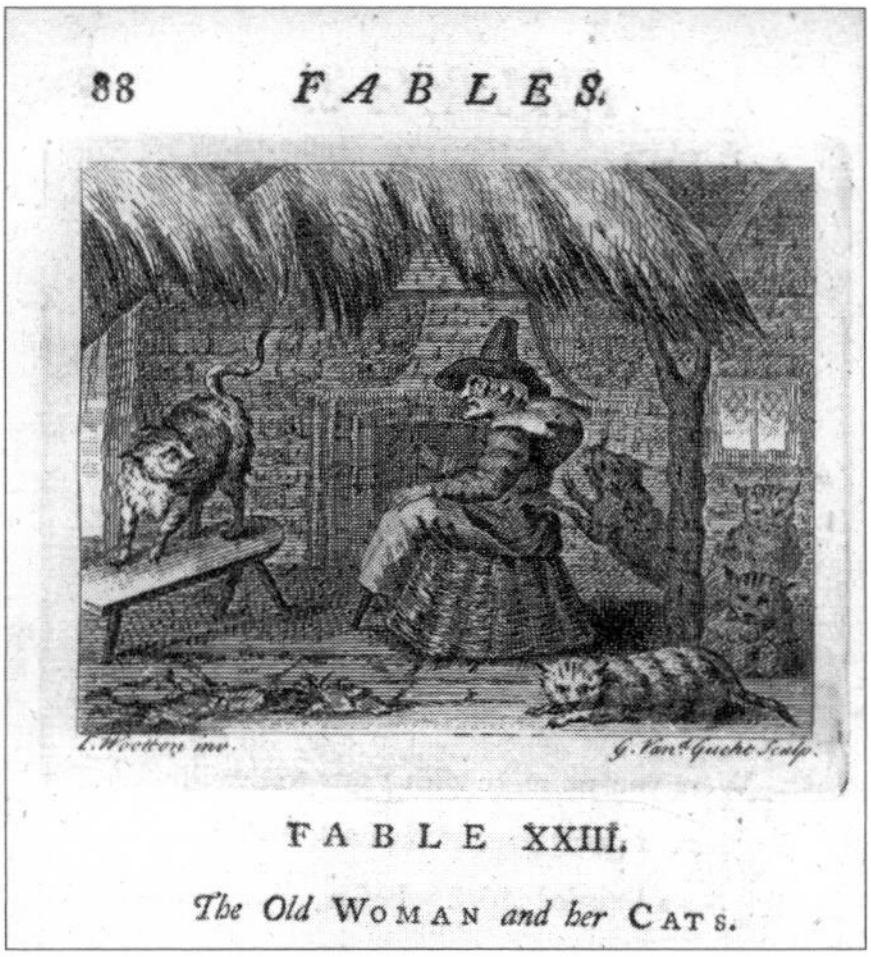

duncan1890

【図18】ジョン・ゲイの『寓話集』（1727年）、「老婆と猫たち」の挿絵ゲイの詩では、猫を飼っている老婆が、それだけで魔女として捕らえられてしまったことに不満を抱いています。老婆は、自分が猫たちに餌を与えたりしなければ、魔女として呪われることはなかったはずだ、と言います。一方、猫たちのほうは老婆の家でひもじい思いをし、「小鬼」（'imps'）、「敵」（'fiends'）、「地獄の従者」（'a hellish train'）として扱われ、「悪霊のような老婆に仕える不名誉」（'infamy to serve a hag'）を被っていると不満をもらします。このやりとりの中でも、猫が魔女の手先として認識されていたこと、また、異常な乳房をもつ女性が魔女として迫害されていたことが示されています。

ところで、シェイクスピアの戯曲『マクベス』（*Macbeth*, 1606）では、王位簒奪のための殺人に尻込みをする夫に対して、マクベス夫人が自らの冷酷さを表すために、赤ん坊が自分の乳を吸っている時にでさえ「その骨なしの歯ぐきから乳房をもぎ取って、その脳みそを叩き出」せる、というよく知られた場面があります。マクベス夫人は「私は乳を飲ませたことがある」（'I have given suck', 1.7.54）と言っているので、この夫婦には、劇には登場しないけれども、子どもがいる、もしくはいたと推測され、では何人いたのかという議論がなされたことがあります。*17 興味深いことに、この作品の中でのマクベス夫人の役割を考えると、マクベス自身を国王の殺害へと強烈に導いていくという意味合いから、彼女と魔女が重なってきます。今、本書で説明している文脈に当てはめれば、マクベス夫人が自らの乳首を含ませていたのは、人間の子どもではなく、使い魔を育てるためではなかったのか。さらに、マクベス夫人がもう一人の魔女であったと解釈すると、この有名な台詞の直前で、臆病な夫を猫に喩えている言葉とも論理的に合致します。彼女は「諺にある意気地なしの猫のように、『ほしい』に『やめておこう』をお供させる」（'Letting 'I dare not' wait upon 'I would', / Like a poor cat i'th'adage', 1.7.44-45）夫を叱咤し、弑逆《しいぎゃく》を促します。[18] ここで言及されているのは「猫は魚を食べたいけれど自分の足を濡らしたくない」（'The Cat would eat fish but she will not wet her feet'）という人口に膾炙した表現で、通常の猫が、いかに雨や水に濡れることを嫌うかが観察された経験に基づく格言です。[19] マクベス夫人は、この言い回しを用いることによって、王位を欲しがっている一方で自らの手を血で濡らしたくないマクベスを猫に喩えながら、実は自分が魔女であって、夫は彼女の願望を達成するための道具、つまり使い魔としての猫であることを暴露しているかのようです。

魔女の集会

魔女と猫が同一視される場合もあります。一つの共通点は、魔女も猫も集会を開くということです。『マクベス』では、魔女たちが集会を開いているところから劇が始まります。三人の魔女のうちの一人のグレイマルキン（Graymalkin）という名は、灰色の猫という意味で、魔女が連れている猫は予知能力ももっていたとされています。[20] 魔女たちが再度集まり、「とらぶち猫がミャオと三度鳴く」（'Thrice the brinded cat hath mewed', 4.1.1）時に、時は満ちます。エジプトにおいて月の象徴でもあった猫は、魔女たちの集会（サバト）に不可欠の存在でした。サバトの参加者が猫などの動物をまねて仮装を行なっていたことも、のちに、キリスト教教会によって悪魔崇拝として弾圧される要因となりました。[21] 猫の中でも、特に黒猫は、その黒色が闇に紛れることから、魔界や霊界に通じるものとされ、サタンの化身である蛇と交流をもっているとも考えられました。[*22] 当然ながら黒猫は、魔女の集会に出席すると広く信じられており、ある伝承では、猫のしっぽを切ると猫が女主人の魔女と出かけられなくなると考えられていました。そのため、村人たちは慣習として猫のしっぽを切ったといいます。

猫がもつ予知能力を手に入れようとする人々は、夜行性の猫を生贄に捧げることで、暗闇や地下に住む神々と交渉をしようと試みました。スコットランドなどのケルト文化が根づいていた場所を中心に、一七五〇年頃まで行われていた「タイエルム」(Taigheirm) と呼ばれる儀式です。[*23] スコットランドの高地や島々に密かに住み着いたとされる神や悪霊は、ブラックキャット・スピリッツ (Black Cat Spirits) と呼ばれ、タイエルムの儀式を行うことで人々は悪霊の力を得ようとしたのです。タイエルムは、「武器の貯蔵場所」という意に加え、「猫の鳴き声」をも意味します。儀式は真夜中に始まり、四昼夜に及びます。儀式を行なった者は、終了後に生涯失うことはない予知能力を授かるといわれていました。生贄の黒猫は、魔法にかかりやすい状態にするために、仕打ちや苦痛を与えられました。一匹の黒猫が串刺しにされ、すさまじい鳴き声が響きわたる中、ゆっくりと火であぶられます。その黒猫が死に至り、鳴き声が消えた後に、別の黒猫が串刺しにされ、悪魔払いの祈祷師の体力が続く限り、黒猫の生贄が途絶えないように儀式は進んでいきます。タイエルムが「猫の鳴き声」を意味することからわかるように、儀式の途中で悪霊が猫の姿になって表れた際には、串焼きにされた猫の鳴き声と悪霊たちの叫び声が共鳴し、この世のものとは思えないほどのすさまじさで響きわたり、巨大な猫の霊が周囲を威嚇しながらやってくることで、この儀式は終わります。

黒猫の運命

ウェストミンスター寺院では、告解の三が日に猫をむち打ち、殺すという生贄が行われていたようであり、寺院の東の一部が改修された際に、猫のミイラが見つかりました。[*24] 猫は生きたまま壁のあいだに閉じ込められ、キリストと同一視された太陽神に対する捧げものとして生贄になったと考えられています。アメリカの作家、エドガー・アラン・ポー（Edgar Allan Poe　一八〇九―一八四九年）の「黒猫」（'The Black Cat', 1843）でも壁の中に死体が埋め込まれていました。主人公は、「黒猫というものはみんな魔女が姿を変えたものだ」とよく言っていた妻を殺して、壁の中に塗り込んで隠そうとしましたが、地獄から響いてくるような、人間のものとは思えない金切り声が原因で死体が発見され殺人が発覚してしまいます。妻の死骸の頭の上には同様に塗り込められていた「赤い口を大きく開け、爛々《らんらん》たる片目を光らせたあの忌まわしい獣」（'with red extended mouth and solitary eye of fire, ... the hideous beast'）、すなわち主人公が虐待して片目を刳《く》り抜いて殺した黒猫が座っていた、という鬼気迫る語りは、この物語が恐怖の感情を喚起する目的で書かれたことを如実に示しています。[*25]

悪魔的な猫は、聖なるものとしての側面も併せもっていて、その猫の二面性は、一七世紀に入って、毒と薬が表裏一体であることと同じく、医学的にも利用されていました。トプセルによれば、猫の歯は毒性を帯びた液を分泌し、肉は有毒で、猫の毛は命を奪い、誤って毛を飲み込もうなら、窒息死する、というほどでした。[26] 猫は日々、野ネズミや家ネズミを食するため、その体は毒から逃れられないとトプセルは論じ、さらに、猫の脳が最も危険だとみなしています。しかしながら、猫の体そのものが毒であると認識される一方で、人間は猫の危険性やその毒性を把握し、猫を薬用として利用しようと試みていました。その最たるものが、黒猫の頭部を煎じて薬にしようというものです。別の色の班のない黒猫、即ち全身が黒い毛でおおわれている黒猫を手に入れ、陶器の壺に入れて焼き、その頭部を粉にしたものを目の中に一日三滴たらすと、盲目もしくは目の痛みが治る、というのです。また、黒猫の脳が薬に利用できるということが広く知られていただけでなく、[27] 黒猫の頭部は、魔除けやまじないをする際の道具としても認識されていました。たとえば、ベン・ジョンソン（Ben Jonson　一五七二―一六三七年）の仮面劇の中で、魔女の一人が「私は黒猫を殺した、そしてここにその脳味噌がある」、と言うのもその目的のためです。[28] このように、黒猫たちは、予知能力を得ようと試みる魔術師たちや、猫の体内から医学的な効能を取り出そうとする人間たちの犠牲になったのです。[29]

現代に近づいても黒猫扱いは両義的なようです。デズモンド・モリスも、「イギリスでは、黒ネコが目の前を横切ったり家にはいってきたりすると、そのネコが幸運をもたらすと長い間信じられてきた」ということと「アメリカでは［……］縁起の悪いのは黒ネコである。開拓時代初期から黒ネコは悪魔と強く結びつけられていたので、それはどんな場面でも悪の勢力であった」ということの両方に言及しています。[30] 日本はアメリカの影響下にあるようで、黒猫が前を通ると不幸が起こると言う人が多いようです。本書第一二章でも紹介する現代のカナダ詩人グエンドリン・マッキューエン（Gwendolyn MacEwen 一九四一―一九八七年）の「魔法の猫」の中には、うん、間違いない、と思わず読者を唸らせる次のような観察があります。「黒猫が前を横切った時には、それは普通、彼が通りの反対側に行こうとしていることを意味する」[*31]（'When a black cat crosses your path it usually means that he is trying to get to the other side of the street'）。確かに。なんと、とぼけた、ユーモラスな言葉でしょう。でも「何の意味もないよ」、と言っている黒猫の表情と無関心さと孤高の生き方が伝わるようで、印象的な言葉です。

日本の化け猫騒動

一方、日本では、江戸時代以降、猫は怪奇現象としばしば結びつけられてきました。日本人は皆「子猫の時に猫の尾を切っておかないと、大きくなって猫又という化け物になる、と信じている」と、小泉八雲が書いています。[*32] また、阿部真之助も日本の猫の尾の短さと猫の魔性について、次のように言っています。

私の想像によると、日本で無尾の猫を、愛翫するようになったのは、猫が魔物だという迷信に基いているようである。猫が年をとると、尾が自然に二つに割れるようになる。いわゆるネコマタというやつで、こうなると変化自在の通力を得て、人をたぶらかし、人をとり食うというのである。

［……］化け猫にならない用心に、あらかじめ尾を切断するようになったのであろう。だが猫の寿命は割合に短く、二十年を越えるものは、まずないといってよく、十年を越えれば長寿に属する。大抵は三年か五年ぐらいで死んでいくのが普通のようだ。この頃化け猫の話を聞かなくなったのは、猫が化けないのではなく、化けるまで命が続かなくなったせいかも知れない。[*33]

このような化け猫騒動が起こったり、猫が魔性の生き物だと考えられる傾向があったりするのは、猫の残忍さに原因があると考えられますが、そんな猫が不吉の象徴として扱われるのは当然でしょう。西洋文化、特にポーやフランスの象徴派の詩人たちに影響を受けた萩原朔太郎（一八八六―一九四二年）の詩「猫」（『月に吠える』一九一七年）でも「なやましいよるの家根のうへで」集会をしている「まつくろけの猫」二匹は不吉な鳥である鴉のように描かれています。一匹が唐突に、死を予知するかのように、もしくは彼自身がその死をもたらすかのように、「ここの家の主人は病気です」と告げるのです。[*34] 次の章では、猫の性質について、同じく人間との関わりをもってきた動物である（時には猫の天敵とされる）犬との比較を行いながら見ていくことにしましょう。

我が家のキャルア⑤

「仕事だ！　仕事だ！　仕事しろ！」と言われたキャルアの反応は、きっと「はあ？」でしょう。ぐうたら寝ているだけに見える猫たちも、仕事はもう充分にやっているのです。キャルアは寝て起きて、大あくびして、もうひとねむり。飼い主の目覚まし代わりをして、規則正しい生活に導く。以前は、カーテンを開けようともしなかった私は、キャルアに促されて、陽だまりに連れ出されます。それも彼女の立派な仕事。パソコンや本にずっと向かっていると体のあちこちがいたくなるのですが、それも、キャルアが邪魔することで、仕方ない、一息つこうか、となります。これもキャルアの立派な仕事。キャルアは外から持ち帰ったレポートの紙や、今まさに手を加えようとしている原稿の上に大きなおしりをのせて、しっぽをパンパンとふります。要するに、仕事をするな、私にかまえ、と言っている（どこかで、このセリフ、きいたことありませんか）。しまいには手を噛んできます。こうなったら、もう、こちらも観念せざるをえません。

第6章

猫VS犬

ねこくんのおいのり

カルメン・ベルノス・デ・ガッツトウルド

かみさま、
ぼくはねこです。
げんみつにいうと、あなたさまになにかおねがいがあるというわけではないんです!
にゃいんです、けど……。

だれにもなににもおねがいはしません……
でも、
もしもあなたさまがなにかのはずみで、てんごくのどこかの納屋の中に
ちっちゃな白いねずみ、もしくは
ひとさらぶんのミルクをおもちなら、
それをおいしいとおもってたべるやつを紹介しますよ。
いつか、イヌ族ぜんぶに
のろいをかけてくださらないでしょうか?

そうしてくださったら、ぼくはいいますとも、
アーメン、かくあれかし、と。

二の歌、第五歌

W・H・オーデン

犬　単独で生きるのでは、満ち足りた一生は送れない、
人は頭で、犬は鼻で、過ごすのだけれど。
人には、僕が与えることのできる深い感情が必要だ。
私は、人の中により広い狩場を嗅ぎつける。

猫たち　似た者は似た者に呼びかける、分かち合えば楽になるし、
根が思いやりを持てば、花は愛を帯びるものよ。
人は私たちの中に、私たちは人の中に看取するの、
孤独な時間への共通の熱望を。

猫たち　私たちは、少し離れて、そしてプライドをもって、
人が作った上品な住まいの周りで生活するわ。

犬　人が歩くところはどこへでも、僕は彼のそばについていく、

忠実なしもべ、そして彼の愛する影として。

ネコメント

「イヌ族ぜんぶにのろいを」？

この章では、猫の天敵ともされる、犬との関係を見ていきたいと思います。さて、本章冒頭に挙げた詩は「イヌ族ぜんぶにのろいを」という、なんとも身勝手な、過激なお祈りです。

実はこの詩、カルメン・ベルノス・デ・ガッツトウルド（Carmen Bernos de Gasztold　一九一九–一九九五年）の『箱舟からのお祈り』（*Prayers From the Ark*, 1947）と題された詩集に収録されていて、ほかの動物のお祈りと比較すると、とても猫らしい一面が垣間見られるものとなっています。この詩集は、創世記のノアの箱舟のエピソードをモチーフに、さまざまな動物がノアの箱舟の中から神にお祈りを捧げている設定になっています。ノアのお祈り以外に雄鶏、猿、フクロウ、犬、ハチ、ヤギ、蛍、象など、二六種類の動物のお祈りが収録されており、「ねこくんのおいのり」はそのうちの二番目に掲載されています。

ここでは大人になるかならないか、まだわがまま盛りの猫のイメージであえて「ねこくん」と訳してみました。ほかの動物たちが箱舟の中で神に祈るのを横目に、猫は神へのお願いはない、と言いながら、あえて言うならば、という体裁で「ちっちゃな白いねずみ」と「ひとさらぶんのミルク」が欲しい、と結局言っています。神様が、「てんごくの［……］納屋」に取り置きしてあるものだから、ネズミも、そしてミルクも、白いイメージが伴っているのでしょう。ここで「それをおいしいとおもってたべるやつ」というのは、もちろん自分のことです。ここでは、ネズミを食べるという殺生が神様への祈りの中で正当化されていますね。ちなみに、この詩集には、「ねずみのお祈り」（'The Prayer of the Mouse'）と題された詩も収録されていて、ネズミは、「私は小さくて薄汚いもの」（'I am so little and grey', line 1）に過ぎない存在だ、と祈りを始めています。神様の納屋に住むネズミが「白いねずみ」として表現されていたのに対し、この世に住むネズミの祈りの中では、自身は「灰色」で薄汚いものだと表現されています。さらにネズミは、神が自分を小さくて追われる身として作ったことを述べ、最終的には「自分の飢えのわずかな収入をください、／緑色の目をしたあの悪魔／のカギ爪から守って」（'Give me my hunger's pittance / safe from the claws / of that devil with green eyes', lines 11-13）ください、と祈っています。おそらくこの悪魔とは猫のことでしょう。「カギ爪」という表現も、ネズミに襲いかかる猫の鋭い爪を連想させます。また、「緑の目」は、シェイクスピアの『オセロウ』（*Othello*, 1604）の三幕三場でイアーゴウが言う「緑色の目をした怪物」（'green-eyed monster'）を想起させる、伝統的な嫉妬の表象です。アダムの原罪の場面で猫がネズミに襲いかかろうとしていることを先の章で見ましたが、猫は嫉妬にまみれた悪魔の化身でもあるといえるかもしれません。

さて、「ねこくんのおいのり」に戻りますが、彼は、お祈りを「いつか、イヌ族ぜんぶに／のろいをかけてくださらないでしょうか?」と結んでいます。犬族によっぽど恨みがあるご様子の猫ですが、ノアの箱舟の中での神様への祈り、という文脈でこの詩を読み返すと、このお祈りはいかがなものか、という気もしてきます。しかも、この詩集の別の箇所で、犬のほうは利他主義(altruism)の典型のような祈りを捧げています。彼は、人間の家を守り、羊を守り、忠実で、人間の道をよけろ、と人に蹴られることも甘んじて受け止めます。そして彼は最後に、「主よ/私を死なせないようにしてください、/彼らのために、/すべての危険が追い払われるまで」('Lord, / do not let me die / until, for them, / all danger is driven away', lines 20-23)と願うのです。なんと健気なんでしょう! それに比べて、猫のお祈りは、なんと自分勝手なんでしょう! しかも猫は、白いネズミを食べてやると、堂々と殺生の宣言までしてしまっているのです。ただ、この自分勝手さこそが、裏がえせば、猫の媚びない、孤高の精神として賞賛される個性でもある。T・S・エリオットの「猫様に話しかける作法」('The Ad-dressing of Cats')と題された詩の中で、猫が誇らしげに言う滑稽なほど自明の言葉、「猫は犬ではない」('A CAT IS NOT A DOG', line 19)、が表しているのは、自分たちはあの卑屈でへこへこした、ご機嫌取りの犬族とは違うのだという宣言めいた猫の矜持なのです。*1

ノアの箱舟と猫

ノアの箱舟に猫が乗っていたか否か、という議論は昔から行われています。肯定派の一説によると、ネズミを追いかけて最後に飛び乗ろうとした猫は、しっぽがドアに挟まれて切れてしまい、マンクスという品種になった、とか。[*2]同じようにしっぽが短いのは、日本では、ジャパニーズ・ボブテイル。こちらは、第五章で見たように、猫のしっぽが長いと猫又という化け物になって人を獲り食うと考えた日本人が、幼いうちに猫のしっぽを切ったのが原因でできた品種です。

また、ロシアには、ノアの時代には猫はまだいなかったけれども、箱舟をかじって、あらゆるものを滅ぼすためにネズミに変身した悪魔を見たライオンがくしゃみをして、鼻から猫が出現した、という伝説も残っています。悪魔がどれほど強くても、獣の王であるライオンから生まれた猫には勝てないというわけです。悪魔を倒したということから、「[猫の]毛皮は清らか、教会へ入ることができる」という言葉が残っているそうです。[*3]

猫と犬の伝説

日本の民俗学者、関敬吾（一八九九―一九九〇年）は、猫と犬とのあいだにまた別の物語を見出しています。「犬と猫」と題された短編の中では、一人の正直者の若者が奪われた宝の玉を、その若者に飼われていた犬と猫が取り返しにいくという話が描かれています。若者はこの玉を奪われたために、病に伏してしまいます。犬と猫は協力してその宝の玉を取り返す約束をしていたのですが、旅の途中、食いしん坊の猫が狩りに精を出して、ネズミや小魚を手に入れます。猫の手中にあるネズミの親ネズミや、小魚の親と思われる大きな魚と駆け引きを行い、最後には、猫は宝の玉を取り返すことに成功します。猫は自分の手柄だと言わんばかりに、犬との約束を忘れ、まっすぐに病に伏した主人のもとに持ち帰り、主人はもとの元気を取り戻します。それ以降、「猫は玉を取り返した手柄のごほうびとして、朝夕、主人や家族たちのひざの上にも坐ることがゆるされ、おいしい食べものも与えられて、いっそうかわいがられるようになった」一方で、「おくれてかえった犬は、敷居さえまたがせられず、軒下の小屋に寝とまりするのが、せいぜいで、猫にくらべて、たいへん粗末なあつかいを受けなければ、ならな」くなったと言われています。これは沖縄に伝わる物語で、仲が悪いことを言うために沖縄では「犬《イン》と猫《ミャー》」という諺があることを関は伝えています。[*4] 同様にチェコの作家カレル・チャペックも「社会的な不信の典型として『犬猫の仲』ということが言われる」と書いていますが、「けれども、私はしばしば、犬と猫のとても親密な友情を見たことがある」と続けています。[*5]

犬が入れない島と猫神様

トム・ガン（Thom Gunn　一九二九―二〇〇四年）の詩に「猫島」（'Cat Island', 1997）という作品があります。そこでは、陽だまりで寝ころんだままの猫たちが、人間たちが上陸するやいなや接客を始めるコンシェルジュに見立てられてユーモラスに描かれています。そこにはホテルのようにレストランもあるのですが、笑ってしまうのは、そのレストランの経営者である猫たちが島に来た人たちのテーブルを回って、

「彼らの目をのぞき込みながら、／『わたし、お腹がすいてるの。／それに、わたし、かわいいでしょ』と懇願する」（'gazing into eyes, / pleading "I'm hungry / and I'm cute', lines 18-20）という箇所です。

二〇一五年頃から猫ブームといわれ、最近では、離島が猫の島として取り上げられることがありますね。[*6] この猫島は一時的なブームによって仕立て上げられたものではなく、以前から存在します。民俗学者の柳田國男（一八七五—一九六二年）は陸前田代島を「猫の島」と呼び、[*7]「犬を連れて渡ると祟りがある」ために、犬を入れないというエピソードを紹介しています。そして、犬を連れて渡っていってはならぬ島としてほかに伊豆の式根島、安芸の厳島の別島黒髪などを挙げています。充分な根拠はないものの、犬を寄せつけない最初の理由は、島を墓場にする習慣があったからであろうと柳田は推測しています。以前は火葬ではなく、柩を地上において、亡骸が自然に消えていくのを待ったらしく、獣類、特に犬などが近寄らないようにしていたのではないか、と述べています。

穀物を貯蔵し、蚕を飼育し、魚を獲る島国の日本では、西洋に比べると、ネズミ捕りの能力を買われた猫の地位が高く、犬の地位が低かったのかもしれません。[*8] 関敬吾の民話で示されるように、猫は家の中、犬は家の外、という図も日本では多く見られます。また、柳田國男が言及しているように、犬を決して入れない島がある一方で、日本全国には猫が神として祀られている神社もあります。鹿児島市の島津氏の別邸仙巌園の一角には「猫神」と呼ばれる祠があります。また、東京にも自性院、源通寺、今戸神社、豪徳寺といった猫の聖地と呼ばれる場所があります。京都の丹後峰山にある金刀比羅神社は丹後ちりめん発祥の地であり養蚕も盛んであったため、猫が重要視され、「狛犬」ではなく、「狛猫」があるとのことです。[*9]

忠実か？　孤独か？

カルメン・ベルノス・デ・ガッツトウルドの「犬のお祈り」（'The Prayer of the Dog'）でも犬がいかに忠実かが描かれていましたが、W・H・オーデン（W. H. Auden　一九〇七―一九七三年）の「一二の歌、第五歌」と題された詩の中では、孤独を愛する猫たちと対比的に人間に追従する犬たちが描かれています。「私たちは、少し離れて、そしてプライドをもって、／人が作った上品な住まいの周りで生活するわ」、とプライド重視の猫に対し、犬は「人が歩くところはどこへでも、僕は彼のそばについていく、／忠実なしもべ、そして彼の愛する影として」と言います。人間に寄り添う猫が「孤独な時間への共通の熱望を」見出しているのに対し、犬は、人間の狩りの伴侶として、「より広い狩場」を嗅ぎつけるというのも対照的です。換言すれば、「犬は集団行動、猫は単独行動という違い」があるということですが、これに関連して、今泉は『猫脳がわかる！』の中で興味深いことを言っています。「ペットとしてよく比較されがちな犬と猫ですが、犬のほうが賢いと思われている人もいることでしょう。犬は陽気で（おおむね）、人の言うことを聞く（おおむね）から、猫よりも賢く見えがちですが、一般に知られる知能としては、犬も猫もほぼ同じなんですね。猫が犬のようにしつけられないのは、人の言うことがわからないからではありません[*10]」。確かに、人の命令によく従うこと、「よく言うことを聞く」は必ずしも頭が良いということではないでしょう。猫がしゃべれるなら、「わかっていて反抗する。こちらのほうがもっと賢い」と言うかもしれない。体制側の犬たちに対する猫派の穿《うが》った論理かもしれません。

さて、忠実さを誇りに思う犬たちと、ただそこにいることで人間の孤独に寄り添う猫たち。オーデンの言葉を借りるならば、猫が人間と共有する「孤独な時間への共通の熱望」というものがいったいどのようなものなのか、次の章では、猫が人間に与えてくれる温もりについて見ていきたいと思います。

我が家のキャルア⑥

私の夫も、（元猫ぎらいの）母も、幼少期に犬を飼っていたせいか、キャルアに対する最初の接し方は、犬に対する接し方そのものでした。夫は、猫は甘えて膝にのってくるものだとずっと思っていたそうで、母は、猫にも芸ができると思っていました。夫は、すぐにキャルアを膝にのせようとするし、抱っこをしようと試みますが、やがてキャルアは「魂ぬきの技《わざ》」なるもの――体をくるっと回して目をどこか違う世界にむける、「我、抱かる、故に我不在《なし》」的な技――を会得したのです。私が抱っこをするとかなりくつろいでいるので、その差は歴然です。

それで、猫は基本的に犬と違って飼い主が「ご主人様」という感覚はもたないので、芸はしません（犬にとって当たり前の、「待て」も「お手」もしませんね。だからこそ、ごくたまに、四匹の犬と一緒に暮らしている猫が、犬たちと同じタイミングで「待て」をするような動画が人気を博したりしています）。ツンデレな「猫性」で、キャルアは巧みに飼い主を操ります。私たちの留守中に、『猫語の教科書』をこっそりと勉強しているのかもしれません。

第7章

猫と触覚

「猫に」より

堂々として、情け深く、気高い友よ、
　　ここに、私のそばに
どうかお座り下され、そして
微笑み燃える、光輝くまなざしを、
黄金の瞳、それは愛の輝く報酬、それを
私が読む黄金の書物のうえに向けたまえ。

あなたの驚くべき、豊かな毛はすべて、
　　濃く、そして美しく、
夜の雲と光のように
柔らかく輝いて、絹のようなモフモフで、
敬意を表す私の手が愛撫すると
もっと友好的な優しさでお返ししてくれる。

A・C・スウィンバーン

犬たちは、来る者誰にでもかれにでも
みなじゃれつく。
あなたは、より高邁な精神の友、
応ずるのは同族の友にのみ。
ただ、あなたの足が私の手の上に置かれれば、
それは、やわらかく、私の手に理解せよと命じるのだ。

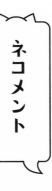

ネコメント

A・C・スウィンバーン（A. C. Swinburne　一八三七―一九〇九年）は、「堂々として、情け深く、気高い友よ」と高貴な人物であるかのように、猫に呼びかけます、自分の傍に来て座ってほしい、と。詩人はどうやら本を読んでいるようです。何の書物かはわかりませんが、それが黄金色なのは、黄金色の猫の眼差しが向けられているからでしょうか。触るものがすべて黄金に変わるギリシア神話のミダス王のように、愛する猫が見つめるものや触るものは皆、どんな平凡な日常のものでも、特別なものになる。猫の「黄金の瞳」は、一種の「愛の輝く報酬」であり、猫が傍にいてくれるだけで、詩人が読んでいる本が光り輝くのだというわけです。

第一連では、瞳に焦点が当てられていますが、次の連になると、詩人が語りかけている猫の全体像が見えてきます。猫の毛が「夜の雲と光」のようだと詩人は言います。'Silken-shaggy'（九行目）という表現は、あえて「絹のようなモフモフ」と訳してみました。ノルウェージャン・フォレストキャットかメインクーンなどの毛長種を想像させますね。そして詩人がそっと手を触れると、愛情に満ちた猫の毛の柔らかさ、その毛のモフモフが「もっと友好的な優しさ」を返してくれます。第一連では、書物をのぞき込む、神秘的ともいえる猫の目、そして第二連では詩人の愛撫に無言で応える猫の毛の柔らかさが伝わってくる、感覚に訴える表現になっています。

そして第三連では、猫は、犬よりも「より高邁な精神」をもった友であると詩人は言います。誰かれ構わずじゃれつく犬と、心の通う、選ばれた友だけを愛する猫が対比的に描かれている。そして、「ただ、あなたの足が私の手の上に置かれれば、／それは、やわらかく、私の手に理解せよと命じるのだ」と言います。猫は、犬のように騒がしく吠えたり、はあはあとよだれを垂らしたり、しっぽを振ったりして愛情を表現するわけではありません。ただその足を触れさせるだけで友と認める人間への愛情を「理解せよ」と、無言で語りかけてくるのです。この猫と人間との共感は、第六章で読んだオーデンの言う「孤独な時間への共通の熱望」に基づいているのか、ともかくも神秘的でさえあって、一七世紀の形而上派詩人ジョージ・ハーバート（George Herbert　一五九三―一六三三年）が「祈り」の一つの定義として、神とキリスト者との共感を暗示して「何か理解されたもの」（'something understood', 'Prayer (I)', line 14）と言ったのを想起させます。猫の温かく柔らかい肉球に触れられたことのある飼い主には、うまくは表現できないけれども、よくわかる感覚です。この表現は、ミュージカル『キャッツ』のグリザベラの有名な歌「メモリー」の一節をも思い起こさせます。「もしもあなたが私に触れるなら、／あなたは幸せとは何かを理解するでしょう」（'If you touch me, / You'll understand what happiness is', Andrew Lloyd Weber, 'Memory', lines 41-42）とグリザベラは歌います。娼婦猫グリザベラの台詞ですから、もちろん性的な愛撫による快感という意味も含まれていると思われますが、猫を触ることで得られる幸せがいかに大きいか、そしてそれは、猫に触れることでしか理解できない特別で不思議な感覚を再認識させる表現ともなっています。ある意味、猫の存在意義は撫でられてなんぼ、なのかもしれません。キリスト教による虐待が始まるはるか前、猫のペット化は、中世でも修道院を中心に盛んだったようですが、六世紀頃の教皇グレゴリウス一世（Gregorius I　五四〇頃–六〇四年）は、「ほかの何よりも猫を撫でることをお好みになる」と言われたそうです。[*1]

しかしながら、これもしたたかな猫の作戦かもしれません。ギャリコの『猫語の教科書』では、人間の大真面目の触感が逆手にとられています。教師役の猫の語り手は、食べたいものをおねだりする時の作戦として、男性のひざかひじを前足でトントンたたく方法を伝授しています。爪を出さずにそっとつっつくトントンは、男性と猫とだけの秘密であり、そこからもっと親密な関係が生まれて、男性は猫の要求に応じてくれるはずだ、と力説します。また、語り手の猫は、次のようにも言っています。

> ［……］それから前足を使うのもいいわ。なぜかわかりませんが、足で人の顔に触ると喜ばれます。もし人の頬とかあご、鼻を前足でちょっとのあいだ抱きかかえるようにするか、または片足でも両足でも人の首に巻きつけて、ちょっぴりゴロゴロいいながら頭を頬にすりつけでもしたら、もうたいへん。うれしさのあまり恍惚としちゃうわよ。猫はただ頭を掻いているだけなのに、人間はこれを熱い愛のしるしと受け取って、猫と深く結ばれているという気分になっちゃうみたい。[*2]

モフモフの幸せと猫の触感

夏目漱石（一八六七―一九一六年）は『吾輩は猫である』（一九〇五―一九〇六年）の中で、暑さに辟易する吾輩に、夏には毛皮を質屋に入れたいくらい、と言わせていますが、人間のほうは、その猫の毛皮の、その毛のモフモフに幸せを見出します。角田光代は愛猫トトをシャンプーした後に顔を押しつけるエピソードを次のように述べています。

タオルドライされ、ドライヤーで生乾きにされたトトは、通常の三分の一ほどに縮んでいる。つくづく猫というのはもふもふ毛の生きものなのだなあと、この縮んだトトを見るたび実感する。トトは執拗に自分の体をなめ、なめ、なめまくる。

ようやく毛の乾いたトトに近づき、顔を押し当てると、いつものもふもふ感に最上級をつけたくなるほどのすべらかさ。そして、うちにやってきたころのような清潔で甘やかないいにおいがする。「あー」とため息が出る。夫もトトの背や腹に顔を埋め「あー」と言う。交互ににおいを嗅いでは「あー」「あー」、と呆けたようになる。阿呆にならざるを得ないような触感とにおいなのだ。*3

フランスの詩人、シャルル・ボードレール（Charles-Pierre Baudelaire　一八二一―一八六七年）も、猫の「金いろと栗いろの毛皮から／実にやさしい香りが出る」ことに気づいており、その「頭から足の先まで、

／微妙な空気が、危険にみちた甘い香りが　その褐色の／体のまわりに漂っている」、とまで言っています。[*4]猫が与えてくれるこの触覚と嗅覚の喜びは、最近では「ネコ吸い」という言葉を猫好きのあいだで流通させるほどになっています。[*5]「この世界に無数に存在する」ネコ吸い人たちのことを、表象精神病理学者の斎藤環（一九六一年生まれ）は、「猫の常習吸引者」と呼んで、「この、猫には必ずしも歓迎されない吸引行為に対する執着」が、「女性身体ないしその付属物に対するフェティシュな執着に限りなく近い」、「いわゆる『モフる』対象が女性の乳房のメタフォリカルな代替物にほかならない」、という仮説を提唱しています。[*6]

また、ねこまきによる漫画『ねことじいちゃん2』（二〇一六年）の中で、死んだおばあさんが病気で入院した時のエピソードも、猫の毛の触感がいかに大きな癒しを与えてくれるかを再認識させるものとなっています。タマが病院にいる自分のことを探しまわっていることをじいちゃんから聞いたおばあさんは、「エアータマ」「タマに会いたいっ」と言いながら、そこにはいないタマを抱きかかえ撫でるそぶりをします。[*7]猫の感触というものは、たとえそこには実際にいない状態であろうとも、猫に寄り添う人には、あたかもそこに存在するものとして感じることができるものなのです。

猫を撫でる時に感じる、あの曰く言い難い感触には一種の電気的なものが作用しているのだとも詩人たちは表現してきました。たとえば、イギリス一八世紀の詩人クリストファー・スマート（Christopher Smart　一七二二―一七七一年）は、「猫を撫でることによって、電気を発見した」（'by stroking of him I have found out electricity'）、と言うだけでなく「その電気的な炎は、人と獣の体を維持するために神が天から送る、霊的な物質である」（'the Electrical fire is the spiritual substance, which God sends from heaven to sustain the bodies both of man and beast'）とまで書いています。[*8] また、ボードレールの詩「猫」の一節を安藤元雄（一九三四年生まれ）は、「私の指が暇にまかせて　おまえの頭や　しなやかな／おまえの背中を撫でるとき、／私の手が　快楽に酔いしれながら　電気を帯びた／おまえの体をまさぐるとき」、と訳しています。[*9] ただ、もちろん、皆が皆、猫好きで猫の肌触りで幸せを感じるわけではないことも確かです。宮沢賢治（一八九六―一九三三年）は、「猫」という断章の中で、「アンデルゼンの猫を知ってゐますか。／暗闇で毛を逆立て、パチパチ火花を出すアンデルゼンの猫を」、と問いながら、彼の猫嫌いの一端をのぞかせています。

猫は停ってすわって前あしでからだをこする。見てゐるとつめたいそして底知れない変なものが猫の毛皮を網になって覆ひ、猫はその網糸を延ばして毛皮一面に張ってゐるのだ。
（毛皮といふものは厭なもんだ。毛皮を考へると私は変に苦笑ひがしたくなる。陰電気のためかも知れない。[*10]）

賢治の猫嫌いの根本は、「猫のからだの中を考へる」と吐き気がするということらしいのですが、確かに、猫の触感は、毛皮の向こう側のことを伝達するわけで、それ故に生き物につきまとう本質的な淋しさを感じることのできる小池昌代（一九五九年生まれ）のような詩人もいます。彼女は、「ねこぼね」と題した詩の冒頭で次のように言っています。

猫を撫でてみた。すると、毛ではなく、肉でもなく、骨のかたちがてのひらへ残る。

あったかいくぼみやでっぱり。その、でこぼこ。あ、これが猫。こぼれそうにしなやかな、これが、とくべつのさびしさか。

骨と骨をやわらかくつないで、いきものよ。

私はてのひらをひっくりかえす。*11

猫の手の魅惑

スウィンバーンは、猫の柔らかい前足が自身の手の上に置かれた時に伝わる、猫からのメッセージについて表現していましたが、日本の俳句では、猫の手（もしくは足）そのものが観察されています。猫の足跡は「梅ばち」模様などと称され、江戸期でも「梅の花」に喩えられました。

あれを見よ　猫の足あと　こぼれ梅
初雪や　猫の足あと　梅の花

後者の句は『知られぬ日本の面影』（*Glimpses of Unfamiliar Japan*, 1894）の中で小泉八雲が取り上げています。八雲は、「男の子も女の子も、雪の上の猫の足跡と梅の花を比べて詠んだ詩〈俳句〉を知っている」と言っています。*12

猫の手に対する日本人の観察眼は、筒井祥文（二〇一九年没）の「こんな手をしてると猫が見せに来る」という現代川柳にも表れています。*13 飼い猫が出し抜けにひょいと飼い主の体に手をかけてくる時の手の柔らかさやかわいらしさがあふれています。「猫の手も借りたい」という忙しい時に使う決まり文句の中で前提とされている、役に立たないものの代名詞である猫の手が、いかに人の心を癒す役に立っているかを示す、見事な川柳だと思います。ちなみに、猫の手／脚にあたる英語は 'cat's paw' です。これは「猫足風」と呼ばれる、静かな水面の一部分だけにさざ波を立てる程度の弱い風のことも意味しますが、「他人の道具に使われる人、手先」をも表します。後者は「火中の栗を拾う」という格言のもとになったイソップ物語に起源があって、サルが焼き栗を火中から取り出そうとして猫の手を利用したという動物の譬《たと》え話からその意味をもつようになりました。騙された猫にはかわいそうですが、少なくともずるがしこいサルにとっては、そして西洋的なニュアンスでは、「猫の手」はまんざら役に立たないものの代名詞ではないようです。

ところで、『ノラや』の中では、いなくなってしまったノラ探索中に百閒宅に居ついたクルツ（クル）の手を見ながら、百閒は次のように語りかけています。

「クルや、お前は猫だから、顔や耳はそれでいいが、足だか手だか知らないけれど、その裏のやはらかさうな豆をこつちに向けると、あんまり猫猫して猫たる事が鼻につく。そつちへ引つ込めて隠しておけ」

「眠つてゐるクルの額に私の顔を押しつけ、手でクルの胴を抱へながら話し掛ける。クルにはクルのにほひがする」と書く百閒、そしてクルツが「小さな手を伸ばして、手の先の爪のある指の間をみんな広げて見せる」のをじっと観察している百閒のことを考えると、彼がいかにクルツをいとおしく思っているかが伝わってきます。[*14] そのいとおしくてたまらないクルツの肉球を見て、「あんまり猫猫して猫たる事が鼻につく」とは、いったい百閒はどんな気持ちなのでしょうか。一方で、この愛すべき存在が、肉体的に猫という動物であることは否定できない事実である。しかし他方で、百閒の不可解な言葉は、彼のいとおしさの対象が猫という外形を超えたものであることを表しているように思われます。クルツよ、おまえはなぜ猫なのか、と。百閒にとってクルツは猫以上のものなのです。だからこそ肉球が、クルツは猫だということを思い出させてしまうことを嫌がっている。そして猫であれば、ノラのようにクルツもまたフラっといなくなってしまうかもしれない。

スウィンバーンの詩の中では、猫の目が黄金の瞳として表現され、その光輝く眼差しが映しだされていましたが、次の章では、猫の目をはじめとする、猫のからだの表現について見ていきたいと思います。

我が家のキャルア⑦

よほど寒くない限りは、たいてい手を伸ばして寝ているキャルア。まるで空をとんでいるみたい。このように手を伸ばして眠るようになったのは、キャルアが眠るまでそばに座って私と手をつないでいたからです。まだ我が家に来たばかりのキャルアがケージの隙間からそっと手を伸ばすので、私はその小さな両手を握りながら、明日も一緒にいようね、と語りかけていました。最初にキャルアを連れて来た時も、車が加速するたびにキャルアはキャリーケースの隙間から手を伸ばしてきて、ぎゅっと、私の紺色のセーターにつかまっていたのでした。必死に鳴く声も実に頼りなげで、この小さな生き物をなんとしても守らなければ、と思わせるか弱さでした。

しばらくすると、キャルアが私の毛繕いをしてくれるようにもなりました。といっても、人間には毛はないので、キャルアが私の髪の毛を食っている、という変な構図です。しかも、キャルアは爪を出して私の頭を力いっぱい猫の手でぐしゃぐしゃにするので、普段は我慢強い私も、おもわず「いたたた、あいたたた」と声を出してしまうほどです。キャルアにとって私は大きな猫なのか、姉妹猫なのか。時には私に、頭突きさえしてきます。キャルアが頭突きをすると、ごん、と鈍い音がします。私は決して飼い主ではなく、対等な生き物、とキャルアはとらえているようです。

人間側としては、キャルアは猫だ、と認識しながらも、一緒にいる時間が長くなればなるほど、人間と猫との境目があいまいになる感覚にとらわれてしまいます。キャルアには月に一度の頻度で、「マダニよけスポット　猫用」という薬剤を、首輪の背中側に滴らすのですが、このスポットのパッケージの「猫用」と印刷された文字を見るたびに、なんだか不思議な感覚になります。夫も同じ思いのようで、キャルアって「猫」だったっけ？と夫婦で顔を見合わせます。キャルアが動物としての、さらにいえば、私たち人間とは違う、四足獣の「猫」という種族であることが、しばしば不思議で仕方なくなるのです。

それでも猫の手には、猫たるものを訴えかける、ねこねこしさが宿っています。さんざんキャルアをもふったあと、そっと手を握ると、あの、ふわふわ、ぷにぷにしたピンクの肉球にぶつかります。百閒のいうように、豆粒のような、弾力のある肉球。どうしても、この、目の前の愛しいものが「猫」であると、認めざるをえない。ああ、やっぱりキャルアは猫なんだ。猫を撫でると、これ以上にない幸せが得られると同時に、やはり、自分たちとは同じ生き物ではないのだと再確認させられる、一種のさみしさのようなものも襲ってくるのです。

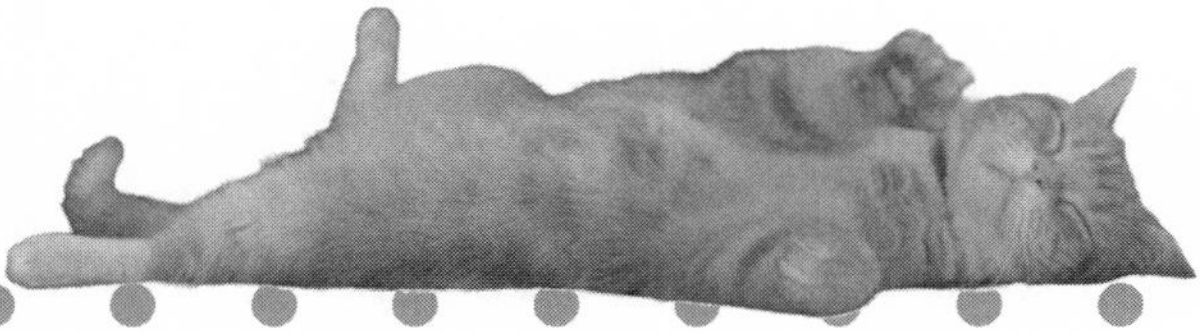

第8章

猫のからだ——猫の目、猫の耳

猫と月

W・B・イエイツ

猫は行ったり来たりしていた。
月は独楽《こま》のように回っていた。
月の一番近い親族、
そっと歩く猫、は見上げた。
黒猫のミナロウシュは月をじっと見た。
いつもように歩き回り、鳴いていたけれど、
空の澄んだ冷たい光が
彼の獣《けもの》の血を騒がせたから。
ミナロウシュは草むらの中を走る、
優美な足を上げて。
踊るのかい、ミナロウシュ、踊るのかい？
二人の近《ちか》しい親族が会ったとき、
踊ろう、と誘うのが一番だろ？

たぶん、月も学ぶだろ、
あの宮廷風のステップに飽きて、
新しい踊りのターンを。
ミナロウシュは草むらの中をそっと歩く、
月に照らされたあちこちを。
頭上の聖なる月は、
新たな相を見せる。
ミナロウシュは知ってるだろか、
彼の瞳は絶えず変わるということを、
満月から三日月へ、
三日月から満月へとそれは変化するということを。
ミナロウシュは草むらの中をそっと歩く、
もったいぶって、偉そうに、ただひとり。
変化する月を見上げるのは、
変化する猫の瞳。

白猫ブルース

ローナ・クロージャー

サファイア色の目をした白猫が
色盲のはずはない
世界は見えているに違いない
　青色に。
青い馬たち、窓から
あふれる青い光、青い柳の木々、
薄青いクリームの
ボウルを運ぶ、青い女性たち。

　何と美しい、と私はすべての青を
感じることか——肩も足も、そして髪も、
輝く空気、
青い風が

すべてのものに触れていく。

今宵、願え

　林檎の木の下で

(ひんやりとして青い林檎)

眠っている白い猫と月とのあいだの

　広がりが

その猫の、雨の夢の

まさにその色にならんことを。

猫と風

ちいさな風が
垣根を横切って中庭に
吹いてくる。
猫は、彼女の耳を立てる
――群れなすカサカサという音と
まわり中《じゅう》でガタガタという音――
彼女の瞳は、だんだん小さくなって
黄色い目の中で
点になる。
最初は上を、それから
いろんな方向を、じっと見つめ、
飛びかかるための
獲物をなにも

トム・ガン

特定できない。
というのも、すべてが一斉に、
まるでオーケストラ用に作曲されたかのように、
小枝も、葉っぱも、
ちっちゃな小石も、
動きながら、
お互いに
擦れ合いながら、
音を止め、そして出し、そして止めるから。

猫は、まだ聞いている、
風はもう庭三つ分も
むこうへ往《い》ってしまっているのに。

ネコメント

猫の目と月

この章では、文学作品に描かれている猫のからだ、特に猫の目と耳について見ていくことにしましょう。W・B・イエイツ（W. B. Yeats　一八六五―一九三九年）は月を見上げる猫の目を描いています。登場するのは「黒猫のミナロウシュ」。少し変わった名前ですね。神秘的なイメージが伴います。ミナロウシュが動きまわるのは、「空の澄んだ冷たい光が／彼の獣《けもの》の血を騒がせた」ためである、とイエイツは言います。ここでは月とミナロウシュとのあいだで同調するような一種の交感力が働いているかのように描かれています。夜空に浮かぶ月と闇夜に浮かぶ黒猫の輝く目。詩人は「ミナロウシュは知ってるだろか、／彼の瞳は絶えず変わるということを、／満月から三日月へ、／三日月から満月へとそれは変化するということを」と問いかけます。神話学者の中には、猫の目はエジプトの神ホルスの目であった、という説を提唱する人もいるようです。古代エジプト人は、空の中には夜空と同じように黒く巨大な猫がいて、下界を見下ろしていると信じていたというのです。*1

猫の瞳が月を連想させるのは、日本でも同じことで、小説家の吉行理恵（一九三九―二〇〇六年）はエッセイ「猫の見る夢」で「暗闇でキラッと輝く猫の目は［……］高い所から見つめているときは月のようだ」と述べています。[*2]月の満ち欠けのような変化をする猫の目は、江戸時代の忍者にとって時計の役割を果たしていたそうです。「猫の目のまだ昼過ぬ春日かな」（上島鬼貫（一六六一―一七三八年））という句がありますが、[*3]猫の瞳は明るさに応じて大きさが変わるので、猫の目の大きさで時間を示す猫の目時計という方法があったのです。[*4]猫の目時計は、古くは豊臣秀吉の時代に遡ります。「文禄慶長の役」で、秀吉の命をうけて朝鮮に出兵をした島津義弘の軍団には七匹の猫が従軍しました。[*5]猫は瞳の大きさの変化で時を知らせるために、軍の中での陣中時計の働きを務めたといわれています。

動物行動学の知見によると、瞳孔を細いすきまにすることで、目に入る光の量を細かく調節できると考えられています。横長ではなく縦長にするのは瞼《まぶた》を閉じることによって光の入力をさらに減らすことができるためともいわれています。[*6]本章三番目に挙げたトム・ガンの「猫と風」と題された詩の中では、猫の「瞳は、だんだん小さくなって／黄色い目の中で／点になる」と表現されています。猫の目は明るさによってもその大きさが変化しますが、狩りをする時や、恐怖を感じた時にも猫の瞳が変化します。[*7]

イエイツの描く猫の、象徴としての重要性は、その瞳が月に同調して神秘的に変化する一方で、その白い光を見上げる黒猫本体は、あくまで「頭上の聖なる月」と一体化するのではなく、地上の「草むらの中」を走り、踊り、歩く存在でしかないということにあるのではないでしょうか。詩的イメージの伝統の中で、しばしば月は恋人に喩えられてきました。それもあって、この詩の「月」は、詩人が生涯にわたって彼の報いられない恋心を捧げた女性、モード・ゴン（Maud Gonne）を表し、神秘的な黒猫はオカルティズムに傾倒したイエイツ自身を表していると解釈されてきました。実際、「ミナロウシュ」は、モードの家に飼われていた猫でした。しかし奇妙にも、詩の中では、その猫が月下の夜の中で「行ったり来たり」している。猫は、特に黒猫は、人間と共存しつつも極めて神秘的な存在、換言すれば、日常的な次元と超自然的な次元を往還する生き物だからでしょうか。

このイエイツの詩を彼の伝記的な、政治思想的な文脈で解釈することができるとするならば、彼に詩の霊感を与え続けた恋人モード・ゴンが、過激なアイルランド独立闘争運動に身を投じる女性活動家だったという事実を思い起こす必要があります。おそらくイエイツは、「独楽のように回」る彼女の政治的信念の求心力に惹きつけられると同時にその遠心力に弾き飛ばされていたのだと想像できます。イエイツは、男性としても芸術至上主義者としても「もったいぶって、偉そうに、ただひとり」、自律した孤高の存在でありたかったはずです。しかし、月の光は「彼の獣の血を騒がせた」。さらに、もしこの猫がイエイツを表すとするならば、ミナロウシュは、搾取的な宗主国イングランドによる母国アイルランドの植民地化という現実に直面した際の、孤高の詩人の政治的理想主義とその理想をこの地上で達成するために必要なアイルランドの大衆との現実的な関わりとの狭間で格闘しているイエイツの魂を表しているようにも思われます。いわば、群れない猫が群れを必要とせざるをえない状況に置かれていたわけです。

猫の目の色

一般に、猫は赤の波長が見えない二色型色覚だといわれますが、ローナ・クロージャー（Lorna Crozier 一九四八年生まれ）の「白猫ブルース」と題された詩は、その説を猫の瞳の色を理由に否定するような表現になっています。[*8] サファイア色の目をした猫には、世界のすべてが青く映る、と言うのです。ここでは「目」は、複数形になっていますから、両目が青いラグドールのような品種を思わせます。先に引用した吉行理恵が、「猫の目を見ていると、猫の見る夢はさぞきれいだろうと思う。微妙な色彩で描く画家でさえ描けない色がついているかもしれない、と空想してしまう」という時も、クロージャーと同じように猫が色を識別できないとは考えてなかったように思われます。[*9] ところで、光彩の色が左右異なる「オッドアイ」と呼ばれる猫もいます。片方の目が青、もう片方の目が黄色もしくは緑色といった具合です。片方だけが青色になるのは、先天性の虹彩異色症という遺伝子変異のためだといわれています。体内で形成の異常が発生することも先天性の原因の一部と考えられています。白猫に多く、薄い青色の目に障害があることもありますが、日本では「金目銀目」と呼ばれ、縁起の良い猫として重宝されてきました。オッドアイをもつ猫たちは何色の世界を見ているのでしょうか。

猫の耳と聴覚

中村眞一郎（一九一八―一九九七年）は「私の動物記・猫」（『氷花の詩』一九七一年）の中で、猫たちが「自分の名前は知っていて、群れに向かってある一匹の名を呼ぶと、必ずその名のやつが返事をするから、ある程度、聞き分けることができるようである。また、ある猫について、人間同士が噂をすると、そいつが耳や尻尾で反応を示す。大体彼らは話題になることが好きである」、と書いています。[*10] 猫は、耳の筋肉が発達しており、さまざまな方向へ自在に動かすことができます。獲物に跳びかかろうとする時、猫は耳を後ろに反らし、日本では俗に「イカ耳」と呼ばれている形にします。[*11] このイカ耳は、猫が何らかの不安や危険を感じた時、警戒して神経を集中しているしるしとされています。猫は、耳を反って目を見開き、周りの状況に対処しようと必死になります。

猫のすぐれた聴覚は、もちろん狩猟行動に役立ちます。猫が聞きとれる音はネズミが発する高音と一致するといわれています。人間が二万ヘルツ程度、犬は三万五千～四万ヘルツの音を聞くことができるのに対し、猫は一〇万ヘルツの音を聞きとることができます。[*12] 猫が雷や地震を予知する超能力をもっているように見えることがありますが、それは、超能力というよりも猫の聴力によるものであるとモリスは論じています。猫は微小な振動や静電気の変化に敏感だからです。[*13] トム・ガンの詩の中でも、人間にはもう聞こえなくなってしまったような音に、猫は耳を澄ませています。人間の耳では、「風はもう庭三つ分も／むこうへ往《い》ってしまっている」、即ち何も聞こえなくなってしまった状態なのですが、それでも猫はじっと風の音を聞いているのです。猫と風との関係は、人間と風との関係とは全く違ったものなのでしょう。モリスは、次のように言っています。

［猫は］同じ方向の、異なる距離から聞こえてくる二つの音も区別できるし、半音のちがいしかない音も区別できる。この最後の能力については、実験によって一〇分の一音までの区別が確かめられている。作曲家たちはネコの耳をうらやましがるにちがいない。しかしネコの飼い主にとって愛するペットと分かちあえない音域があることを知るのは悲しい。それは、私たちがペットとの生活から学ぶ屈辱的な教訓の一つである。（『キャット・ウォッチング２』二八頁）

これほどまでにすぐれている猫の耳ですが、猫は、人間のように、母体の中で音を知覚し、母親の声や鼓動を聞いて胎内で聴覚が発達していくわけではありません。猫は胎内ではなく、生まれた後に初めて聴覚が成長すると考えられています。また、養老孟司（一九三七年生まれ）は、動物が言葉を使えない理由として、動物が本来、絶対音感の持ち主だからだと論じています。猫も絶対音感で音を捉える。言語という記号ではなく音の振動数で音を聞き分けるのです。「私の声は低い。家内の声は高い。私と家内が違う高さの音で［猫を彼の名前で］『まる』と呼ぶ。まるはわれら夫婦が『別な音を出している』と思っているに違いない」と養老は書いています。[*14] 二〇一六年、アメリカの作曲家デイヴィッド・タイ（David Teie）は動物学の学者とともに猫の聴覚の成長過程を研究して、彼らが好む音楽を作曲し、『ねこのための音楽』(*Music for Cats*, 2017)と題したアルバムを発表しました。[*15] 反応は猫によりけりのようです。音楽にどう反応するかは個体によって異なるとされていますが、ある猫はある連続音を聞かせると痙攣発作に見舞われたり、またある猫は、ドビュッシーを聞かせると恍惚状態になったりするようです。さらには、第四オクターブのミの音で性的興奮を招く猫もいるとの報告もなされています。痙攣や性的興奮は交尾の際の音声を思い出させる音と同じものであり、猫が音波信号システムに従って音楽に反応すると考えられています。[*16] 今泉は、「高い周波数のものが多いから」という理由で「もともと、猫はモーツァルトの音楽が好きという説」を紹介しています。[*17] また、グエンドリン・マッキューエンは、「魔法の猫」の中で、猫たちが「ベートーベンを聞いて、中世の歴史に過度に巻き込まれるようになる」('[Cats] listen to Beethoven and become overly involved in Medieval History')、と謎めいたことを述べています。[*18] そもそも耳が聞こえないベートーベンが作曲した音楽が、聴覚が過度に発達した猫たちに安らぎを与えるはずもなく、猫たちが経験した中世の過酷な「運命」に彼らを引き戻してしまうということでしょうか。すでに私たちは、第五章で猫たちが中世の歴史の中でどんなにひどい扱いを受けてきたか見ましたから、マッキューエンが言いたいのは、たぶん、猫がベートーベンを聞くと猫のＤＮＡに刷り込まれた集団的無意識の領域から、恐怖の記憶を取り出して暴れたり逃げまわったりするということなのかもしれません。ベートーベンがすべての猫にとって拷問なのかどうかは今後の報告を待ちたいと思います。

我が家のキャルア⑧

猫のキャルアはスコティッシュフォールドですが、耳は折れておらず立ち耳なので、たとえおしりをこちらに向けていても、「キャルア」と名前を呼ぶと耳だけをぴくぴくと動かします。耳を動かして折ったような状態、まさにフォールドの状態にもできます（爪切りや歯磨きをされる時は、たいてい耳を折っています）。でも危険を感じた時は、やはりイカ耳になります。そして何故か大好きなおやつを食べる時も。キャルアの場合は、夫が巻き舌で「トゥルルルル」と低音を出した時や、歌会始の儀のニュース音声が和歌を普段と違う抑揚で詠みあげた時。そして、玄関のチャイムが鳴る時です。きっと、誰かが入ってくることを学習しているのでしょう。特にわざわざ往診してくれる獣医さんがやってくるのが怖いようで、この家に来て、もう何回も「ピンポン」を聞いているはずなのに、テレビの中でのチャイム音にも反応して、イカ耳になってしまいます。

イカ耳にはなりませんが、彼女の爪を切る前や歯を磨く前に私たちが使う「捕まえて」も確実にキャルアが理解できる音のようで、「言葉はわからないふりをしつつ、でも脱走」の契機になっています。また、キャルアの中で、「給餌機」は大嫌いなお留守番と結びつく単語らしく、「キュー」という合言葉を夫と私とのあいだで作ってみたのですが、どうやらキャルアは、言葉の音程で理解しているらしく、すぐにいじけてしまいます。

我が家のキャルアに友達の猫を、と考えることはしばしばあるのですが、彼女が私たち人間にはわからない猫語を話しはじめるのが淋しいという自分本位な気持ちが、多頭飼いを躊躇させています。

音楽が猫にどのような作用をもたらすかは諸説あるようですが、キャルアにベートーベンの「ピアノソナタ悲愴」の第一楽章を聞かせると、最初の「ドーン」の一音で、やはり、すっとんで逃げていきます。大好きなフェルト生地のピアノカバーの上で寝ている時もモーツァルトなら大丈夫なのに、ベートーベンは駄目なのです。

第9章 野良猫、家猫

トラ?

ポール・ギャリコ

トラよ、輝いて燃えるトラよ、
燃えるごと輝く、夜のヘッド・ライトよ
ある不滅の御手か知能かが、
雨には濡れぬようにとぼくに教えたのだ。

嵐の雲が星々を覆い隠すとき、
ぼくは、車の下に避難する。
やつらが、通り雨が過ぎ去れば、
花の匂いを嗅ぐために出ていくのだ。

引き裂かれた空から降る涙雨と、
花は、己が香りを、合成する。
この作用を見て微笑《ほほえ》むお方が、

また微笑まれる。彼がぼくをお創りになったからだ。
トラよ、輝いて燃えるトラよ、
夜を貫く、輝く球体よ、
どんな不滅の御手が、創ったのか？
ぼくを、そしてウィリアム・ブレイクを。

猫

エドワード・トマス

子どもたちのあいだでは、彼女には名前があった。
誰かが飼っていたのだけれど、でも誰も愛してはいなかった、
彼女を。就寝時には家から閉め出し、彼女の仔猫たちは
当然のごとく水に沈めて殺された。

春になると、それにもかかわらず、この猫は
クロウタドリやツグミやナイチンゲール、
澄んだ声、輝く羽毛で飛翔する鳥たちを、
食べた、近所の人たちのバケツに入った残飯と同様に。

これゆえに、私は彼女を嫌悪し憎んだ。
ツグミの胸にある一つのまだらでさえ
そんな猫の百万倍の価値があった。それでいて

彼女は長生きした、神が彼女に安息を与えるまで。

椅子

ポール・ギャリコ

これは、わたしの椅子よ。
向こうへ行って、どこかほかの所に座ってくださいな。
この椅子は、完全にわたしのもの。
あなたの家の中で、わたしが所有している、
そして所有にこだわる、唯一のものよ。
家の中のほかのすべてのものはあなたのもの。
わたしの皿、
わたしのおもちゃ、
わたしのかご、
わたしの爪とぎポールにピンポン玉、
それらもわたしのためにあなたが与えてくれたもの。
この椅子は、わたしが自分のために選んだの。
気に入ってるのよ、

わたしにぴったりなの。
あなたには、ソファや
綿《わた》を詰めた椅子や
足乗せ台がある。
それらの上には、わたし、座らないでしょ？
だから、わたしにはわたしの椅子に座らせてくれない？
もうこれ以上、ごちゃごちゃ言わずに。

「ドア」より

ポール・ギャリコ

ベランダのドアに、
寝室のドア、
キッチンのドアに、
戸棚のドアに、
書斎のドア、
で、あなたたちが言うのを聞かされなきゃならないとは！
「ああ、いやだわ。猫がまた外に出たがっている。
誰か出してやって。」
そうでなきゃ、「またあのあほ猫が外にいるの？
ドアを開けて入れてあげてよ
そうしないと家が壊れるまでうるさく鳴くわよ。」
猫の側からすると、それはとてもおかしなことだわ。
あなたたち、結局のところうまい具合に何になってるかわかってるの？

みんな、わたしたち猫たちのためのドア係なのよ。

ネコメント

雨をしのぐTyger？

ポール・ギャリコの「トラ?・」と題された詩は、ロマン派詩人ウィリアム・ブレイク（William Blake 一七五七―一八二七年）の「虎」（'The Tyger'）と題された有名な詩を下敷きにしています。猫がトラ科なのではなく、虎がネコ科であるせいか、ブレイクの「虎」も、詩歌集『偉大なる猫』（*The Great Cat*, 2005）に、猫の詩として収録されています。ブレイクは、「夜の森に／燃えるように輝く」（'burning bright / In the forests of the night', lines 1-2, 21-22）、神が創造した虎の「汝の恐ろしきまでの均整」（'thy fearful symmetry', lines 4, 24）に奇跡を感じています。ブレイクの詩の中では、虎の「破壊的な恐ろしさ」（'its deadly terrors', line 16）が強調され、同時にその「虎」を創った「不滅の御手と目」（'immortal hand or eye', lines 3, 23）である創造主の神がたたえられます[*1]。

一方でポール・ギャリコの詩は、ブレイクの詩と同じように「トラよ、輝いて燃えるトラよ」と始まりますが、どうやら話者の野良猫は、同じネコ科のよしみで自分自身を闇夜の中で輝くブレイクの虎に重ねているというわけではなく、「燃えるごと輝く、夜のヘッド・ライト」、つまり、自分にとって危険な、危害を与えかねない車を「トラ」と呼んでいるのがわかります。しかしすぐに、虎を見つめるブレイクと同じように、この野良猫も自分が神の「不滅の御手」の影響下にあることを語り、再び読者は、ブレイクの虎とこの野良猫との同一化の認識に戻されます。野良猫は、「ある不滅の御手か知能かが、／雨には濡れぬようにとぼくに教えたのだ」と言います。雨に濡れないということは、とりわけ外猫にとっては重大事。[*2] 彼にとっては重く深いブレイクの言葉を使う必然性があるのです。

【図 19】13 世紀にイギリスやフランスに広まった寓話集の挿絵

ちなみに、猫が体をなめるのは、雨が降る前触れという言い伝えがあります。【図19】の絵は、一三世紀にイギリスやフランスに広まった寓話集に描かれたものですが、すでにこの頃からこの迷信が伝わっていたことがわかります。どうやら雷雨が近づくと、猫は電磁気の乱れを敏感に察知し、緊張が高まって毛繕いを始めるようです。一緒にいる人間は嵐が来るのに気づかないうちから猫が毛をなめはじめるため、結果的に、猫が嵐を予知したことになるのです。[*3] 現代の日本の画家川井徳寛（一九七一年生まれ）も【図20】のような絵を描いています。

しかし、人間の視点からすると雨なんてものは大した問題ではない。重く深いブレイクの言葉と軽く浅い、たかが野良猫に関わ

©Tokuhiro Kawai Courtesy of Gallery Gyokuei

【図20】川井徳寛《嵐の前触れ――浜辺の猫》2004年

る事件とのギャップが生むパロディ効果こそがギャリコのこの詩の狙いです。例外もあるにはあるようですが、普通、猫は水に濡れるのが大嫌いなのです。だから、野良猫は「車の下に避難する」。外猫たちは、雨宿りのためだけでなく、上空から自分を襲うトンビや自分を追いかけてくる子どもなどの外敵から身を守るために、いかに車の下が便利か知っています。失踪した迷い猫を探す猫探偵が腹ばいになって懐中電灯の光を差し入れるのも駐車場の車の下です。[*4]

さて、話者の猫が「神がぼくをお創りになった」と言う時、彼は、はっきりと自分自身をブレイクの虎と同一視しているように思われます。野良猫も神聖視されたブレイクの虎と同じように高貴な存在なのだと主張しているようです。しかし最終連で再び車のサーチライトの光を「夜を貫く、輝く球体」と表現して、それをブレイクの虎と重ねているのだとすれば、そして最終二行連句の、一見とぼけたような疑問文、「どんな不滅の御手が、創ったのか？／ぼくを、そしてウィリアム・ブレイクを」を真面目に受け取れば、どうやら話者の猫は自分を虎と同一視しているのではなく、詩人ウィリアム・ブレイクと同一視しているようにも思われます。つまり、この野良猫の詩を書いている自分。では、「ぼく」（'Me'）

とは誰？　ギャリコ？　猫？　虎？　ともかく、だからこそ詩人であり高貴な野良猫の話者は、「花の匂いを嗅ぐために出ていく」わけです。ブレイクが「星々がその光芒を地上に放ち、／その涙で大空を覆いつくした」（'the stars threw down their spears, / And watered Heaven with their tears', lines 17-18）と詠ったのと同程度の詩的表現を試みて、野良猫は「引き裂かれた空から降る涙雨と、／花は、己が香りを、合成する」と言います。「引き裂かれた」、「涙」という言葉は、野良猫の孤独な境遇がもつ一抹の寂しさを喚起しますが、家猫とは違って、自然界を楽しむことのできる自由を享受する喜びと誇り、そして猫だからこその鋭敏な嗅覚を最大限に駆使した、雨上がりに殊更匂い立つ芳しい花の香りを伝えることに成功しています。ここには、ブレイクの言う「天国と地獄の結婚」ならぬ、天と地の融合が、嗅覚によってなされているのです。

エドワード・トマスの野良猫

エドワード・トマス（Edward Thomas　一八七八－一九一七年）の「猫」と題された詩には、典型的な野良猫が背負う運命が見え隠れします。「子どもたちのあいだでは、彼女には名前があった」という表現は、数人の子どもたちが名前をつけて、時には餌などを与えていたのかもしれませんが、みんなで追いかけまわして面白がっていたのかもしれないと、想像させます。時には誰かの家の中に入ることが許されたのかもしれませんが、夜には家から閉め出される。「誰も愛してはいなかった、／彼女を」という言葉は痛烈です。かわいらしく愛すべきものとしての猫ではなく、忌み嫌われるものとしての猫の様子がここには描かれています。最近、日本の野良猫たちは、誰かの家で飼ってもらえないまでも、複数の猫好きが協力して居場所や餌を与えて、いわゆる「地域猫」と呼ばれ、面倒を見てもらっている例が広まっています。また、野良猫がたくさんの子を産んでしまうことで、かわいそうな仔猫の数を増やさないようにしようと、今では多くの慈善団体や動物愛護団体が猫を去勢し、いわゆる「さくら猫」の数も増えています。去勢された猫は、それとわかるように耳の端に切り込みを入れられて、一枚の桜の花びらのような形になるので、そう呼ばれるようになりました。*5 これには賛否両論があるようで、生態系を守るために、一時期、福岡県新宮町相島で試みられたように、猫たちを去勢せず、耳カットもしないといった活動をしている人たちもいます。ずいぶん残酷な印の付け方だと感じる人たちもいます。人間の世界では、耳切りは刑罰の印で、たとえば、イギリスの歴史の中では一七世紀の急進的な清教徒が罪人として捕らえられ、罰の一つとして耳に刻みを入れられていました。でもさくら猫の去勢は（本当は、これも人間の身勝手な思い込みなのかもしれませんが）愛ゆえだと考えれば、ずっと良い方かもしれません。なにしろトマスの野良猫は、仔猫を生んでしまうと、「当然のごとく水に沈めて殺された」のですから。邪悪な存在としての猫、歴史的には魔女と同一視された猫の運命をも髣髴《ほうふつ》させるものとなっています。*6

しかし、あくまでそれは、人間の視点だということが、詩の残りの連で詩人自身の嫌悪観が殊更に強調されることで伝わってきます。人間にとっては愛らしい小動物である鳥――澄んだ声で鳴くツグミやナイチンゲール、輝く羽毛で飛翔する鳥たち――を悪魔のように食べてしまう野良猫。「これゆえに、私は彼女を嫌悪し憎んだ」と詩人ははっきりと言います。ですが、他方で読者は、自然界では弱肉強食が当然であって、「ツグミの胸にある一つのまだら」の価値が猫の生命よりもはるかに高いなどという基準が、人間本位のもの、もしくは詩人の個人的な好みによるものでしかないということをわかっています。ポール・ギャリコは、『猫語のノート』の中で次のように述べています。

人間は、猫の狩りの様子を見たときに、残酷だと騒ぐ。あいにく猫の獲物に、かわいい小鳥が含まれているために、愛鳥家の声高な非難が加わる。愛鳥家は人間だということを、もう一度強調しておこう。ミミズや魚、虫やカエルやヘビやネズミは、鳥に襲われて、連れ去られ、ズタズタに嚙みちぎられて喰われるというのに、こういう生き物は、愛護の対象にはならないらしい。［……］鳥は猫と同じくらいに残酷だし、だいいち鳥のほうが空から襲いかかることができるぶん、有利ではないだろうか？*7

人間の視点においては、忌み嫌うべき存在としての猫であっても、猫の視点からはもちろん、ましてや神の視点においては、被造物の一つとして祝福され、長寿を全うする価値のある存在であることが示唆されてこの詩は終わります。

イギリスと動物愛護の活動

第四章で言及した、ネズミ捕獲長ラリーは、Battersea Dogs & Cats Homeと呼ばれる、保護団体の出身です。[*8] イギリスは動物愛護先進国といわれるように、動物を保護する法律が数多く制定されており、ペットの権利が主張され、野良猫の保護活動もかなり盛んに行われています。[*9] 一七世紀以前のヨーロッパ社会では、人間こそが世界の中心であり、動物は人間の下位に存在するため、人間以外の被造物は理性をもたず、人間は被造物を利用してよい、という考え方が主流でした。しかしながら一八世紀に入ると動物に対する道徳心が広まります。この変化には、詩人のアレクサンダー・ポウプ（Alexander Pope 一六八八―一七四四年）や哲学者のジェレミー・ベンサム（Jeremy Bentham 一七四八―一八三二年）の声が反映されています。ポウプは『人間論』（*An Essay on Man*, 1733-1734）の中で、我々人間は動物とともに創造されたのであり、違いはあってないようなものだ、よって我々に動物を虐待したり搾取したりする権利はない、と説きました。また、別の機会に動物虐待を非難する論を展開しながら、特に猫に対する扱いはひどいと述べ、猫は「何の理由もなくどこで見つけられようと皆《みな》の敵とみなされる不幸を背負わされている。猫には九つの命があるなどと言って、猫が一〇匹いれば九匹殺されるようなありさまだ」と言っています。[*10] ベンサムは、理性やロゴスをもたないという理由で、動物が苦しみを感じないわけではない、と主張しました。[*11] このベンサムの主張は、詩人たちの共感を呼び、ロマン派の詩人たちをはじめとする多くの作家が、動物や自然を芸術の対象へと高めていったとされています。

また、一九世紀に入ると、王立協会の外国人研究員であった、ルイ・パスツール（Louis Pasteur 一八二二―一八九五年）によって細菌と疾患の因果関係が示され、ドブネズミを退治する猫の名声が回復されました。また、科学技術の発達により、産業革命を経て、動物は労働力ではなくなったことも、動物の地位の向上に貢献しました。さらに、ヴィクトリア朝においては、都会で暮らす人々が、猫をペットとして愛玩するようになりました。法律の制定をたどってみると、一八二四年には英国王立動物虐待防止協会（The Royal Society for the Prevention of Cruelty to Animals）が設立され、動物の虐待を取り締まる活動が始まりました。一九一一年に「動物保護法」が制定された後は、イギリスの動物愛護の対象は、牛や馬などの労働力として扱われる動物から、猫や犬など愛玩動物へと拡大し、動物愛護の精神もイギリス国民のあいだに浸透していきます。一九一五年には「ペット動物法」が制定され、動物の売買には許可が必要になり、二〇〇六年には新たに「動物福祉法」が定められ、適正な住環境を用意する義務など、飼い主に対する法的義務が生じるようになりました。このように、イギリスでは、猫を保護すべきという考え方が一九世紀以降浸透していきます。多く制定されている動物愛護のための法律もその考え方の表れといえるでしょう。

一方で、日本人の猫に対する態度は、西洋のそれとはかなり異なります。近年、日本でも、動物保護の運動が盛んにはなっていますが、動物の保護や飼い主の義務を定めるような法律までは制定されていません。現代のイギリスでは、家の中という閉鎖空間の中で、天敵や病気といった危険から守り、健康によい食事を定期的に供給することで動物を保護しようとするのが当たり前になっていて、日本で見かけるようにどこでも野良猫がいるというわけではありません。

日本人と猫との関係

平安時代には多くの王朝人が猫を飼うようになったとされています。サイレント・ミャオについて書き記した宇多天皇の『寛平御記』(八八九年)は、愛猫の日記として知られており、宇多天皇が飼っていた猫は「唐猫」と呼ばれる高級輸入猫とされ、平安時代にはこの「唐猫」を持つことがステイタスとされていたといわれています。*12『枕草子』や『源氏物語』には、人間に寄り添う猫がたびたび登場します。これらの記述の中には、猫は希少な愛玩動物であるため、室内で飼われており、首に長い綱をつける習慣があったことが示されています。

この綱が取り払われ、自由に猫が歩きまわるようになったのは安土桃山時代から江戸時代にかけてでした。都市の近代化に伴い、猫は、食料や書物、蚕に害を与えるネズミを捕る益獣としての側面が重視されました。一六八五年頃に発令された「生類憐みの令」の一部に、上様御成りの道筋においても、犬猫を繋いでおくことはない、という件《くだり》が含まれていました。将軍の御成の際に、その道筋に猫が出てきても、管理不行き届きとして、町の役人などが責任を問われることはない、ということが法令で定められたわけです。この法令は、イギリスの動物保護法とは異なり、猫の自由を保障するものと考えることができるでしょう。

野良という運命

日本では猫捕り、という文化もありました。猫を捕り、三味線にしてしまっていたのです。大佛次郎（一八九七—一九七三年）は、猫捕りが存在しないパリの野良猫の堂々とした様子を次のように表現しています。

［パリの猫は］日本の猫にくらべて、大きさも大きく、まるまるとふとっている。日本の猫ならば、どんなにかあいがられている猫でも神経質で、往来に出て人の影を見れば、はしこく逃げて隠れる。［パリの猫は］知らない人間がいくら通っても無関心らしく道端にうずくまっているのが毛色がよごれているし、からだが悪いのかと最初疑って見た。毎日のように窓から見て暮らしたことだが、気がついて見ると、通行人のだれ一人いたずらざかりの男の子でも猫に悪いことをして通る者を見ない。立止って頭をなでて、何か話しかけて行くのは猫好きな人間なのだろうが、そうでない通行人もひとりとして寝ている猫の安心を妨げる者を見なかった。［……］手を出しても逃げないで、されるとおりになっている。三味線のないパリだから日本のように猫捕りも出なかろうし、小さい動物をいじめないしつけや習慣が子供たちにもできているので、猫ぐらい過敏で警戒深い動物でさえ、人間をおそれず、歩道の日だまりにゆうゆうと終日、ねむりをむさぼっていられるわけである。空

気銃のような危険なもので子供が遊ぶのを親が無関心でいる国［日本］とは、しつけが違うのだと文化の深度を思って見た。[*13]

大佛が訪れたパリでは、すでに動物愛護の精神が定着しています。他方、日本では、第五章で見たように、猫又という化け物になることを恐れてしっぽを切ったり、時に、三味線として利用することもたびたびありました。この、三味線にするための猫捕りは、家で飼っている（ことにしていた）内田百閒が、ノラの失踪の原因の一つとして、真剣に悩んでいたようです。


ノラは猫捕りにとられたのだらうと云ふ人もある。

［……］猫捕りの事を云ふ人には、さう考へるのが楽しいらしい点もある。ノラは猫捕りに連れて行かれて、皮を剥がれて、三味線に張られて、今頃は美人の膝に乗つてゐるだらうと云ふ。（一五七頁）

猫に対する虐待というものは、いじめと同じで加害者にその意識が薄い場合もあって、百閒はのちに「尻尾を引つ張つたり、仰向けに踏んづけたり、いぢめてばかりゐるから、それ程可愛がつてゐるとは思はなかつた」（五一頁）と、ノラ探しに奔走させられた奥さんに言われています。

また、梶井基次郎（一九〇一―一九三二年）は「愛撫」と題されたエッセイの中で、猫に対する加虐性愛的《サディズム》な衝動に駆られると言っています。

猫の耳といふものはまことに可笑《をか》しなものである。薄べつたくて、冷たくて、竹の子の皮のやうに、表には絨毛が生えてゐて、裏はピカピカしてゐる。硬いやうな、柔らかいやうな、なんともいへない一種特別の物質である。私は子供のときから、猫の耳といふと、一度「切符切り」でパチンとやつて見度くて堪らなかつた。これは残酷な空想だらうか？

[……] 此頃《このごろ》、私はまた別なことを空想しはじめてゐる。

それは、猫の爪をみんな切つてしまふのである。猫はどうなるだらう？　恐らく彼は死んでしまふのではなからうか？

いつものやうに、彼は木登りをしようとする。――出来ない。[……]

[……] 果して、爪を抜かれた猫はどうなるのだらう。眼を抜かれても、髭を抜かれても猫は生きてゐるにちがひない。しかし、柔らかい蹠《あしのうら》の、鞘のなかに隠された、鉤のやうに曲つた、匕首のやうに鋭い爪！　これがこの動物の活力であり、智慧であり、精霊であり、一切であることを私は信じて疑はないのである。*14

しっぽで吊り下げられたり、耳を切られそうになったり、爪を抜かれそうになったりするようでは、日本の猫はパリの猫のように、「手を出されても逃げない」というわけにはいかないでしょう。

日本の野良猫の場合は、一軒の家で保護されるというよりも、数軒を渡り歩く習慣があったのでしょう。野良猫の場合は、いろいろな場所で餌をもらうため、少なくとも三つの名、七軒の家が存在するといわれることもあります[*15]。

ノラがいなくなってしまった後、百閒は小鈴がついた頸輪を用意しますが、なかなかノラは帰ってこずに、その頃百閒宅に居ついたクルツにその頸輪をつけてやります[*16]。頸輪には、所在地や電話番号が彫りつけてあります。最近では購入さえできる、いわゆる迷子札ですね。食べる場所と眠る場所が与えられ、頸輪をつけていること。これが日本での飼い猫の条件となっていきました。

日本での動物保護の活動については、『ノラや』の中で、新聞折り込みにノラ捜索のビラを何度も掲載した百閒が「日本ネコの会」から招待を受けたというエピソードの中にも見てとることができます[*17]。

家猫、椅子を乗っ取る

エドワード・トマスの詩の中で描かれる「猫」は「就寝時」には家から閉め出されていましたが、ポール・ギャリコは、野良出身の猫が見事に人間の家の中に、しかもベッドの中にまで、侵入していく様子を描いています[*18]。本章三番目に挙げた、「椅子」と題された詩の中で、話者の猫は、人間に向かって、家の中のものすべては人間が所有していいので、自分に椅子だけは与えてくれ、と言っています。「あなたの家の中で、わたしが所有している、／そして所有にこだわる、唯一のものよ」と。冷静に考えれば、人間が買ってきた椅子を無断で猫が乗っ取っているのですが、語り手の猫は、さも当然かのように、

「この椅子は、わたしが自分のために選んだ」のだから完全にわたしのもの、わたしにぴったりだ、と主張します。「選んだ」のは人間だろうという、読者にも当然思い浮かぶ反論をものともせず、人間には他に座る場所があって、猫には、椅子以外ないのだから、自分が選んだ椅子だけはよこしてちょうだい、と言い張り続けるのです。最終的には、「もうこれ以上、ごちゃごちゃ言わずに」と猫は、人間の理屈を超越した次元で乗っ取りを完了します。

『猫語の教科書』の中では、語り手の猫は次のように助言しています。

人間の家を占領したら、すぐに手にいれたいものがひとつあります。気にいった椅子を選んで、猫専用にするの。以後その椅子は、猫が近くにいようがいまいが、他の家族は使用を許されず、いつでも猫がのるのを待っているといったふうにしたいものです。

［……］

猫専用にするためには、まず手始めに、その椅子の上でたっぷり時間をすごすこと。丸まって眠りこんだり、眠っていないときでも眠ったふりをしたりして、猫がそこにいるのを家族の目に慣れさせます。（六五頁）

この語り手は、まず猫が椅子にいることに人間を慣れさせ、次に自分の椅子に人間を近寄らせないように訓練するのだといいます（六五―七一頁）。先に挙げた「椅子」と題した詩は、これを実践した結果といえるでしょう。

そして、『猫語の教科書』のマニュアルにも描かれているように、人間の領域の一部を、少しずつ、猫は乗っ取っていき、しまいには、「猫なんか大嫌いだ、家の中には絶対に入れないぞ」と大声でわめく男主人をも「トロトロに溶けちゃ」うまで、陥落させてしまうことになるのです（二七−四三頁）。実際、村山由佳（一九六四年生まれ）も猫嫌いだった最初の結婚相手が仔猫たちに「陥落」していく一例を提供してくれています。結局は結婚前の「いつも猫がいた」状態、「うちでは、椅子というものはまず猫をどけてから座るものだったし、ふとんの足もとというのはずっしりと重いものだった。こたつはまず中をのぞいてから足を入れるもので、家具や革製品はバリバリにささくれだつのが当たり前のもの」という生活へと戻すことができたと書いています。[*19] イギリスのロックバンド、クィーン（Queen）のボーカルであるフレディ・マーキュリー（Freddie Mercury 一九四六−一九九一年）が飼っていた猫、デライラも同様で、飼い主は「アンティーク家具のセットにおしっこをかけ」（'you pee all over my Chippendale suite'）られても「我が家はすっかりおまえのもの」（'you take over my house and home'）と認めてしまいます（Queen, 'Delilah', 1991）。

ギャリコの猫とドア

家猫になりおおせた猫はさらに支配権を広げてゆき、かわいさという武器とあざとい戦略で、自分と飼い主と思っている人間の飼い主としての立場とを逆転していきます。その判り易い例が、本章四番目に挙げた詩「ドア」でしょう。ドアの問題をギャリコは次のように猫に語らせています。

どんな家に住んでも、ドアが問題の種です。ドアの操り方を覚えなくてはなりません。というより人間の操り方というべきかしら。猫を入れたり出したりするために、人間は何をしていようと中断してドアを開けなくてはならない、という決まりを徹底させるのです。

（『猫語の教科書』一一二頁）

この問題は、百閒家でも起こりました。

クルが飛びつかうとする所［お勝手の棚］には硝子戸が閉まつてゐる。その硝子戸を開けろと云つて［お勝手の前の物置きの］屋根の上で騒いでゐるのである。［……］クルは今にも飛び出す姿勢で、腰を揉んで、はずみをつけてゐる。硝子戸の閉まつた儘の所へ飛びつけば、爪が掛からないから下に落ちるに違ひない。その下には鏡を抜いて水を張つた四寸樽がある。樽の中へ落ち込めば又一騒ぎを起こす。早く連れて来なければいかんと云ふので、女中が外へ出て、物置きの屋根に梯子をかけ、手を伸ばして抱き下ろさうとした。

するとクルはその手を擦り抜け、［……］

もう一度同じことを繰り返したが、矢張りクルは手に抱かさらない。〔……〕クルが飛び込んでもいい様に棚の物を片づけた上、急いで硝子戸を開けてやつたら、上手にひらりと宙を飛んで棚の上へ乗つた。
それで彼の気が済んだらしい。(『ノラや』二三八―二三九頁)

結局のところ、ギャリコの詩の猫が言うように、飼い主は、うまい具合に「みんな、わたしたち猫たちのためのドア係」にされてしまいます。しかし、猫たちは、閉めることはしなくてもドアを開けることは自分でできるのです。ポール・ギャリコは、本当に器用に飛び開ける、猫のドア開け作戦について、次のように猫に説明させています。

自分でドアを開けるコツもすぐのみこめます。とくに、曲がったハンドルのついたドアなら、後ろ足を伸ばして立ち上がり、ハンドルに体重をかければ、開けられます。丸いノブのドアだとちょっと難しいけれど、身長と体重があれば、ノブを押したりひっぱったりしているうちに、まわして開けることができるようになるでしょう。(『猫語の教科書』一一三頁)

猫なのにすごいねえ、と感心しているのも束の間、彼ら彼女らには、開けたら閉める、という人間の常識は通じません。「あけて出で入《い》る所、たてぬ人、いとにくし」と言った清少納言もあきらめるしかない。ギャリコの猫は「廊下に面したドアや次の部屋に続くドアだと、男たちがすきま風のことをとやかくいう」ことに関しても忠告をしています（一一三頁）。ドアを開けっぱなしにしてほしいネコと、開けたら閉めないと気が済まない人間。ドアの開け閉めの問題は、特に夏と冬に顕著になります。ギャリコは、「家族が、猫の気持ちがよくわかって、しかも手先が器用という幸運なケースなら、玄関のドアの下の方に、猫が自由に行き来できるような出入り口をくふうしてくれるかもしれません」と言っています（一一二―一一三頁）。そう、所謂、キャットドアです。

猫のドアと科学

猫がドアを開けっぱなしにするため、「なんで閉めないの⁉」と注意できる環境があればよいのですが、中にはいちいちそう注意を払っていられない人もいるでしょう。この猫の性質に頭を悩ませた偉人は、猫にも人にも非常に有意義なものを生みだしました。

一八世紀のイギリス、ケンブリッジ。ある男性は、偉大なる発見をしかかっていたのでしょう、開けろとにゃーにゃー鳴いて邪魔する猫のせいで集中できない、もしくは、スーッとドアを開けていく猫のせいで、実験室に外からの光が入ってしまう。困ったこの男性は、家の中と外を猫が行き来できるように、猫専用のドアを作りました。この男性こそ、アイザック・ニュートン（Sir Isaac Newton　一六四三―一七二七年）です。実験室の開け閉めをせずに猫を出入りさせようとしたニュートンは、ドアの下部を切り取り、その開口部に鉄の板を磁石でとめ、鉄の板がスイングする構造にしてキャットドアを作ったそうです。ニュートンは大きい猫と小さい猫それぞれのために大小のドアを作りましたが、どちらの猫も大きいドアから出入りして、ニュートンを不思議がらせたといわれています。開発当時は、キャットドアではなく「キャットフラップ」と呼ばれていたそうです。今のキャットドアはそこから改良されてはいるようですが、ニュートンが開発した通りの構造が基本とされているそうです。

猫の自由と安全

人間がドアを開け閉めしてやるにしろ、キャットドアを使わせるにしろ、猫が外と内との境界を横断することが許されない場合には、飼い主は完全室内飼いを選択することが多くなるはずです。特に都会では自動車という現代の天敵が猫たちを危険にさらします。また、野良猫たちと交らせることによって、ネコ・エイズなどの病気をもらってくる可能性もあります。飼い主の葛藤は、一方で家猫にすることの安全性と他方で自由を、広い世界が与える刺激と喜びを奪ってしまう良心の呵責とのあいだで生じます。この、外の世界の自由を取るか家庭内での安全を取るかの問題は、古くは猫の問題というよりも、ペットとしての鳥（そしてイデオロギー的に、女性）に関する問題だったように思われます。典型的な形では、「籠の中の鳥」が自由を奪われているのか、それとも外敵から守られているのか、という解釈の違いとして論じられてきました。家父長制度の下では、当然ながら後者の解釈が喧伝されます。

H・ヒューズは、「愚かな鳥よ、何に誘われて飛んで行ってしまったのか？」、と言い、カナリアが猫の餌になってしまったことに仮託して、ある淑女に自由が孕む危険性を説いています。[20] 同様に、フランス、ロレーヌ地方出身の版画家、ジャック・カロ（Jacques Callot 一五九二―一六三五年）は、小鳥を獲りたいものの籠の中にいるため、眺めるしかない猫を描いています（【図21】）。この場合、安心して過ごすことができる籠は修道院を、籠の中の鳥は修道僧たちを、外敵の猫は悪魔を表すとされています。[21]

時には交わり、時には隔絶した人と猫とのそれぞれの空間は、さまざまな物語を作りだしていきます。

次の章では、猫の時空間についての作品を見ていきたいと思います。

10
CAPTIVA, SED SECVRA.
Dans ſa priſon il eſt en ſeureté.
Callidus incidias tendit, nec cantica laudat
Felis: ſi caueam deſeris, vngue cades.
CET Oiseau priſonnier chante dans ce haut lieu.
Sans auoir peur du Chat, qui ſans ceſſe l'éclaire;
Malgré tous ſes DEMONS, le MOINE craignant DIEU,
Pſalmodie, & benit ſa Priſon volontaire.
C ij

【図 21】Le Chat Guettant L'Oiseau en Cage（The Cat Watching the Bird in the Cage）, from *Lux Claustri ou La Lumière du Cloitre*（The Light of the Cloisters）, plate 10.

我が家のキャルア⑨

キャルアの場合も御多分にもれず、人間の椅子の占領は、家に来てからわずか数ヵ月のうちに行われました。彼女の場合は、ギャリコの猫のように椅子一つではなく、パソコンチェア、和室の座椅子、キッチン横のテーブルの椅子。基本的に人間が作業をするところか、ストーブの温かい風がくる場所にある椅子です。キャルアは、人間が少しだけ動いた隙に、のそっと体を動かし、これらの椅子を陣取っています。

初めてキャルアがドアを開けた時はとても驚きました。どこで覚えたのか、シュパーン、シュパーン、と爪を出してドアノブに跳びつき、その上に体重をかけて、ガチャっと音をさせたかと思うと、上手にドアを開けてしまいます。一応、中にいる人間へのノック代わりなのか、気合いを入れるためか、ドアノブにジャンプする前には「ミャッ」と言います。そして悲しいかな、シュパーン、シュパーンには、必ずドアに爪の傷跡が伴うのです。でもかわいいから仕方ない。やがて、年を重ねるにつれて、キャルアは人間を「ドア係」にすることを覚えたようです。最近ではこちらを向いて、くびをかしげるだけ、という省エネで「あけて～」の合図を送ります。

第10章

猫たちの時空間

「J・アルフレッド・プルーフロックの恋歌」より

T・S・エリオット

窓ガラスに背中をこすりつける黄色い霧は、
窓ガラスに鼻先をこすりつける黄色い煙は、
舌なめずりをしながら夕暮れの片隅へと入ってゆき、
排水溝でよどむ水溜りの上でたたずんで、
煙突から落ちる煤《すす》が自分の背中に落ちると、
テラスの傍《そば》をすべるように動き、いきなり跳んだ。
そして、柔らかな一〇月の夜だと判ると、
家の周りでもう一度丸くなり、眠りに落ちた。

霧

霧は、来る、
小さな猫の足で。

波止場と街を見渡し、
黙ってペタンと
おすわりして
それからまた動く。

カール・サンドバーグ

「マキャヴィティ、不思議猫」より

T・S・エリオット

マキャヴィティ、マキャヴィティ、マキャヴィティのようなやつはいない。
やつは、あらゆる人間の法を犯してきたし、重力の法則も破る。
やつの空中浮揚の力は、ヒンドゥー教の行者の目を見張らせるだろ。
犯罪現場に到着する頃には、――「マキャヴィティの姿、すでになし！」
地下室を捜せど、空中を見上げれど、
何度も言うが、「マキャヴィティの姿、すでになし！」

やつは、見たところ立派。（トランプではズルするらしい）
やつの肉球紋《あしあと》は、ロンドン警視庁の資料のどこにも見つからない。
食料貯蔵室が荒らされた時や宝石箱が略奪された時、
牛乳がなくなった時や、またもやペキニーズ犬が絞め殺された時、
はたまた、温室のガラスが割られて、格子垣も修復不能――
不思議なこともあるもんだ！「マキャヴィティの姿、すでになし！」

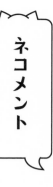

ネコメント

猫がつくる時空間

何かの話で、落語の寄席に猫が出てしまった、ということを聞いたことがあります。落語の噺《はなし》に猫が出たのではなく、本物の猫が高座を横切ったのです。観客は驚いたようですが、驚いたのはむしろ猫のほうだったとか。高座もその猫の縄張りなのです。人間としては、猫が勝手に寄席に入ってきた、という感覚でしょうが、猫としては、自分の縄張りで何やっているんだ？　ということでしょう。人間が作り出した家と家との境のブロック塀も、猫にとっては見晴らしのよい通り路にすぎません。考えてみれば当たり前の話かもしれませんが、県境、国境、行政上の境は猫には全く無効です。

一九世紀後半から二〇世紀中頃、猫に与えられた最も重要な役割は、ネズミを退治することだったといわれています。だから、ネズミが移動すると猫も移動する。住空間の内部と外部とが厳密に分離していない日本家屋では、特にそうでした。家猫がほかの家からネズミを獲ってきて家の人がびっくりする、という事も多くあったようです。[*1] そして一九五〇年代後半になって、日本では日本住宅公団が鉄筋コンクリート造りの集合住宅を建設したことで、一般の人々が密閉性をもつ住空間を手に入れました。ネズミはビルの内部に住んでいても、居住スペースには侵入できないため、密閉された空間での生活が増えることで猫はネズミ退治の役割を終えます。それに伴って猫は愛玩動物として人と暮らすようになったのです。長い歴史の中で、動物は、労役を課されるなり食べられるなり、人間の役に立つからこそ価値のある存在でした。ですから、物理的には全く役に立たない動物の代表として猫がペットとしての役割を担うようになったのは意味深長です。現在では病気やケガの予防から猫を外には出さずに室内だけで飼うということが推奨されています。どうしても外に出たいという猫のためには、先の章で見たように、ニュートンが考案したキャットドアを取りつける家もあるでしょう。

さて、空間に関しては、人と猫とのあいだに共有部分があるとしても、時間に関しては、猫が作り出す時間というものは、現代社会の一般的な生活リズムをもった人間と異次元であるということは否めないと思います。猫はやはり夜行性で、人間が寝静まった頃にドタバタと活発に行動します。それでも、こんな夜の時間を猫たちと共有する人種がいます。小説家と酔っ払いたちです。浅田次郎（一九五一年生まれ）は次のように言っています。

家族の寝静まった深夜、小説家の仕事は佳境に入る。電話もこず、来客もなく、ただひたすら物語を刻み続ける。孤独である。ことにふと筆が止まり、苛立てど先の進まぬときの孤独感といったらなまなかのものではない。

［……］そんなとき、作家の飼猫はかたわらにいるのである。書斎は夏は涼しく冬は暖かい。そして猫はもともと夜行性の動物であるから、むしろ真夜中の眠りは浅い。

仔猫ならばじゃれ合って遊ぶもよし、付き合いの長い古猫ならば話し相手にもなってくれる。猫は環境さえ整っていればまったく手がかからない。一匹でも二匹でも三匹でも、さほど飼主の手間は変わらないが、小説家の孤独感は飼猫の数の分だけ、ちゃんと救われる。[*2]

また、作家の保坂和志（一九五六年生まれ）は、彼にとって「世界を説明するための入り口は猫」だ、と言い、猫を通すことで、作家にとって無縁であるはずの世界を感知することさえ可能になる、と考えています。保坂は、「『わたしとは何か』『生きるとは何か』にはほとんど関心がなくて、この世界がどう映るか、世界がどうなっているかに関心がある。それは猫によるところが大きい。猫の前にいると、何も考えていないっていうすごく大きな考えを教えてくれるんだよね。何ももたらしてくれていなかったとしても、そこには非常に大いなるものがあるってことまで、猫は本当に教えてくれる」と言っています。[*3]
そして、「酔っ払い」という人種もまた、猫の時空間が自身のそれと重なっていることを見出します。作家の恩田陸（一九六四年生まれ）の表現を借りれば、（さんさんと降り注ぐ太陽の下で背筋を伸ばしてタッタッタと目的をもって歩き、主人に尽くす犬とは違い、）野良猫は通常、不健康な場所にいて、ブロック塀の上などでだらりと寝そべりあくびなんかしている。その様子は酔っ払いの「同志」なのだと恩田は言います。

猫は時間の「溜まり場」というようなもの、「日常の隙間」を作り出すので、酔っ払いなどの怠けた人間がほっと息がつける時空間を生み出すと言うのです。[*4] これに関連してですが、おそらく、酔っ払いと猫が同じ時空間にいるからこそ、日本の伝説には、猫が夜になって酒盛りをしたり、集まって踊り出すという話が多く見られるのだと考えられます。[*5]

猫の時間の流れかた

人間が猫の時間を支配することは永久に不可能なことなのかもしれません。猫に流れる時間は人間にはどうしようもできないのです。その気ままさも、その正確さも。実は、自由気ままに暮らしているように見える猫たちは、決まった時間に起き、決まった場所に集まり、異常がないかをパトロールします。作家の東野圭吾（一九五八年生まれ）は『容疑者Xの献身』（二〇〇五年）の中で仕事をもたないホームレスは、社会の歯車から除外されて世間の時間からもはずれているように見えて、逆に時計がなくても時間に正確になることを利用したトリックを用いています。何もやることがないかに見える猫の時間もまた、本当に正確です。ですから、猫の飼い主の中には、いつの間にか猫中心の生活になっている経験がある方もいらっしゃるはずです。猫に乗っ取られるのは空間だけでなく、時間も、なのです。しかし、しばらく猫の時間に巻き込まれてしまってはいても、人は、結局は否応なく人間の時間に戻らざるをえません。猫の時間の流れ方は、「ゆらゆらと過去と現在を自在にさすらっているよう」なものなのだと恩田は言っています。「西洋音楽は一方に時間が流れているが、日本の音楽は時間が行きつ戻りつし、一か所でたゆたっている」ことが猫の時間を想起させるとも。[*6] 教会音楽から派生した、法則のある西洋音楽では起承転結の展開があって、必ず終わりもあるのですが、日本の伝統音楽では、終わりがまた始まりへとつながるように音楽が展開されます（炭坑節のような民謡を思い浮かべるとわかりやすいかもしれません）。人間が考えるような、西洋的な直線的な時間軸は猫には存在しないのです。新宮一成（一九五〇年生まれ）は「去年と今年というのは、人間が作った差異であって、時間の流れはそれ以前からあった」と言っています。[*7] 朝、昼、夜という時間の配分も、一秒、一分、一年という区分も猫には通じません。ですから、猫の歳の取り方は人間とは全く異なることは言うまでもありません。猫の一歳は人間で一五歳、猫二歳で二五歳、猫四歳で四〇歳、長寿といわれる猫一五歳で人間七五歳。[*8] ただしこれは生殖機能の年齢で、精神年齢は人間の二、三歳で止まってしまいます。人間の空間の境界が猫には通用しないように、時間の境界も猫には通じないのです。また、目的に向かってひたすら走り続ける犬の時間は、未来へ向かうベクトルの一直線状のものと考えることができるのならば、朝夕の散歩も人間の都合の良い時間に合わせてくれる犬の時間の流れ方は猫のそれよりは人間のものに近いともいえるのかもしれません。しかし、猫の時間はさまざまな方向へ流れ、たゆんだり逸れたりして、また戻ってくる。そしてほんの少しだけ、ごくたまに猫の時間と人間の時間は交わっているにすぎないのです。過去、現在、未来と一直線で流れていく西洋の時間の捉え方とは異なり、円環で時間を捉える日本人の感覚と猫の時間の流れが似ていると考えることもできます。違った表現をすれば、古代ギリシアのウロボロス蛇のように、自分のしっぽを追って、限りなく丸く運動する猫は、自らの時間感覚を体現しているとも考えられます。

霧と猫

T・S・エリオットの「J・アルフレッド・プルーフロックの恋歌」('The Love Song of J. Alfred Prufrock', 1915)を読む猫好きは、都会の殺風景で、むさくるしい街や夕暮れの情景描写の中で「黄色い霧」の様子が描かれる時、あ、これ猫だ、とすぐに気づくはずです。[*9] 「排水溝」も猫の好む通り道。猫と重ねられた霧は、話者、プルーフロックの精神状態を示す、エリオットの言う「客観的相関物」の一つだと考えられます。この霧と猫の詩行が全体として伝える雰囲気は、無気力と沈滞と閉塞感だと思いますが、それが不活発へと収束する前に「背中をこすりつけ」たり、「鼻先をこすりつけ」たり、さらには「いきなり跳んだ」り、もしている。つまり、何とか気を引こうとしたり、何らかの動きを、衝動的にではあっても、試みているのです。猫が食べ物をねだる時、飼い主の足元に擦り寄るように、プルーフロックには自らの恋の成就を求めて「思い切ってやってみようか」という気持ちもある。それでいて、断られる怖さに負けて、「百度の躊躇」に悩まされているのです。本物の猫の場合、エリオットはそれを観察していたに違いありませんが、その集中力の続かなさ、というか、その執着力の弱さにはむしろ頭が下がることがあります。すぐにあきらめてしまう。決心したら目的に向かって真っ直ぐ進む、獲物が獲られるまで追い続けるなんてことは、猫には無縁に思えます。この詩行の中で「丸くなり、眠りに落ち」

てしまう時間の流れは、「ゆっくり街を流れる黄色い煙」のそれと同じように、決断を下すまでには「時間がある」ことをプルーフロックが自らに言い聞かせる際の拠り所になっていると同時に、現代社会の停滞感を伝えてもいます。

霧の動きを猫の動きに重ねる表現は、エリオットとほぼ同時代のアメリカの詩人カール・サンドバーグ（Carl Sandburg　一八七八―一九六七年）の「霧」にも見られます。この詩は、『シカゴ詩集』（*Chicago Poems*, 1916）の中に収められており、シカゴ市街と港に懸かる霧を見ながら、詩人自身が「アメリカのハイク」（'American Haiku'）と呼んでいるように、猫と霧との「取り合わせ」の句になっています。俳句の影響を受けたイマジズムの技法でいえば、猫と霧との重置法を使った詩ともいえます。私たちの関心から重要なのは、「消える」という観点で霧と猫が共通点をもっているということだけでなく、霧が猫と重ねられることによって、そのイメージが美しさと審美的な超越性をもちはじめることです。換言すれば、霧と猫はシカゴの「波止場と街」よりも高い所に位置することで、つまり、下界を「見渡す」ことで、通常の生活圏とは隔絶した世界と通常の時間感覚とは異なった種類の時間の流れを作り出すことに成功しているということです。実は、『シカゴ詩集』の中の多くの詩が極度に機械化されていく都市の社会的な問題を孕《はら》んでいて、たとえば、「波止場」（'The Harbor'）と題された詩には、臨海地区で暮らす貧しい人々の「飢えに落ちくぼんだ眼」（'their hunger-deep eyes', line 3）のことが言及されています。[*10] その「波止場」やシカゴの街に渦巻く人間の生活、「仕事に仕事を重ねるあくせくとした労苦」（'the toil of piling job on job', 'Chicago', line 16）や人間の喜怒哀楽を超越した、排除した場所で、サンドバーグのハイクは束の間の自然の美しさ、愛らしさを捉えている。だから、人間の時間、特に西洋の直線的な時間を無視した、東洋的ともいえる、ゆったりとした猫の時間がこの詩の中に流れているのは、偶然ではないと思います。ただ、霧が作り出す美しい自然の情景を切りとる時に、おそらく意図せず迷い込んできた腹をすかせた野良猫のように、サンドバーグのハイクには、食べ物を探してうろつく人々のこと、つまり、都市が作り出す社会的な問題が排除しきれないでいるように思われます。

猫、姿をくらます

T・S・エリオットが書いた『ポッサム親爺の実際的な猫の本』は、ロイド・ウェバーのミュージカル『キャッツ』の原作です。この中にはさまざまな猫が登場しますが、この猫たちは皆、ある意味で作者エリオット自身であるといえます。ポッサムというのは、オポッサム（opossum）のことで、捕まったり驚いたりすると死んだふりをするアメリカ大陸産の有袋類の動物です。師であるエズラ・パウンド（Ezra Pound 一八八五—一九七二年）が、あまりに痛ましい世の中を生き延びるために死んだまねをするエリオットをからかって呼ぶようになったあだ名だと言われています。[*11] また、エリオット自身を知っている人々は、彼が猫に似ていると言っていました。たとえば、彼の大学時代の親友の一人、コンラッド・エイケン（Conrad Aiken 一八八九—一九七三年）は、エリオットの「奇妙に輝く」目のことを、「もっと大型の猫族の一種」の目に似ている、と評しました。[*12]

この詩集に登場する神出鬼没の怪盗猫、マキャヴィティも最近の研究では、エリオットの伝記的な事件が投影されている可能性が論じられています。[*13] やっと離婚したにもかかわらず自分につきまとう元妻ヴィヴィアン（Vivienne Haigh-Wood）から逃れるために、エリオットはまさにあらゆる猫的な技を駆使したというのです。執拗に手紙を送り、電話をかけ、家にまでおしかけてくる彼女をかわすために、たとえば、彼女がドアをノックした時には、エリオットは即座にバス・ルームに身を隠したり、裏口の階段を駆け下りて逃げるとともに、秘書がドアに出て、エリオット氏は――マキャヴィティのように――そこにはいない、と告げることになっていた。[*14] マキャヴィティは本質的に脱獄や縄抜けの名人、エスケープ・アーティストですが、自らの姿を消す能力のおかげで、悪意に満ちた環境の中で生き残り、成功を収めることができるというわけです。この文脈で考えると、「伝統と個人の才能」（'Tradition and the Individual Talent,' 1919）で主張されたエリオットの有名な詩論の一部は、ある意味、マキャヴィティ的ともいえるかもしれません。もし詩が成立するために「個性からの脱出」（'escape from personality'）が必要であるのならば、詩人は自分を消さなければならないからです。[*15] 詩人本人は――マキャヴィティのように――そこにはいない！

また、エリオットとヴィヴィアンの離婚後の言い争いは、猫と犬との喧嘩と解釈されてもいます。エリオットがこの猫たちの詩を書いていた一九三〇年代はイタリアがファシズムに向かって急激に傾斜していく時代なので、エリオットの描く「犬」には攻撃的なファシストの政治的な投影があることが指摘される一方で、伝記的なレベルでも「犬」は特別な意味をもっていたようです。イギリス・ファシスト連合に参加するようになったヴィヴィアンが元夫を追いかけまわす際に、キャンキャンとよく吠えるヨークシャーテリアのポリーを連れてロンドンじゅうをめぐり、彼に飛びかからせたという報告があります。[*16] マキャヴィティが、同様の小型愛玩犬「ペキニーズ犬」（'Peke'）を窒息死させてしまうのは、そのためでしょうか。

人間の時空間を無視して、自分の姿を自在に消したり出現させたりできるのは、実は実在の猫たちも日常的にやっていることなのですが、英文学の世界でそれを最も誇張した形でやってのけたのは、ルイス・キャロル（Lewis Carroll　一八三二―一八九八年）の書いた『不思議の国のアリス』（*Alice's Adventures in Wonderland*, 1865）に登場するチェシャ猫（Cheshire Cat）です。挿絵でもわかるように、チェシャ猫は頬が大きく丸顔でいつも笑っているように見えるという特徴があることから、ブリティッシュショートヘアがモデルといわれています。

彼はアリスに、彼女を含めてこの国にいる自分たちはみんな気が狂っている、と言います。どうしてそんなことがわかるのか、と聞かれたチェシャ猫は、まず犬は気が狂っていない、そのことをアリスも同意するはずだ、と言った後、次のように主張します。

「うーん、じゃあね」、と猫は続けた。「ほら、犬は怒っているときに唸り声を出すだろ、そして嬉しい時にしっぽを振る。さて、僕はね、嬉しい時に唸り声をあげて、怒ってる時にしっぽを振る。だから、僕は気が狂ってるんだ。[*17]」

チェシャ猫的には、この「不思議の国」は、狂人の国なのですが、それは言い換えれば、「怒り」という感情に対して「唸り声」という記号、「喜び」に対して「しっぽを振る動作」という記号がきっちりと対応していない状態が継続している世界のことです。つまり、記号（シニフィアン）とそれが指し示す対象（シニフィエ）が分離してしまっている世界。アリスが迷い込んだ「不思議の世界」は、シニフィアンがシニフィエと対応せず、横すべりをしていく夢の世界でもあります。[*18] ルイスの創造した、そして想像したこのナンセンスの世界は、そもそも、シニフィエとシニフィアンが対応していない世界です。場合によっては、シニフィアンとしての言葉だけが、この世界を成立させる時もあって、その時に

【図 22】John Tenniel（1820-1914）による挿絵　チェシャ猫とアリス

【図 23】チェシャ猫とハートの女王 3

【図 24】消えるチェシャ猫

はシニフィエとしての実体など存在しない。チェシャ猫が自在に消えたり出現したりできるのは、もともと彼に実体がないからです。チェシャー地方で生まれ育ったキャロルが作品を書いた当時も一七八〇年代に初出した「チェシャ猫のように歯を見せてニヤニヤ笑う」（'grin like a Cheshire cat'）という慣用表現があったことがわかっています。つまり、こういう言葉、シニフィアンが先にあって、「不思議の国」の中に、このシニフィアンだけの「チェシャ猫」が迷い込んでいると考えられます。もう一ついえることは、シニフィアンとシニフィエが整然と対応した世界は、まともな世界であり、大人の世界だということです。だから大人たちが子どもたちを統御するために使う、意味のある言葉をナンセンス（意味のない）文学は脱構築しようとするわけです。チェシャ猫がこのナンセンスの世界でアリスの導き手となることは重要です。なぜなら、斎藤環が指摘しているように、そもそも「猫の身体は圧倒的な『無意味性』を帯びている」からです。[*19] 権力の象徴ともいえるハートの女王がチェシャ猫の首をちょん切ろうとした時、死刑執行人は、中空に頭の部分だけが現れているチェシャ猫には切り離すべき胴体がないので、首は切れない、と理屈の通った大人の発言をします。

このエピソードは大人の権力と大人の論理の敗北を示しているだけでなく、チェシャ猫の時空間が、大人のそれとは違う、子どもの時空間に近いものだということも表しているように思われます。

猫の魂と死

霧のように消える猫はどこに姿を隠すのでしょうか。もしくは猫という身体、というか猫の毛皮を借りているだけで「ネコ」というものは人間界には実は存在しないのだというとあまりに猫を神秘的な存在にしすぎでしょうか。西洋では猫は九回生まれ変わるという諺があることを本書でも紹介しましたが、加門七海（一九六二年生まれ）は、「猫は七つ、あるいは九つの魂を持つとされているので、その一つを死者に入れ、［その死体を操って］自由にしているという説もある」と述べています。[*20] そして、猫が死体を跨ぐと魂のない死体が動き出してしまうので、それを防ぐために遺体の上には刃物を置く風習があったことに言及しています。

猫の縄張りとパトロール

日本ではネズミ退治のために一六〇二年に京都洛中にて猫を放し飼いにせよとのお触れがでました。それに伴い、猫は家の中と外を自由に行き来し、猫がどこかへ消えてしまい、猫捜索を大がかりでやることもしばしばあったそうです。猫探検隊や猫探偵が職業として成立する前、人々はいなくなってしまった猫が戻ってくるように、と、まじないや神頼みをしました。「猫返し神社」と位置づけられる三光稲荷神社は猫に関するすべての祈願をする場所として有名で、戦前までは迷い猫が帰ってくるよう祈祷をする人も多かったといわれています。[*21] 一九九一年に「ネコ探検隊」が調査した猫分布図によると、一匹あたりの縄張りは〇・〇〇三平方キロメートルだったそうです。[*22]

基本的に野良猫はこの縄張りを毎日同じ時間にパトロールをします。また、縄張りからは出ないと考える人間を欺くかのように、猫は境界を越えて集会もしているようです。夜になると、共有地で猫たちが一堂に会します。ただ、それぞれの空間を大事にする猫たちは数メートル間隔で座ってこの集会に参加するといわれています。[*23]

猫だけの国？　異界？

猫と人間は物理的には同じ空間に暮らしているように見えても、全く別次元を生きているという考え方は、萩原朔太郎の『猫町』（一九三五年）という作品の中で誇張されて表現されているように思われます。語り手は、鉄道を途中で下車し、徒歩でいつもとは違う道をたどりながらある町へと向かいます。彼が着いた町はいつもと何の変化もないように見えたのですが、恐ろしい予感の中で焦燥した朔太郎は、次のような光景を見ることになります。

> 瞬間。万象が急に静止し、底の知れない沈黙が横たはつた。何事かわからなかつた。だが次の瞬間には、何人《ぴと》にも想像されない、世にも奇怪な、恐ろしい異変事が現象した。見れば町の街路に充満して、猫の大集団がうようよと歩いて居るのだ。猫、猫、猫、猫、猫、猫、猫。どこを見ても猫ばかりだ。そして家々の窓口からは、髭の生えた猫の顔が、額縁の中の絵のやうにして、大きく浮き出して現れて居た。[*24]

「これは人間の住む世界ではなくて、猫ばかり住んでいる町ではないのか」と語り手は震え、怪しげな猫の世界に落ち込んでしまったことを悟ります。やがて意識がはっきりすると、知覚の疾病「三半規管の喪失」にかかって道に迷い「方位の観念を失喪」していた、と述べています。

大橋政人（一九四三年生まれ）は「ふたり」（『春夏猫冬』一九九九年）と題した詩で、猫たちには「どこか遠くにネコの国があって／ふたりで思い出そうとしているのではないか[*25]」と言っています。猫と人間を通じ合わせるものがあるとすれば、それは言葉だと思います。武田泰淳は、「ネコ語」を理解するためには、それが通じても通じなくてもできるだけ「ネコにしゃべる（鳴く）チャンスをあたえなければならない、と言っています。[*26] しかし角田光代が述べているように、「それは飼い猫だけ」かもしれません。「一匹で飼われている猫が、比較的わかりやすい。外猫はまず、何を言っているのか、何を考えているのか、わからない。［……］猫はほかの猫と話していると、完璧な猫語になってしまって、人間にはわかりづらくなってしまう」のです。[*27] つまり、大橋が感じたように、やはり猫には猫の国があって、彼らはその母国語で話しているのかもしれないと思います。

半分死んで半分生きてる？

猫が存在する異次元の世界は、生と死の狭間にあると考えることもできます。保坂和志の『チャーちゃん』（二〇一五年）では、猫が「死ぬと生きるの、違い？／よくわかんないな」と言い、そこで自分つまり猫のチャーちゃんは「踊って」いると繰り返します。[*28] 時間と空間が同質のものになり、たとえば時間がねじれれば空間もねじれる。新宮一成によれば、「この同質性は、『踊る』という行為によって我々の見えるものになる。あの世に逝ったチャーちゃんは、時間と空間が通じ合った位相にいるから、『踊って』いる」のだと論じています。さらに、新宮は「猫たちは空間学の天才なのだ。人間はかなわない。『猫しか通れない道』『ねこみち』は、人間の思いがけないところにある。それは、一つの空間と別の空間が、重なってできる場所に、また、空間と空間のあいだに空いた、常にもう一つ要請される、『空・空間』

において開けている。時間軸を導入すれば、それは普通のことになるだろうが、今のところそれは、こう言ってよければ四次元の空間、位相幾何学的な空間のようなものであろう」と述べています。[*29] この文脈で考えると、エルヴィン・シュレーディンガー（Erwin Schrödinger　一八八七―一九六一年）が行なった有名な量子物理学の思考実験に、猫が使われたことは偶然ではないのかもしれません。いわゆる「シュレーディンガーの猫」です。これは量子予測の不条理さを示すための思考実験で、猫は、箱の中で半分死んでいるけれど、半分は生きている、と考えられる。観測されてないものは重ね合わせの状態で存在するからです。身の周りの世界ではありえない、しかし量子力学によって許容されたこういう奇妙な状態をひょっとすると猫たちは享受しているのかも知れない。ポップカルチャーでいえば、「タイム・マシーン」と「どこでもドア」を使って時空間を移動するドラえもんが、耳をネズミにかじられた猫だということ、宮崎駿の『となりのトトロ』に登場する時空間移動用の乗り物がネコバスであること、さらに『鬼滅《きめつ》の刃《やいば》』（『週刊少年ジャンプ』二〇一六―二〇二〇年）に登場する三毛猫の茶々丸が敵の鬼の血を運ぶためにどんな場所でも現れたり消えたりすることなどは、人間の常識的な時間や空間をはるかに飛び越えて出没したり消えてしまったりするためには猫の能力が必要だということを如実に示している例だと思います。

猫扉は異界への扉？——猫扉の向こう側

和田博文（一九五四年生まれ）は、愛猫ミルクと阪神大震災後の荒廃した異空間で遭遇します。その後、高齢になったミルクは、東日本大震災という二度目の震災を経験した四ヵ月後のある明け方、気が狂ったように外に出たがり家の中で暴れてしまうという狂態を見せます。和田は「明るくなってから猫扉を開けて、ミルクと呼ぶと、少しためらうように一度だけ振り返り、猫扉から出ていった。それがミルクの姿を見た最後になる」と、震災という平常とは異なる空間で出会った猫が、また異界へと戻ってしまったことについて書いています。「どうしてあの日、猫扉を開けてしまったのだろうと、私はずっと自分を責め続けた。猫が私たちの日常の風景に溶け込んでいたので、猫が日常と異界を往還する生き物であることを、私はいつの間にか忘れていたのかもしれない。猫は死ぬときに家を離れて、死に場所を選ぶという話を、私は繰り返し聞いていたはずだ。〔……〕かつて異界と化した阪神間の海辺の町で出会ったミルクは、再び人間の視線が届かない異界に戻っていったのである」[*30]。

猫はいつか人間の目の前からいなくなってしまう、そのことを頭では人間はわかっているのですが、ある日突然、何の前触れもなしに戻ってくるのかもしれない、「いつかふらっと現われてくれ」、とあわい期待をも抱いてしまう。ミルクがいなくなった後の和田も「勝手口の猫扉はずっと開けたままにしてい」て、もう帰ってこないと気持ちの整理がつくまで一ヵ月かかったことを書いています。人間とは違う世界、異界からやってきた猫はやはり彼らの世界へと戻っていくのです。

我が家のキャルア⑩

猫そのものは神出鬼没で、そこに寝ていたと思っていると、次に見た時には姿を消していることもよくあります。我が家でも、「キャルアはどこ？」と夫婦でお互いに聞くこともしばしば。春夏秋冬と季節が移りかわるにつれてキャルアの居場所は少しずつ変わるだけでなく、基本的にどこにいるか決まって、否、決めていないのです。キャルアの体がきちんと収まる毛布はこの家のありとあらゆる部屋に置いてあります。思い返せば、キャルアが過ごす時間が比較的多い場所に毛布を置いてやったことで、徐々にキャルア専用区画が増えていきました。

「キャル子は？」とどちらかが聞いても、「どこにもいないよ？」ということもあります。どこに迷い込んだか人間の想像を超えたところにいるか、その辺に気配を消してちょこんと座っているか。キャルアは、ふつうに歩いている時は鈴の音をさせない。足の音もさせない。身を隠すのもお手の物。「キャルー？　キャルー？　どこー？」という私たちの声を聞いているはずなのに、きっと片目だけをじろっと空けてしらんぷりをしているのでしょう。「そのうち出てくるよ」といいながらも、いくら探しても見つからない時には、夫は決まってキャルアのごはんが入った袋を取り出します。そうするとその音を聞きつけたキャルアはドン、タタタタ、とやってくる。この「ドン」はどこか高いところから降りる音だとはわかるのですが、果たしてどこにいたのやら。

キャルアの体内時計の正確さには本当に驚かされます。どこかに消えている時でも、ごはんの時間のちょうど五分前にはどこからともなくやってきて「ごはーん、ごはーん」と声をふりしぼります。私は遅起きなのでキャルアもはるか昔にあきらめたようですが、朝、日が昇りだす時間、たいてい五時頃に、夜のあいだずっと起きていたキャルアは、夫を何としてでも起こそうと躍起になります。耳元でごろごろ言ったり、顔のど真ん中におしりを押しつけて息ができない状態にしたり、しっぽで顔をビシビシしたり、しまいには助走をつけてベッドに跳び乗り、夫のみぞおちに衝撃を与えたりしているそうです。たまに夫がウォーと叫ぶのが聞こえたと思って目を覚ますと、すごい勢いでキャルアが夫のお腹の上をトランポリンのよう跳んで、ドタっという音をたててベッドから跳び降り、そこから猛ダッシュで廊下にかけていくところを目撃します。

第11章

眠り猫、師となる、か？

「猫の名づけ」より

T・S・エリオット

猫の名前をつけるのは難儀だ。
　休みの日の暇つぶしなんてわけにはいかない。
帽子屋みたいに気が狂ってると思われるかもしれないが、
教えてあげよう、猫には絶対、三つの違った名前があるってことを。
まず最初のやつは、家族が日ごろ使う名前だ。

……

　すべて、分別のある普通の名前。
もっとも、可愛《かわい》く聞こえるなら、もっとしゃれた名前もあるだろね。

……

　でも全部、分別のある日常の名前だ。
でもな、いいかい、猫にゃ、特別な名前が必要なんだ。
　特殊で、もっと威厳のある名前。
でなきゃ、どうやって、しっぽをぴんとまっすぐに立てて、ひげをぴんと横に張って、自尊心を抱き続けることができようか？

……

だが、それ以上、そのほかに、まだもう一つの名前が残されている。
それは、けっして思いもつかない名前、
人間の探求が発見することあたわざる——
でも、猫自身は知っている、そしてけっして明かさない名前。

猫が深い瞑想にふけっているのに気づくことがあるだろ、
その理由はね、教えてあげよう、いつも同じ。
猫の心は、夢見心地の沈思黙考に没頭していて、
考え、考え、考えているんだ、名前のことを、
彼の、言葉にならないような言葉で言いうる、
言えるようで言えない
深遠で神秘的な唯一の名前を。

ぼくの猫たち

チャールズ・ブコウスキー

わかってるさ、そりゃそうだよ。
猫たちができることは限られてる。
必要なものも、
関心も違う。

でも、ぼくはじっと見つめ、彼らから学ぶんだ。
猫たちが知ってる小さなことが好きなんだ。
それは、とても
大きい。

猫たちは、不平を訴えるけど、けっして
悩まない。
彼らは、驚くべき威厳をもって歩く。

彼らは、人間にはちょっと理解できない
まっすぐな純真さで
眠る。

猫たちの瞳は、ぼくらの目より
もっと美しい。
そして彼らは、一日に眠ることができる、
二〇時間も。
何の躊躇も
うしろめたさも
なく。

落ち
込んでるときには、
ぼくの猫たちを見つめ
さえすればいいのさ。
そうすれば、ぼくの

元気は
戻ってくる。
ぼくは研究する、この
生き物を。
猫たちは、ぼくの
教師。

ネコメント

T・S・エリオットの「猫の名づけ」と題された詩は、猫に名前をつけるということはかなり難儀な骨折り仕事で、休みの日の暇つぶしなんてわけにはいかない、と言うところから始まります。*1 そして、自説を述べようとして、「帽子屋みたいに気が狂ってると思われるかもしれないが、」と前置きをします。これは、ルイス・キャロルの『不思議の国のアリス』に登場する頭のおかしい帽子屋（Mad Hatter）のことを暗に指していて、エリオットの詩は、「今から私が言うことは本当のことで、大事なことなんだぞ」と念を押しつつも、キャロルの作品と同じジャンル（ナンセンス文学、児童文学）に属するものであることを暗示しています。つまり、大人は真剣に受けとる必要はない、と身をかわしてもいる。猫のように、するっと。

本書では省略していますが、エリオットが言う、猫に必要な三つの名のうちの一つは、「家族が日ごろ使う名前／たとえば、ピーター、オウガスタス、ジェイムズ」といった名前です。「可愛く聞こえるなら、もっとしゃれた名前」もあり、「プラトー、アドメートス、エレクトラ、ディメーター」など、ギリシア語的な名はここに属します。そして、猫たちには、「特殊で、もっと威厳のある名前」が必要、と続きます。エリオットが挙げたこれらの名前は、「マンカンストラップ、クワックソウ、またはコリコパット、／たとえば、ボンバルリーナ、でなきゃ、ジェリローラム」など。ここに分類される名前は「特別な猫にしか通用しない呼び名」（'Names that never belong to more than one cat', line 20）で、この名前をもつ猫は、「しっぽをぴんとまっすぐに立てて、／ひげをぴんと横に張って、自尊心を抱き続ける」ことができるのだ、と詩人は言います。「家族が日ごろ使う名前」で呼ばれた猫はお腹をごろんと見せたり、顔を押しつけたりして甘えるしぐさをするけれども、「特殊で、もっと威厳のある名前」で呼ばれた際には、背筋を伸ばししっぽを立て、髭をピンと張って威厳を見せるような姿になることが目に浮かぶようです。

猫の名前いろいろ

エリオットの詩の表現は、村上春樹（一九四九年生まれ）が「猫に名前をつけるのは」と題したエッセイの中で次のように説明しています。

「猫に名前をつけるのはむずかしいことです」というT・S・エリオットの有名な詩があるけれど、知ってますか？

「それはただの休日の暇つぶしではありません」と続く。その詩の中でエリオットさんは、猫は三つの名前を持たなくてはならないと主張する。ひとつは普段呼ばれる簡単な名前。「たま」とかね。もうひとつは、日常は使わないけれど、猫たるものはひとつは持つべき、よそ行きの気取った名前。たとえば、えーと、「黒真珠」とか、「わすれな草」とか。そしてもうひとつは、その猫自身しか知らない秘密の名前。それは決してよそに漏らされることはない。

詩人というのは、いろんなややこしいことを考えるものだなと、つくづく感心してしまう。でもたしかに、そこまで深く突き詰めて考えると、猫に名前をつけるのはほとんど一大事業になってしまう。

僕はこれまでけっこうたくさんの猫を飼ったけれど、猫に名前をつけるのに時間をかけたことはない。頭にぽっと浮かんだ言葉をそのまま名前にしてしまう。そのときビールを飲んでいれば「きりん」とつけるし、白くてほっそりした猫はかもめに似ていたから「かもめ」とつけた。あまりややこしいことは考えない。お洒落な名前も、気取った名前も好きではない。だから時間もかからない。しかしこれでは「休日の暇つぶし」にもならないですね。*2

確かに、エリオットが言うところの名前はしゃれこみすぎていて、むしろ村上春樹の感覚で猫に名前をつけることのほうが多いのではないでしょうか。ひと昔前は、犬はポチ、猫はタマ、というのが多かったようですね。*3 以前にふみふみをする猫として登場させた、寺田寅彦の猫も玉、小泉八雲も玉という猫を飼っていました。八雲は「玉というのは英語で Jewel という意味である。私たちがそう呼ぶのは玉の美しさの故ではなく——玉は実際美しいが——玉という女の名前は日本で普通飼い猫につけられるからである」(「病理的なるもの」『骨董・怪談』一四一頁)と言っています。武田泰淳と百合子の猫も玉(タマ)、漫画『ねことじいちゃん』の中でじいちゃんが飼っているのも「タマ」です。ちなみに百閒はノラの時は野良猫だからという理由でノラと名づけましたが、クルツの時は、しっぽが短いことからドイツ語の「短い」にあたる語の「クルツ」を使って、Kater Kurz という名をつけています。[*4] これは威厳をもった名前に属するでしょう。さて、猫が名前をつけてもらう時、エリオットのように真剣につけられるにせよ、村上春樹のように軽い気持ちでつけられるにせよ、夏目漱石の猫に比べればまだましといえるかもしれません。なにせ、彼には「名前はまだ無い」のです。有名な書き出しですが、ちゃんと猫の気持ちが表されている。「吾輩」自身は、これから誰かがきちんとした名前をつけてくれるのを期待しているのでしょう。「吾輩」が「自尊心を抱き続ける」ことのできる唯一の呼ばれ方は、「二絃琴の御師匠さんとこの」三毛猫の使う「先生」です。「町内で吾輩を先生と呼んでくれるのはこの三毛子だけである」と、これには満足しているようです。自分では、(第一章で読んだトマス・)「グレーの金魚を偸《ぬす》んだ猫くらいの資格は充分にあると思」っているくらいですから、その猫の名前セリーマに匹敵するくらい自分の名前は有名であるのが本当だろうと考えているに違いない。しかし、彼曰く、「どこへ行っても跳ね付けられて相手にしてくれ手がなかった。いかに珍重されなかったかは、今日に至るまで名前さえつけてくれないのでも分かる」[*5]のです。周りからの無関心というのは、好かれるよりも嫌われるよりも辛い。しかし、その環境こそが彼に一流の観察眼を与えているのも確かです。

猫の瞑想と哲学者？

エリオットの詩の中で猫たちは、「夢見心地の沈思黙考に没頭し」ており、さらに「言葉にならないような言葉で言いうる、／言えるようで言えない／深遠で神秘的な唯一の名前を」考えているのだ、と描写されています。猫としては背中を丸めて、前足の上に顎をのせたような状態で目をつぶっているだけなのかもしれませんが、ここではまるで哲学者が瞑想をするような描写になっています。猫が瞑想する名は、決して人間が知り得ることはない。まるで猫には神から与えられた名があって、時折その名を瞑想しているかのようです。

猫がまどろんだり、眠っている様子は詩人たちにインスピレーションを与えてきました。ボードレールは、猫が「物思いにふけるときの　その気高い態度ときたら／人けのない砂漠《さばく》の涯《はて》に横たわる巨大なスフィンクスが、／永久にさめない夢の中へと眠りこんで行くようだ。／その腰は豊かに　魔法の火花にみちあふれ、／金のかけらが、砂粒のように細かく、／彼らの神秘な瞳《ひとみ》にかすかな星を光らせている」と書きました。冥界の守護者とも考えられていた「スフィンクス」に喩えられる猫は「沈黙を求め　暗闇の恐怖を求める」とボードレールは書いています。*6 エリオットの猫は神に通じる名を瞑想しているかのように描かれていましたが、ボードレールの猫はまるで異界のものと通じているかのように描写されています。

また、例によってグエンドリン・マッキューエンは、「魔法の猫」の中で、エリオットの猫たちを茶化すように、彼女の記憶に残る猫たちの名前を列挙した後で、「わたしは、ぶちのことも覚えてる、あの子は［……］ずっとキッチンの流しの中で仰向けになって、わたしのためにぴったりとした名前を思いつこうと、時間を費やした」（'I also remember Tabby who ... spent all his time lying on his back in the sink, thinking up appropriate names for me'）と言います。*7 飼い主が猫の名前を考えるのではなく、そして（エリオット流に）猫が自分自身の名前を瞑想するのでもなく、猫のぶちは、飼い主に対する安心と信頼の表現でもある、お腹を見せるポーズを取りつつ、親切にも飼い主の名前を考えてくれている、というわけです。

日本では、室生犀星（一八八九—一九六二年）によって猫の眠りの静寂が描き出されています。愛猫がうつらうつらする様子は次のように描かれています。

抱かれてねむり落ちしは
なやめる猫のひるすぎ
ややありて金のひとみをひらき
ものうげに散りゆくものを映したり
葉のおもてにはひかりなく
おうしいつくし法師蝉
気みぢかに啼き立つる賑《にぎ》はしさも

はたとばかりに止みたり
抱ける猫をそと置けば
なやみに堪えずふところにかへりて
いとも静かにまた眠りゆく[*8]（「愛猫」）

猫が「金のひとみ」を見開いて、その瞳に散りゆく葉を写す。もう秋を感じさせる法師蝉に飛びかかることもなく、蝉が啼きやんだ際に作りだされる一瞬の静寂の音を猫が聞いているかのようです。静かな眠りについた先に見る夢はどのようなものだろう、と飼い主は考えるかもしれません。[*9]

猫の夢

作家たちは猫が目をつぶりながらも体を動かす様子を見ながら、猫の夢についていろいろな想像をしてきました。画家でもあり詩人でもあった、山城隆一（一九二〇−一九九七年）は次のように書いています。

猫は猫の夢を見る
白い猫は白い夜明けの夢を見る
枯葉色の猫は木立の中の夢を見る

縞猫は白と黒のストロボみたいな夢を見る
黒い猫は黒い夜の夢を見る*10

第八章で読んだローナ・クロージャーの「サファイア色の目をした」猫が、青い世界を見ていたことを思い出しますが、ここでは、猫の眠る姿があまりにも穏やかだから、猫は自分自身の色と同じ自然の中の色に同化した夢を見るのではないか、と山城は考えているようです。

角田光代は愛猫トトの眠った顔を見ながら、今、まさに、トトが夢を見ていると思った時、次のように言っています。


［……］突然口元をはむはむはむはむはむはむと動かしはじめるではないか。そして閉じたまぶたのなかで、眼球がせわしなく動き、まぶたがぴくぴくぴくぴく動いている。そのうちだんだん半眼になってきて、その半分開いたまぶたから、動く眼球が見える。

こ、これは、レム睡眠ではないか！

猫にもレム睡眠があるのか！

はじめて猫のそんな状態を見た私は、驚きのあまり息をひそめて、顔面をせわしなく動かしているトトを凝視してしまった。（『今日も一日きみを見てた』一八〇頁）

また、小泉八雲は飼い猫の玉が夢をみる様子を次のように描写しています。

私の椅子の横で眠っているこの牝猫は、先ほどからある特別な鳴き声を立てているが、それが私の胸の琴線にふれるのである。それは牝猫が子猫に対してのみ発する鳴き声で、やわらかな震える声、純粋な愛撫の声調である。そして見てみると、玉の姿勢は、横になって寝ているが、なにかをじっと捕えている猫の姿勢である。いましがた捕えたなにかを。前足はなにかを摑もうとするときのように前にのび、真珠のような爪は動いている。（「病理的なるもの」『骨董・怪談』一四一頁）

家の中と外を行ったり来たりする玉は野ネズミや家ネズミ、蛙、蜥蜴、八目鰻といったありとあらゆる獲物をくわえてきては、仔猫たちに与えていました。そして、事故で死んでしまった仔猫と夢の中で遊んでいるようにも思える玉を、「子猫たちのために小さな影を捕まえようとしている」（一四三─一四四頁）この母猫を、いとおしく思っています。

眠り猫

精神科医の斎藤環は、猫の語源は「寝子」だということに言及しています。[*11] 猫は本当によく寝ます。家の中で人が寝静まった後に獲物を獲ったり一人運動会をしているような音が聞こえることもあるのですが、人が起きている時にはほとんど寝てばかりです。本章二番目に挙げた「ぼくの猫たち」と題された詩の中で、チャールズ・ブコウスキー（Charles Bukowski　一九二〇―一九九四年）は、猫は「二〇時間眠る」と言っています。猫は夜行性なので、人間が寝ているあいだに猫たちは起きているでしょうから、猫たちが二〇時間眠るというのは少し言いすぎなのでしょうが、人間が見ている時間のほんのわずかしか活動していないことも確かでしょう。ブコウスキーは「猫たちができることは限られて」おり、そのため、なのか、それでも、なのか、「猫たちは、不平を訴えるけど、けっして／悩まない」ことを賛美しています。不平不満がないわけではないのだろうけれど、だからといってそれに対処しようなんてことを猫は考えません。

猫が眠る姿の中に、ブコウスキーは「驚くべき威厳」と「まっすぐな純真さ」を見出します。「何の躊躇も／うしろめたさも／な」くずっと寝続けることができるという猫は「ぼくの／教師」だと言います。さまざまな欲望、焦燥感、ああなったらどうしよう、あれが起こったらどうしよう、という不安で眠ることができない現代人に対して、猫たちが警告を与えているのではないか、とブコウスキーが考えているともいえるでしょう。

また、文明批評家でもある養老孟司は、死んでしまった飼い猫、まるのことを思い出しながら、「生前は、よく寝ていた縁側をふっと見るとやっぱりそこで寝ているもんだから、それでこちらの気が休まった」と書いています。養老は、現代人が鬱にならないためには自分に居心地の良い「場」を作ることがいかに重要かを論じつつ、「私自身は近年猫のまるを参考にして生きてきた」ことを認めています。

「猫もまた居心地の悪い状況から、ただちに立ち去る」と言うのです。そして、「動かないし、ネズミを捕れるはずもない」、でも生きてて「いいんだよね」と思えたまるを見ながら、猫を飼う人の心理を「役に立つか儲かるかといった存在ばかりが重視される社会で、実際の人間関係の辛さの裏返しではないか」と分析しています。[*12] 同様に、作詞家の阿木燿子（一九四五年生まれ）も「互いに欲求を突き付け合い、それが通らなければ喧嘩になる」人間関係の中で、「ただそこに存在しているだけ」の猫から、「相手に何も期待しないことを学ぶ」と言っています。[*13]

猫の寝姿――猫様のポーズをめぐっては、画家も画商もたいへん？？？

眠り猫に翻弄されながらも辛抱強く寄り添ってきた画家と画商のエピソードを一つ。長谷川潾二郎（一九〇四―一九八八年）は、被写体が少しでも変わってしまうと絵を描くのをやめてしまうという絵の作法のようなものをもっていました。それで彼の猫タローについても次のように書いています。

タローはアトリエが好きだった。〔……〕タローは一寸した隙を見つけてアトリエに入って来た。ある日、アトリエで眠っているタローを見ていると、急に画に描きたくなった。小机の上に座布団を乗せ、臙脂色の布を敷いて、その上に眠っているタローを抱いて来て乗せた。熟睡しているタローはされるままになっていた。タローは布の上に長々と身を横たえ、よいポーズを造った。私は六号

【図25】長谷川潾二郎　「猫」1966年　宮城県美術館蔵

のカンバスで仕事をはじめた。
最初は九月であったが、今は十月上旬である。大部気温が下がっていて、アトリエの空気はやや冷いやりしている。猫は寒くなると背中を丸くする。それをのばす事は絶対に不可能である。私の行為は、自然法則に反する無謀な愚行と言うべきものである。猫は寒くなれば丸くなり、暑くなれば長々と身体をのばす。そしてこの画を描き出した九月の気候だけが、タローにこのポーズをとらせると言う事が判った。これから日増しに寒くなる。この画を続けて描くのは、来年の九月まで待たなくてはならない。私はカンバスを戸棚の奥に仕舞いこんだ。*14

［……］

ところが、ついにタローは死んでしまいます。その結果、絵の中の猫は髭のないままで、未完成であることを理由に、その絵を欲しがっていた画商の洲之内徹（一九一三―一九八七年）が買おうとしても売ってもらえませんでした。しかし、洲之内の熱意に負けて長谷川は残っていたデッサンをもとにやっとタローの髭を片方だけ加筆します（【図25】）。

洲之内は左半分の髭しか描かれていないことに気づきながら、右の髭がまだ描かれていないことに言及したせいでまた何年も待たされては困る、と考え、そのまま絵を受け取ります。

地面に顔をつけている右側の髭はデッサンができなかったのでしょう。タローが生きていた頃の髭のデッサンには、タローの生命力があふれていたように思われます。「そもそもなぜ髭を描き忘れたかというと、猫の毛並みの『生命に充ち溢れた深い輝き』に感動し、いかにその美しさを表すかに熱中したためだった」そうです。[*15]「タローの履歴書」というものまでを作成し、タローの前脚の裏の肉球に赤い絵具を塗って拇印を押させた満二郎。[*16]息子の光児が言うには、満二郎には「胃潰瘍や歯が弱いなど身体的な問題」があり、写生に出かけるよりもアトリエで多くの時間をタローと過ごしていたようです。タローの死はごく淡々と語られていますが、絵の中のタローに髭を入れないまま、絵を未完成の状態にしておいたのは、満二郎にとって、自身とタローの二人だけの時間を永久に保存する手段でもあったのかもしれません。そして、眠り猫のタローも、ほかの猫たちと同じように、「師」としての側面をもっていたことは、満二郎が、タローの履歴書を作った際に「食欲のない時は決して食物を口にせず。満腹だけどおいしそうだから一口食べてみようなどという主人の愚行を真似ず」と自嘲して書いたことからもわかります。[*17]猫に節制を教えられているわけです。

最後の章では猫の死をめぐる詩と物語を見ていくことにしたいと思います。

我が家のキャルア⑪

キャルアを初めて見た夫は、キャルア特有のふぉわんとしてやわらかそうな雰囲気にすっかり騙され、おとなしくて、おしとやかそうな猫だから「アリシア」にしよう、などと言っていました。「アリシア」という名は、「高貴な」という語源をもち、そのやわらかい響きも、きれいなピンクのお耳、お鼻、そしてふわふわした肉球をもつ猫にぴったりだ、と夫は言っていたのです。しかし私は目撃していました、キャルアがほかの猫の餌の残りを横取りしていたことを。キャルアという名前を思いついたのは、私には、ひらがなの「のし」のような模様が、コーヒーのキャラメル・マキアートで作ったラテアートのように見えたからでした。そして、貴族の名前の長さを彷彿とさせるために、真ん中にカルーアというコーヒーリキュールのミドルネームを挿入することを思いつきました。「キャラメル・カルーア・マキアート（省略形でキャルア）」。夫は「アリシア」案を捨てがたかったようですが、いざキャルアを引きとる時には、夫が考えていたほどにおとなしい猫ではないことがわかりました。棚から物を落としたり、トイレットペーパーやティッシュをぐちゃぐちゃにしたり、といった悪戯はしませんが、餌がからむとキャルアは豹変。生後四ヵ月の頃のある日、隣の部屋にいた夫が「うぉー、うわー、ひえー、ぎぃえー」とこの世のものではないものを見たように叫ぶので、何事かと訊いたら「キャルアが蛾を食べた――――！」と言って大騒ぎ。壁にとまった蛾に跳びかかり、手で鷲掴みにして、がぶり、とやったそうです。名は体を表すといいますが、キャルアは「キャっ」という少し高めの音のおてんばな響きがよく似合います。また、一歳頃には、キャルアの真っピンクなお鼻にぶつぶつができてしまい、夫はことあるたびに「契約違反だ」などとぼやきます。夫は、キャルアが虫を食べるせいでぶつぶつができた、などとも言います。「アリシア」にしていたら、餌の前でも落ち着きがあって、清楚で上品な猫だったかな、と少し残念な気もしますが、「こっちをみてー」といわんばかりに吹き抜けの上から「みゃー」とないたり、ぐーぐーぐーと、人間よりも大きないびきをかくキャルアの姿を見ると、やっぱり、「アリシア」ではないな、と思い知らされるのです。

第12章

猫へのエレジー

猫と海

それは、黒猫の問題、
三月の、草木のない崖のてっぺんで、
そいつの瞳は、待ちわびている、
ハリエニシダの花びらを。

形相においては、家猫がのどを鳴らすゴロゴロと
海の鏡の
冷たい内部とは
等しい。

R・S・トマス

「魔法の猫」より

猫たちが死を決意する時、　彼らは孤独に横たわる　世界の
暗い風と　あまねく雷鳴の下で、
葉に囲まれて、姿を消して、そして
空の獣《けもの》に、暖かき神霊に、眼に、祈る。

グエンドリン・マッキューエン

一〇歳と半年の私の友、猫の死によせて

クリスティーナ・ロセッティ

誰が語ろう、その女性の悲しみを
彼女の猫は慰め以上のものだったのに。
誰が数えよう、彼女のために流された
その熱い涙の数を、何年ものあいだ愛されたのに。
誰が口にできよう、あの日、彼女の死が
生じさせたその暗い落胆を。

君たち、詩神たちよ、来たれ、九人とも、
来たれ、私の呼びかけに従順に。
来たれ、そして美しい調べの歌で哀悼せよ、
九つの死の一つずつを一人ずつ
そして、君たちが美しい音で溜息をつくあいだ、
私は彼女の挽歌を歌おう。

彼女は、高貴な血筋で、
グリマルキンが、彼女の名前。
老いも若きもまったく多くの家ネズミたちが
彼女の家系の武勇を感じていた。
強きも弱きもまったく多くの野ネズミたちが
彼女の押しつぶさんとする肉玉の軽打の下で縮こまった。
そして、その場所の周りの鳥たちは
彼女の肉薄した羽交い絞めにひるんだのだ。
しかしある夜、彼女は力奪われ、
倒れ横たわり、ついには死んだ。
そばには、仔猫がうずくまっていた、
仔猫を生んで、母は死んだのだ。
彼女の家系とその子孫たちを救い給え、
彼女のいたいけな幼い猫を守り給え、
そうすれば、その仔猫の名前も、死んだ
彼女の名前と同じくらい広く知れわたるだろう。

そして、私の愛猫が横たわる可愛そうなお墓の
傍《そば》を通り過ぎる人はだれでも、
優しく、やさしく歩かせ給え、
彼女の狭いベッドを乱さぬようにさせ給え。

物言わぬ友への最後の言葉

トマス・ハーディ

君ほど、死んで嘆き悲しまれたペットは、けっしていなかった。
斑《まだら》のない色合い、モフっとしたしっぽ、
物欲しそうな眼差しの、ゴロゴロと喉を鳴らす、君。
私たち人間の奇妙な生活に調子を合わせてくれたり、
君の朝の鳴き声が、――片足を、下ろす途中で
宙に浮かして――階段の上や
広間じゅうに甲高く響きわたったりしたのに。
撫でる手に会うのを期待して、
君は、背中をアーチ型に曲げて立っていたものだったのに。
ついに、君は向こうへ、君の悲劇的な結末へと、
進むために自らの道を選んだ。

私は、もう二度とペットはいらない!

君のいた場所はみな空けておこう。
友を引き剥がされるより、
日々、空虚なほうがいい。
彼の思い出に少しずつ消えろと命ずるほうがいい、
彼の作った一つひとつのしるしを塗りつぶすほうが、
意識して忘れることで、
自分本位になって嘆きから逃れたほうが、いい。
毎朝毎晩、痛みを感じるために
彼の痕跡を残しておくよりは。

彼がすわっていた椅子から
彼の柔らかな毛を払え、それに怯《ひる》んでもいけない。
周囲の茂みの中の
彼の小さな通り道を熊手でかき払え。
爪とぎですり減らされた松の木の樹皮から
彼の爪のあとを磨いて取り除け。

夕暮れが濃くなる頃、その木に彼は登って、
辺りをぶらぶら歩く私たちを待っていた。

不思議なものだ、この口のきけないやつ、
私たちの支配権に服従し、
いのちと食べ物のために私たちの施しと、
時間と、気分の支配下にあって、
彼の生存は私たちによって制御されている、
私たち人間という権力者の、臆病な囚人が、
――安全で保護された死の世界へと
一息《ひといき》に渡って逝くことで、
ここから去って、ただ彼の無意味さを
引き受けることで、――
その意味が拡大されて、ぼんやりと現れるとは。
人間の意志を超えた、至静の
一部として形をとるとは。

中庭で運動をする、
逃走を禁じられた、囚人のように
まだ私は、苦しみ、震えながら、
彼に捨てられて、惨めな状態に留まっている。
そしてこの家は、彼のささやかな眼差しから
ほとんど影響を受けなかったのに、
彼が黄泉《よみ》の国へと逝くことで、
全てが能弁に彼のことを語るようになっている。

同居者よ、私は今でも君が窓の敷居に飛び上がるのを
思い浮かべることができる。
その窓越しに私はぼんやりと見ている、
木の下の、君を埋めた小さな塚を、
それが、君が遊んだ場所で君が少しずつ朽ちていくことを
秋の木陰で、示しているのを。

ネコメント

猫と死の概念

R・S・トマス（R. S. Thomas　一九一三―二〇〇〇年）の詩は、彼の好きだった一七世紀の宗教詩人ジョージ・ハーバートの詩「祈り」（'Prayer(I)'）のような一種の定義詩だと考えられます。ハーバートの場合、それを「教会の宴」（'the Churches banquet'）や「地から天へと昇る霊の糧」（'Exalted Manna'）などの表現と並列に並べて、それらのイメージの連続によって祈りの性質を表そうとしました。[*1] トマスの場合も同様に、冒頭の「それ」とは何か、どういうものかを、猫を使って表そうとしている。ただ、何を定義しようとしているのかを告げてくれないのが、この詩のミソです。私には「死」を表そうとしているように思えます。「黒猫」はもちろん死の暗い側面を表すでしょうが、その眼差しは、「草木のない崖のてっぺん」にいても春咲く花を「待ちわびている」。海の「冷たい内部」も死後の世界を表象すると同時に、家猫が「ゴロゴロ」と喉を鳴らすような安息の場所でもある。

なぜ一人になりたがるのか？

グエンドリン・マッキューエンの詩の一節では、死を悟った猫が姿を隠す時、「葉に囲まれて」体を横たえています。日本ならこの葉は、ススキなのだろうと思います。加藤楸邨（一九〇五—一九九三年）は、猫の死を「死ににゆく猫に真青《まさお》の薄原《すすきのはら》」（『まぼろしの鹿』一九六七年）と詠みました。数々の猫たちを飼ってきた楸邨は、次のように回想しています。

猫は、死期が迫ると、姿をかくしてしまうということが言われる。私共で飼った何代目のタマというのがそれで、動けなくなっても、匍う様にして庭から外へ出ていくのである。連れてかえっても、またいつの間にか姿が消えてしまう。ここに挙げた句は、そんな猫を詠んだものだ。真青な薄の原がどうしても忘れられなかった。*2

有馬頼義（一九一八—一九八〇年）の短編小説「お軽はらきり」の雌猫も、彼女が「ある夕方、「……ゆつくりとからだを起し、ちよつと私の顔を見てから、よろ〱と外へ出て行こうとした」時、「私」は彼女が「死ににいく」ということに感づいていました。三日ほどして死骸が発見されます。

お軽は、すゝきの中で、私の家の方へ頭を向け、手脚をのばして死んでいた。口を少し開き、目もひらいたまゝだつた。四肢はもう硬直していた。私の家の方へ頭を向けていたのは、もう一度家へ帰ろうとしていたのではないかと、ふと思つた。[3]

猫は、自分の死が近いことを感じるとどうして家を離れ、一人になりたがるのか。人目につかない場所で死を迎えることについて、さまざまな説が提唱されてきました。作家のアラン・デュヴォー（Alan Devoe　一九〇九―一九五五年）は、猫は「死を予感し、野生の時代から変わらぬ方法で、つまり独りきりで死を迎えにいく。ネコはその鼻孔に人間の匂いを嗅ぎながら死にたくはないし、極度に敏感になっているその耳に人間の雑音を聞きながら死にたくはないのだ。死が突然襲うのではないかぎり、ネコは誇り高い野生動物の死にふさわしい場所、すなわち人間のぼろ布やクッションの上でなく、独りきりの静かな場所へ這ってゆき、冷たい地面に鼻面を押しつけて死ぬ」と書いています。[4]

文学者たちが情緒的な観点からさまざまな想像をする一方で、もう少し科学的な、たとえば、動物行動学の見地からいえば、猫がなぜ姿を隠すのかについての疑問には、もっと冷めた説明ができるようです。まず、猫は自身の死という概念をもっていないので、自分の死を予測できません。猫が病に襲われた時は、何か不快なものが自分を威嚇していると考え、得体のしれない攻撃を回避しようとします。そのために普段過ごす場所とは違う場所に隠れて身を守ろうと試み、そのまま死んでしまう、というのです。その場所が人間の目にはつきにくい庭の納屋や、もっと寂しい場所ということも多々あります。[5]死という概念は人間だけがもち、猫を含め、ほかの動物には死の正体がわからない。死そのものが理解できないことを人間は不憫に思うかもしれないけれど、死の恐怖がないことは人間よりも有利だ、ともモリスは言います。

たぶん、愛猫の死を悼むトマス・ハーディもそうだったかもしれないように、猫の老いや死を自分自身のそれと重ねてしまう老人にとっては、猫がいなくなってしまうことはことさら辛いはずです。漫画『ねことじいちゃん2』の中でも、ある日突然、飼い猫のタマが一人暮らしのじいちゃんの家から姿を消してしまいます。「まあ猫なんて気まぐれなもんだで　そのうちふいっと帰ってくるわさ」と隣に住む幼馴染みの巌さんに言われたじいちゃん。なにせ、猫には帰巣本能というものがあるのです。雨を予知する能力と同じように、猫には体内の磁力があって、この体内の磁力は、猫が自身の家までの道を見つけることにも使われます。ちなみに家までの道を決めようとしている猫に強力な磁石をつけると巣に帰る能力を失ってしまうことからこのことが判明しました。猫は地球の磁場に対しても鋭い感性をもっており、これによって視覚的な手掛かりなしに家路をたどれるというのです。猫の組織内に本来ある鉄の微粒子が重大な決め手であり、これが家路を探す猫に生物学的な体内磁石を与えると考えられています。[*6]

やがては、勝手気ままなタマも帰ってくる、帰る道はわかるのだから、と納得する一方で、猫は死ぬ時に姿をくらます、という説にも信ぴょう性があって、じいちゃんはソワソワソワソワ。全く落ち着かず、茶色い袋に入った湯たんぽ、茶色のセーター、ダンボールと、目の端に入る茶色いものがすべてタマに見えるような状態になってしまいます。やがてどこからともなく帰ってきたタマに、好物の（カリカリでない）餌を与えながら、嬉しくて笑いがとまらなくなって震えるじいちゃん。炬燵《こたつ》の布団の上にのったタマに語りかけます。「なあ、タマさんや　約束してくれんか　もしもの時がきてもひとりで逝かないでくれよ　わしら同志じゃないか　最後までいっしょだぞ」と。[*7]

作家の中島らも（一九五二－二〇〇四年）の家で飼われていた猫は、「妻がオートバイで走っているときに、豊中で拾ってきた。三毛猫なのでミケ豊中という名になった」そうです。彼のエッセイは、晩年のミケ豊中を描く際に、年齢をしきりに憂慮しながら、次のように書いています。

［……］心配なのは年である。もう二十歳ちかくになるのだ。人間でいうと八十歳くらいか。いつ死んでもおかしくはない。いつの日か、ふっと家から姿を消すかもしれない。猫が死ぬときに家から姿を消すというのは本当で、おれは今までに何度もそういう猫の死に目を見てきた。[*8]

死ぬ前に姿を消す猫を何度も見てきた、という体験は、娘の中島さなえ（一九七八年生まれ）が詳しく説明してくれています。そして、人間の言葉がわかるのではないか、と感じさせることが多くあったミケ豊中の最期も。

よく言われている「猫は死期を感じると姿をくらます」というのは本当で、［ミケ豊中の］長女の「きょんぴ」はいつのまにか姿を消し、長男「ぴっち」は阪神大震災の時に、末っ子の「耳茶麿」

は二一世紀に突入したあたりで前触れなく姿を消した。子供たちが次々と死にに行き、ミケ豊中は家に残った。いつものように背筋を伸ばして家の中を守っていた。

［……］

私たち家族は常日頃から、「きみはここで死ぬんだよ、机の下で死ぬんだよ」と、彼女に言い聞かせていた。他の猫たちのように、知らないうちにいなくなってしまうのが嫌だった。そんな人間のわがままも、彼女なら快く聞いてくれるような気がしたのだ。

［……］

ある朝、母が一階に下りると、ミケ豊中が机の下に横たわっていた。

「きみはここで死ぬんだよ、机の下で死ぬんだよ」

いつも人間たちに聞かされていた言いつけをきっちりと守って、ミケ豊中は死に場所を机の下に選んだ。

ミケ豊中がいなくなった実家へ久々に帰ってみると、家の中は何だかみすぼらしくなっていた。この時初めて、たった一匹の小さな猫が、家や人に華やかさと品格を与えていたのだと私は知った。[*9]

老人ではなくとも、自身の死を覚悟しながら猫との生活を送る人間が、愛猫がいなくなってしまう事態に遭遇した時に、猫の死を、猫との別れを予感し、パニックになることもあります。有川浩（一九七二飛び出してしまいます。[*10]

年生まれ）の『旅猫リポート』（二〇一二年）の中で、癌を患う青年サトルが飼い猫ナナの新しい飼い主を探して旅をするのですが、猫のナナは海沿いの道の両面一面に広がったススキの野原でふと車の外に飛び出してしまいます。[*10]

「ナナ、どこだい？」

乾いた草を踏む音がするので、サトルもススキの海に入ったらしい。こっちだよ、ここにいるよ、サトルのすぐそばだよ。（二八七頁）

猫のナナの声は、ススキの海の中で飼い主のサトルには聞こえません。「ナナ！」「ナナ！　ナナ、どこだ！」と叫ぶサトル。やっとナナが足元にいることに気がつきます。「バカッ！　こんなとこで見失ったらもう探せないぞ！」、叱りながらサトルの声は泣いている。自身の余命の短さを感じているサトルは、ナナを見失ったことで、しかもススキの野原で見失ったことで、ナナの死を予感し、そしてナナとの別れの中に自身のこの世との別れを見てしまうかのようです。

猫への弔い火葬？　剥製？

武田泰淳・百合子・花の愛猫玉（タマ）は、雌であるにもかかわらず、「自由気ままで豪快な雰囲気が、まるで『旗本退屈男』のような猫[*11]」と評されています。

玉と暮すようになってから十九年余り、ヒトの身の方には、いろいろ起っては収まり、起っては収まり、出入りがなかなか多く、その度毎にヒトはうろたえ騒いだが、玉の方は病気一つせず、ナンカチョーダイ、ウマイモノチョーダイ、と平常心で日々を過して、ヒトの年齢で数えれば百歳となった。私より遥か年上となった玉は、歩いていてふっと立ち止まり、そのままの姿勢で壁に向い、じーっと動かないでいることが多くなった。私は「ヨード卵光」という普通の卵でない卵を割って黄味を甜めさせ、「おーい。大丈夫かあ。長生きせえよお」と、ついぞ他人《ひと》にもわが身にもかけたことのない言葉をかけた。玉は瞬間的剥製からよみがえり、歌舞伎子役のような声を張り上げて、「あーいー」と返事した……。

私はバナナを食べながら、この猫がうちにきてからの、いろいろなことをどっと思い出して、食べながら泣いた。(『日日雑記』一五〇―一五一頁)

玉の生命力は、その食欲に如実に表れています。娘の花のエッセイ「玉のこと」によると、「常日頃、猫に贅沢をさせる主義だと言っていた」百合子は、「住んでいた赤坂では、料亭に卸している高級鮮魚店のアジやカマスを玉に買って」与え、「一日一個、ヨード卵も舐めさせた。卵に貼ってある『光』マークのシールを額に貼り付けてやると、[玉は]なんだか得意気だった」そうです。さらに、花は「食べ放題に食べ、一番肥った時で八キログラム。病気もせず、十九年生きた玉。好きなものに生まれ変われるとしたら、何に生まれたいかと聞かれることがある。答えは、『武田家の玉』」とまで言っています（『作家の猫』八六頁）。逆に、死の力は、玉の動きを奪おうとしています。百合子の描写は、この拮抗する力の綱引きを上手に伝えてくれています。玉が「じーっと動かないでいることが多く」なり、死んで「剥製」にされた状態になりつつある時でも、「ヨード卵」が「よみがえり」の力を与えている。しかし、やがて死の力が、玉の食欲さえ無効にすべく、彼女の動く力を奪っていく時が来ます。

冷蔵庫の開閉音、紙袋を破る音、蛇口をひねった音、飲食に関わる音を耳にすれば、息の続く限り長くひきのばして鳴きながら、どこからともなくやってきて、「何を食べてるの。見せて下さい」と自分も負けずに食べ、ちゃりちゃりと水を飲んだのに、寝箱に横たわったまま、声にならない声で「ニ」と鳴いて、血の気のひいた薄い舌先を見せるばかりである。

「きこえてますよ。きこえてますよ。おばさんたち、何か食べてるんですね。見に行きたいけど行けないから、口だけペロペロしてますよ。何故だか、どーしてなんだろーねー。動けないよ」

（『日日雑記』一四八頁）

百合子が、「食べながら」泣いたのは、そのせいのように思えます。自分は食べている、なのに、玉はもう食べられない、もう動かない。「お風呂に入っているときも雷鳴がしていた。雷鳴の合間に、ふと玉が元気ないい声で鳴いたように思い、濡れ裸のままとび出して行ってみると、四本の白い肢をすんなりと揃え、首をのばしてね入っていた。もう一度湯舟に浸りなおしてから行ってみると、さっきの恰好のまま息をひきとっていた」、と百合子は書いています（一四九―一五〇頁）。火葬場での骨拾いの記録にも食べ物に対する玉と百合子の執着心のようなものが表されています。火葬係のおじさんは、「ほら、これが背骨ね。尻尾も長くて立派だね。先の先まで曲ってない。生れつきもあるけど、きっと食物気をつけてたんだね。カルシューム充分やってあったんだ。ちゃーんと分る」、などと言いながら骨を箸で示す。そして百合子のほうは、「骨までほめて貰っ」たことを満更でもなく思っているようです（一五三―一五四頁）。「一切を含めて供養料四万八千円であった」、と書いた後、百合子は、一年前に猫を亡くした友人がその猫を剥製にしたエピソードを回想しています。電話越しに愛猫の死を知らせてきた友人は、剥製にしたいと言って、「錯乱と正気半々、泣きじゃくりながら訴える」ので、百合子が剥製屋に問い合わせをすると、「台付きで四万五千円。ほかは高いよ」とのこと。百合子は

飼主のこういうときの気持を納得させ、してやれるだけのことはしてやったと安心させてくれる金額は、剥製にしろ火葬にしろ、だいたい五万円前後なのだ。安すぎもしない高すぎもしない丁度いい按配の金額なんだな。それに、骨までほめてくれた――。（一五五―一五六頁）

と、玉の死にまつわるエピソードを終わらせています。栄養を充分に与えられて大猫になった玉ですから、剥製にしても立派なものになったことでしょう。でも、武田家の人々は、剥製という手段は選びませんでした。また、武田家の犬のポコは富士山麓の別荘の庭に土葬されています。猫たちは、玉を含めて火葬で、「両親の位牌」と「猫たちの骨壺と並べて置いてある」、と娘の花が書いています。[*12]

猫の墓碑銘

クリスティーナ・ロセッティ（Christina Rossetti　一八三〇―一八九四年）の詩は、猫のための挽歌（'elegy'）であるとともに、最後の数行は、墓碑銘(epitaph)にもなっています。追悼の詩行は「私の愛猫が横たわる」墓石に刻まれて、「傍《そば》を通り過ぎる人はだれでも、／優しく、やさしく歩かせ給え、／彼女の狭いベッドを乱さぬようにさせ給え」、と書かれているのを読むわけです。土葬の場合、英語の'bed'という言葉は、二重三重の意味をもってきます。遺体が横たわって、復活の時まで眠る場所としてのベッド。シェイクスピアのハムレットが有名な独白で言ったように「死ぬことは眠ること」ですから、お墓はベッドなのです。そして、通常、埋められた遺体を養分にしながら毎年咲くように、お墓には宿根性の花が植えられますから、そこは花壇（flower bed）でもあります。ロセッティやハーディは、猫たちのために個別のお墓を作り、個別の墓碑銘を刻みましたが、動物に家族同様の葬り方をすることが、もちろん初めからあったわけではありません。ロセッティの猫のための墓碑銘は、次のように書いた一七世紀の詩人ロバート・ヘリック（Robert Herrick　一五九一―一六七四年）にはおよそ信じられないことだったでしょう。

ここにかわいい赤ちゃんが、子守唄を
歌ってもらって眠っています。
お願いですから、静かにしてね。掛けた
心地いい土を乱さないでね。[*13]

でも、赤ん坊の死も猫の死も、この世ではもう守ってあげることのできなくなってしまった、愛する者の眠りに違いないのです。この小さくて愛しいものは、死んでなんかいない、眠っているだけなのだ、と思う感情は時代が変わっても同じだと思います。そして、それでいてロセッティの悲しみは、詩の一行目で自分を突き放して「その女性」と呼ばせ、自分自身との距離をとらせようとする一種の防衛機制によって、緩和されることを願う一方で、二行目の「彼女」が、三行目の「死んだ猫のために」という意味の「彼女のために」という言葉の「彼女」と不親切に重なり、結局のところ自分自身と死んでしまった猫を一体化してしまいます。悲しみゆえに、ロセッティもまた死んでしまっているのです。

ハーディと猫

トマス・ハーディ（Thomas Hardy　一八四〇―一九二八年）は、一九世紀末から二〇世紀初頭にかけて秀逸な小説と詩をたくさん書いたイギリスの大作家です。彼の第四作目の小説、『狂おしき群れを離れて』（*Far from the Madding Crowd*, 1874）は、私たちが第一章で読んだ詩「金魚鉢で溺れた愛猫《まなねこ》の死を悼む歌」を書いたトマス・グレイのもう一つの有名な詩「田舎の墓地で書かれた挽歌」（'Elegy Written in a Country Churchyard,' 1751）の七三行目にある言葉を使って題がつけられた小説です。興味深いことに、この二つの詩はハーディが一八六二年に贈られて彼の書き込みが残っている、フランシス・ターナー・パルグレイヴ（Francis Turner Palgrave　一八二四―一八九七年）編集の『黄金詩歌集』（*The Golden Treasury*, 1861）にともに収録されていました。グレイのハーディ作品への影響はすでに知られていますが、グレイの猫が『狂おしき群れを離れて』に迷い込んでいるのかもしれないということはこれまで指摘されていないように思われます。この小説の女主人公、バスシバ・エヴァーディーンが最初に登場する場面で、彼女は馬車に乗って引っ越しの荷物とともに移動しているのですが、その荷物の中に、「ヤナギ製の籠の中に猫もいた。その部分的に開いた蓋から彼女は半分閉じた目でじっと見つめ、そして愛情深く、周りの小鳥たちを吟味していた」と語り手が描いています。「愛情深く」（'affectionately'）という、獲物になりうる対象への猫の視線は、明らかにハーディらしい皮肉に思えますが、注目すべきは、この直後にバスシバがわざわざ荷物の中に手を伸ばし、そこから梱包をほどいて鏡を取り出し、「自分自身を注意深く吟味し始め、唇を開いて、微笑んで」いる様子が描かれることです。語り手は「彼女は単に、女性という種類において自然が作り出した美しい産物としての自分を観察していたのである」と言います。[*14] 鏡に映った自らの美しさに見とれるバスシバの虚栄心は、のちに彼女が経営を引き継いだ農場の労働者たちにも噂《うわさ》されるようになります。[*15] ハーディが高飛車なバスシバの性格づけをする際に、同様に水面に映った自分の姿に満悦するグレイの猫を思い出していた可能性はないでしょうか。実際、さらに別の個所では、バスシバはネズミを捕まえる猫に喩えられています。

「盗みだよ。その知らせってのはこうだ。エヴァーディーンさんが帰宅した後、いつものようにあの人は全部大丈夫かどうかもう一度見るために出て行った。そして、穀物蔵に入ると、その階段をこそこそと半ブッシェルのオオムギを持って降りてくる管理人ペニーウェイズを見つけたんだよ。彼女はあいつに向って猫のように跳びかかった［'She fleed at him like a cat'］。あの人は決して男勝りってわけじゃないけどな。[*16]」

また、ハーディは、主人公の農夫オークがバスシバに求愛をする場面の直前で、その失敗を予兆させるために、オークの連れた犬を威嚇するために「アーチ形に体を曲げて悪魔のように痙攣する」猫を描きます。バスシバの猫の反応は、彼女自身の拒絶を表しており、その理由を彼女は、「私は自分を飼いならしてくれる誰かが欲しいわ。でも私ってあまりにも独立心が強くってあなたには決してできないだろうと私は思うの」と小生意気な、猫的なことを言うのです。[17] ともかくバスシバは、グレイの猫が二匹の金魚にちょっかいを出すように、オークとは別の二人の男性に気を惹かれ関わったがゆえに非常に困った状況へと落ち込んでいくことになります。

ハーディの小説では最後の作品である『日蔭者ジュード』(*Jude the Obscure*, 1895) の中でも、仔猫が興味深い使われ方をしています。主人公ジュードが前妻のアラベラとのあいだに子どもが生まれていたことを突然に知らされ、皆から疎まれたこの男の子が、ジュードの住む町に汽車で到着した時の描写です。

> 翌晩十時ごろオールドブリッカム着の下り列車の薄暗い三等車の中に、小さな青白い子供の顔が見られた。大きな、おどおどした目の子供で、白い毛糸の襟巻をまいていた。［……］その目は、向こう側の座席の寄りかかりをじっとみつめたままで、汽車が着いて駅名が呼ばれた時すら、窓に向けようともしなかった。一方の座席には乗客が二、三人いて、その中の一人の労働者風の女は、ぶちの仔猫［'a tabby kitten'］を入れた籠をひざの上においていた。女がときどきふたを開けると仔猫は頭をだしてじゃれたり、ふざけたりしていた［'the kitten would put out its head, and indulge in playful antics'］。乗り合わせた客はこれを見て笑ったが、ただ一人、鍵と切符をもったその孤独の少年だけは、目を皿のようにして仔猫に見いったままで、無言でこう言っているように思えた。「笑いはすべて誤解より生ずる。事態を正しく見るならば、日の照らす下、笑うに値するものは一つとして存在せず。」と。[18]

ここでハーディが「遊び戯れる滑稽なしぐさ」（'playful antics'）と表現した仔猫の動きは、実は私たちが第三章で読んだワーズワスの詩の中で、ぶちの仔猫（'little Tabby', line 36）によって「演じられた［……］道化芝居」（'her antics played', line 33）という表現の反響であるということに気づくことは重要です。ワーズワスの詩では、詩人の抱きかかえた幼子がそれを見て無邪気に笑っていました。幼子の純真さが仔猫の無邪気なしぐさと共鳴した結果が笑いでした。ハーディの場合、乗り合わせたほかの客たちが自然に笑ってしまう無邪気な仔猫のしぐさにも、すでにたくさんの辛い目にあってきたに違いないヂュードの息子は、子どもであるにもかかわらず、もはや笑えなくなってしまっているのです。「彼は『子供』の仮面をつけた『老人』だった」と語り手は伝え、彼の容姿が年寄りに見えるがゆえに「ちびの時爺や」（'Little Father Time'）とあだ名をつけられていると言います。[*19] 彼の老成した意識は、物事を捉える際にも最後の審判に至るまでの長い時間を視野に入れて大局的な観点から人生の出来事の個々の意味や目的を探してしまいます。咲き誇った花を見てもその時点での香しい匂いや美しさを楽しむことはできず、やがて枯れてしまう哀れな最後まで見えてしまうのです。人生の瞬間、瞬間を楽しむためには、正に猫のように今だけを生きる必要があります。遊びに没頭する子どもも同じ能力をもっているといえるでしょう。ワーズワスの幼児性に対する神聖ささえ帯びた楽観主義が、ここではハーディの悲観主義によって見事に、そして悲しいまでに潰されているといえます。[*20]

さて、死んでしまった白い愛猫スノーダヴ（Snowdove）への挽歌である詩には一九〇四年一〇月二日という日付が添えられています。家から約四分の一マイル離れた所にある線路の上で列車に轢かれて死んだのです。当時、ハーディは、動物の権利擁護論者でもあった妻のエマとともにドーセット州のマックスゲイトの自宅で少なくとも九匹の猫たちを飼っていました。その庭には、死んだペットに対するヴィクトリア朝の人々がもつ感情の典型的な例を提供してくれる、ペット墓地がありました。一八八〇年代には、ペット霊園的なものが民間にも流布していて、ロンドンのハイドパークには何百もの犬や猫のためのお墓があったことが報告されています。[*21] 妻のエマは、『動物の友』（*The Animal's Friend*）という雑誌の一八九八年三月号に「エジプト人のペット」（'The Egyptian Pet'）と題した、猫に関する記事を寄稿しています。その中で彼女は、興味深いことに、猫の適切な抱き方について、まるで赤ん坊の抱き方を教えるかのように、書いています。子どものいなかった二人にとって、猫がその代わりをしていたことが窺える箇所かもしれません。また、エマは、執筆に忙殺されていた夫には望むべくもなかったであろう、彼女の承認欲求を満足させてくれる友人としての役割を猫たちに求めていたように思われます。猫は、「何が起こっているのか、そして何を言われているのか、かなりの部分を理解するようになるし、家庭の中で本当に素晴らしく気の合う人［'personage'］になります」と彼女は述べて、猫が、「あなたが望んでいるように、寝室のドアの所へ来てくれたり、階段の上で出迎えてくれたりする」ことをいとおしく思っていたようです。[*22] ハーディの詩の中にも彼らの猫が飼い主の気持ちや考えを前もって汲みとってくれているかのような表現があります。スノーダヴは、「私たち人間の奇妙な生活に調子を合わせてくれたり」、人間が彼を撫でようとする時、それを「期待して、／［……］背中をアーチ型に曲げて立って」くれたりしました。そして、「夕暮れが濃くなる頃、その木に彼は登って、／あたりをぶらぶら歩く私たちを待って」いてもくれたのです。

エマの死後、二番目の妻となるフローレンスは、ハーディと三九年の歳の差がありました。結婚四年前の一九一〇年一一月一一日の友人に宛てた彼女の手紙の中に（彼女がいわゆる犬派だったこともあったのでしょう）、ハーディが飼い猫、キッツィー（Kitsey）の死に際して「私の人生ほど悲しい人生が今までにあっただろうか」と言って嘆き悲しむ様子に「あまり深く同情できない」と書いた件《くだり》があります。*23スノーダヴを亡くしたのが、六三歳の時（この同じ年の春、ハーディは母親を亡くしています）。そしてキッツィーが、六九歳の時。老人にとっての愛猫の死には、おそらく若い妻が理解しえない、自らの死と不可分の、死に対する深い洞察があるように思えます。愛する者が「無意味になること」によって、「その意味が拡大されて、ぼんやり現れる」、とハーディは言います。愛する者が、死んで消えることによって、彼のいた場所が、「全てが能弁に彼のことを語る」ようになる。ここには、存在と不在の逆説があります。それは、言い換えれば、不在によって本質が見えてくるということでもあるのかもしれません。

同様に、ハーディの運命論には、「鈍感な偶然性」（'Crass Casualty'）という概念、つまり、この宇宙を支配しているのは、感情や感覚をもたない盲目の意思である、という考え方がありますが、そのいわば神不在の世界観を、我々人間は誰か愛する者とともに存在する時にのみ、感じなくなるという逆説をここで考えてみることは、この愛猫の死を悼む詩を解釈するうえで、重要だと思います。愛する者、たとえば愛猫、にとって私たち自らが本質的である時にのみ、私たち自らの存在が偶然の産物であるという虚無感を忘れることができるという、本質的な偶然性に気づくことができるからです。「いのちと食べ物のために私たちの施し」を必要としてくれる愛猫がいるからこそ、私たち自らの存在は絶対的な本質として立ち現れてくる。つまり、この詩の中でハーディは、猫たちの不在がもたらす自己存在の本質と向かい合わざるをえなくなっているのです。

R・S・トマスは、「海の鏡」の向こう側に「冷たい内部」を見ても、そこに猫の幸せな「ゴロゴロ」を聞くことができていました。つまり、生と死とを分けている境界線の向こう側にも、(おそらく天国の)安らぎを見出していたのだと思います。想起されるのは、『新約聖書』の中のパウロの有名な聖句「わたしたちは、今は、鏡に映して見るようにおぼろげに見ている。しかしその時には、顔と顔を合わせて、見るであろう」(コリント人への第一の手紙、一三章一二節)という言葉です。使途パウロは、死の帳《とばり》の向こうには、今はおぼろげにしか見えない神や愛する者との再会が待っていることを示唆していますす。ハーディもガラス越しにその向こう側を見ています。スノーダヴが、かつて同じように外を見ていた同じ窓ガラス越しに。でも、詩人には、少なくとも今の彼に「ぼんやりと」見えるものは、「木の下の、君を埋めた小さな塚」だけなのです。

我が家のキャルア⑫

我が家のキャルアはまだ四歳、人間でいうと四〇歳くらいなので、彼女が老いてゆく姿や、死など想像することは全くありません。でももしも、人間の言葉がわかっているなら、私たちの願いを聞いてくれるなら、なんて声をかけよう――夫も私も、そんな話をしたことはありませんが、キャルアも、ミケ豊中のように、きっと私たちのお願いを聞いてくれるような気がします。「キャル、君はここで死ぬんだよ。この家の、あたたかい窓辺で死ぬんだよ」。

あとがき

私と猫との出会いは、一匹の茶トラ猫でした。私が散歩をしていると、決まって同じ時間、同じ場所にいて、美容院の中を覗き込んでいました。茶トラ猫が美容院のガラス戸に映った自分の姿を見て、自分のお腹のぶちぶちの斑点を気にしているようだったのがおかしくて、私は彼を「ぶち」と名づけました。ある日、ぶちが血まみれになってパトロールから戻ってきました。私の知らないところでぶちに何があったのかわかりません。ぶちはそれから二ヵ月くらいして、いなくなってしまいました。猫は死ぬ時に姿を消すというから、きっとあれが、ぶちの寿命だったのでしょう。ボス猫だったぶちが老いてきて、縄張り争いで負けてしまったのかもしれない。人間が作る空間や時間と猫たちの時空間は相入れないこと、猫たちには猫たちだけの世界、物語があって人間はそこには入っていけないことを思い知らされました。また、猫たちには驚くべき時間の正確さや古代から遺伝子に組み込まれた野生本能をもっていることを、彼らに教わるようになりました。そして、その小さな生き物に興味をもち、彼らの運命すべてを、やがては死を迎えるということも含めて、受け入れるようになりました。同じ茶色で、頭に縦線が入っていて、しかも顔が横に広がってきて、やや肥満気味になってきてしまったキャルアが、ぶちにどんどん似てきているように思えてなりません。たまに、ごく小さな声でキャルアに向かって「ぶーち」とつぶやいてみると、キャルアは目を細め、何かを瞑想している素振りをします。

この本は、ＦＭ ＫＩＴＡＱという北九州市のラジオ放送局でパーソナリティーを務めさせていただいた「ネコと文学、ときどき音楽」という番組がもとになっています。そこで朗読させていただいた漱石や百閒、ハーンなどの文芸作品、そしてそれと併せて紹介したエリオットやワーズワスなどの英詩をベースにしながら、いろいろな猫たちと猫にまつわるエピソードを紹介させていただきました。ラジオ番組をさせていただいた時は野良猫たちをひたすら観察する毎日でした。この本では、外猫たちに加えて、キャルアという家猫を通して猫たちを再度見つめ、さらに人間と猫との関係を英詩やそのほかの作品の中に捉え直したものとなっています。

猫島と呼ばれる島の猫たちや野良猫を保護しているお宅で出会った数々の猫たち。浅田次郎さんのエッセイでも書かれていましたが、精神的に弱い私は猫の数だけ、ちゃんと救われました。ぶち、クロ、ちびぶち、ベス、なめたけ、しいたけ、まいたけ、まいたけっこ、みゃっふん、すず、きなこ、まめ、ナナ、小太郎、桃、セリーマ、スーザン、ジンジャー、吾輩、ブロック三兄弟、ぐちゃ、マタタビ、ハート、住職、みけちゃん、ロージー、ござお、たぬきー、さびびり、涼子さん、じゅうたん、シルバー・チョコレート、そしてキャラメル・カルーア・マキアート。ナボコフの『ロリータ』の語り手、ハンバート・ハンバートは、ロリータの名前が含まれている生徒名簿に並んだ名前に興奮し、「それは私が今ではもう暗唱できる詩だ」と言っています。私にとっては、この猫たちの名前の羅列が、もちろん、ハンバート氏とは全く違う意味で、胸を熱くしてくれる詩です。今までに出会った数多くの猫たちに敬意を表します。

また、ＦＭ ＫＩＴＡＱのラジオ番組作成の際に、イメージ通りのＢＧＭをつけてくれた（しかもかなり細かい要求に応えてくれた）堀川剛さん、そして、（出版社名を考えると、猫が小鳥たちを遊べなくしてしまうかもしれないにもかかわらず）この本の企画からサポートをしてくださった、小鳥遊書房の林田こずえさん、どうもありがとうございました。数々の猫たちのエピソードがラジオ番組になり、そして書籍としていつまでも生き続けてくれるのは、お二人のお陰です。

キャルアが来てもうすぐ五年になります。キャルアがいるだけで小さな出来事が輝き、何でもない景色が色づき、かけがえのないものに変わりました。たくさんの小さな幸せをありがとう。そして、もともと猫嫌いの母は、初めてキャルアが足に触れた時は「きゃあああ」と叫んでおびえていたのに、夜になると足元でゴロゴロいうのがかわいかったらしく、いつの間にか、キャルちゃん、キャルちゃん、とかわいがってくれるようになりました。どうやらキャルアがメタボ体型になりつつあることに気づいた母は、猫専用のおもちゃ「キャッチ・ミー・イフ・ユー・キャン」を買ってきてくれさえしました。スコティッシュフォールドのキャルアは、英語がわかるのか、わからないのか、その挑発にはのらず、動きまわる獲物を追いかけるということはせずに、獲物が止まるのをじっと待って、時にはソファーの上からとび降りて襲いかかります。それでは、全然運動になりません。父は、私のラジオを毎回楽しみに聴いてくれて、昔飼っていた白猫を思い出すと言いながら、小さな時からキャルアと紐で遊んでくれました。父が物を結ぶ紐で作業をしていた横でキャルアがその紐に飛びついて遊ぶので、いまでもビニールの紐はキャルアの大のお気に入りの遊び道具になっています。両親は遠方に住んでいるので、たまにテレビ電話をします。父がいつの間に教えたのか、セキセイインコのココちゃんが「キャルちゃん、キャルちゃん」と画面上で叫びます。でも、デジタル画像や音声には反応しないキャルアは知らんぷりです。母と父、ココちゃん、どうもありがとう。そして夫は、最初は、飼うなら犬がいい、と言っていたにもかかわらず、大の猫好き（本人がいうには「猫好き」ではなく、単にキャルアが好きなのだそう）になり、毎朝、早くは起きられない私の代わりに朝ご飯を用意して（しかもキャルアのお皿の熱湯消毒までして）くれます。夫は「甘える技をおぼえましょっ♪」という歌を作って、ひざをポンポンたたいたりするけれど、キャルアがすぐにひざにのることはありません（ちなみに、夫は同じ音程で「人間からは逃げられない♪」という歌も作っているので、キャルアには響かないのかもしれません）。でも、そんなキャルアを家族として迎えてくれた夫に感謝します。

この本を読んでいただいたすべての猫好きの人たちが、それからすべての猫たちが、何度生まれ変わっても、いつまでもいつまでも幸せでありますように。そしてこの書籍に登場した猫たちのお話の一つひとつが、この本を読んでいただいた人の癒しとなりますように。

疫病との戦いが続く二〇二二年春、広島にて

松本　舞

【著者】 **松本 舞**（まつもと・まい）

1980年北九州市生まれ。

広島大学教育学部卒、広島大学文学研究科英文学専攻博士課程後期修了。博士（文学）。

島根大学を経て、2015年より広島大学文学研究科（現在は人間社会科学研究科）助教。

著書に『ヘンリー・ヴォーンと賢者の石』（金星堂、2016年）、

共著に『よくわかるイギリス文学史』（ミネルヴァ書房、2020年）、

Scintilla: The Journal of the Vaughan Association 22 (The Vaughan Association, 2019) など。

北九州市のFMラジオFMKITAQにて

「ネコと文学、ときどき音楽」のパーソナリティをつとめる（2017年6月〜8月、全13回）。

【著者】 **吉中 孝志**（よしなか・たかし）

1959年広島市生まれ。広島大学文学部卒。

広島大学大学院文学研究科英文学専攻博士課程前期修了。

英国オックスフォード大学よりM.Litt.及びD.Phil.の学位を取得。

関西大学を経て、2001年より広島大学大学院文学研究科（現在は人間社会科学研究科）教授。

著書に *Marvell's Ambivalence: Religion and the Politics of Imagination in Mid-Seventeeenth-Century England* (Cambridge: D. S. Brewer, 2011)、

『花を見つめる詩人たち——マーヴェルの庭とワーズワスの庭』（研究社、2017年）、

訳書に『ヘンリー・ヴォーン詩集——光と平安を求めて』（広島大学出版会、2006年）、

論文に 'The Politics of Traducianism and Robert Herrick' (*The Seventeenth Century*, 19, 2 [2004])、

'Columbus's Egg in Milton's Paradise Lost' (*Notes and Queries, New Series*, 54, 1 [March 2007])、

'Where did Julia Sit?: Another Borrowing from Montaigne in John Webster's *The Duchess of Malfi* (*Notes and Queries, New Series*, 67, 2 [2020]) などがある。

索引

※索引は「まえがき」「訳詩」「ネコメント」「我が家のキャルア」「あとがき」、また作品や語彙が言及されている註のノンブルを反映しています。なお、註を示すノンブルはゴチックにしています。

【キーワード】

◉ア行

◉カ行

◉サ行

【猫性を表す言葉】

【人名・作品】

おまけ【猫の名前】

詩原文（英語）

Chapter 1

Ode on the Death of a Favourite Cat Drowned in a Tub of Gold Fishes

By Thomas Gray (1716-1771)

'Twas on a lofty vase's side,
Where China's gayest art had dy'd
      The azure flowers that blow;
Demurest of the tabby kind,
The pensive Selima, reclin'd,
      Gazed on the lake below.

Her conscious tail her joy declar'd;
The fair round face, the snowy beard,
      The velvet of her paws,
Her coat, that with the tortoise vies,
Her ears of jet, and emerald eyes,
      She saw; and purr'd applause.

Still had she gaz'd; but 'midst the tide
Two angel forms were seen to glide,
      The Genii of the stream:
Their scaly armour's Tyrian hue
Thro' richest purple to the view
      Betray'd a golden gleam.

The hapless Nymph with wonder saw:
A whisker first and then a claw,
      With many an ardent wish,
She stretch'd in vain to reach the prize.

What female heart can gold despise?
    What Cat's averse to fish?

Presumptuous Maid! with looks intent
Again she stretch'd, again she bent,
    Nor knew the gulf between.
(Malignant Fate sat by, and smil'd)
The slipp'ry verge her feet beguil'd,
    She tumbled headlong in.

Eight times emerging from the flood
She mew'd to ev'ry watry God,
    Some speedy aid to send.
No Dolphin came, no Nereid stirr'd;
Nor cruel *Tom*, nor *Susan* heard.
    A Fav'rite has no friend!

From hence, ye Beauties, undeceiv'd,
Know, one false step is ne'er retriev'd,
    And be with caution bold.
Not all that tempts your wand'ring eyes
And heedless hearts, is lawful prize,
    Nor all, that glisters, gold.

Chapter 2

An Appeal to Cats in the Business of Love

By Thomas Flatman (1635-1688)

Ye Cats that at midnight spit love at each other,
Who best feel the pangs of a passionate Lover,
I appeal to your scratches and your tattered furr,
If the business of Love be no more than to Purr.
Old Lady *Grimalkin* with her Gooseberry eyes,
Knew something when a Kitten, for why she was wise;
You find by experience, the Love-fit's soon o'r,
Puss! Puss! lasts not long, but turns to *Cat-whore!*
Men ride many Miles,
Cats tread many tiles,
Both hazard their necks in the Fray;
Only Cats, when they fall
From a House or a Wall,
Keep their feet, mount their Tails, and away.

Chapter 3

From 'The Kitten and the Falling Leaves'

By William Wordsworth (1770-1850)

That way look, my Infant, lo!
What a pretty baby-show!
See the Kitten on the wall,
Sporting with the leaves that fall,
Withered leaves — one — two — and three —
From the lofty elder-tree!
Through the calm and frosty air
Of this morning bright and fair,
Eddying round and round they sink
Softly, slowly: one might think,
From the motions that are made,
Every little leaf conveyed
Sylph or Faery hither tending, —
To this lower world descending,
Each invisible and mute,
In his wavering parachute.
— But the Kitten, how she starts,
Crouches, stretches, paws, and darts!
First at one, and then its fellow
Just as light and just as yellow;
There are many now — now one —
Now they stop and there are none:
What intenseness of desire
In her upward eye of fire!
With a tiger-leap half-way
Now she meets the coming prey,
Lets it go as fast, and then

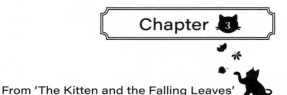

Has it in her power again:
Now she works with three or four,
Like an Indian conjuror;
Quick as he in feats of art,
Far beyond in joy of heart.
Were her antics played in the eye
Of a thousand standers-by,
Clapping hands with shout and stare,
What would little Tabby care
For the plaudits of the crowd?
Over happy to be proud,
Over wealthy in the treasure
Of her own exceeding pleasure!
. . . .
— Pleased by any random toy;
By a kitten's busy joy,
Or an infant's laughing eye
Sharing in the ecstasy;
I would fare like that or this,
Find my wisdom in my bliss;
Keep the sprightly soul awake,
And have faculties to take,
Even from things by sorrow wrought,
Matter for a jocund thought,
Spite of care, and spite of grief,
To gambol with Life's falling Leaf.

From 'I Knead My Mommy'

By Francesco Marciuliano (b. 1967)

"Are you my mommy?" I ask
As I knead the blanket
Only for the family quilt
   to lie on the bed

"Are you my mommy?" I ask
As I knead the sweater
Only to find that cashemere
   Is easy to shred

. . . .

"Are you my mommy?" I ask
As I knead your body
Only to remove clump after clump
   of chest hair

"You are my mommy!" I say
As I keep clawing your skin
Until I get bored and just
   tear into your chair

Chapter 4

She Sights a Bird

By Emily Dickinson (1830-1886)

She sights a Bird — she chuckles —
She flattens — then she crawls —
She runs without the look of feet —
Her eyes increase to Balls —

Her Jaws stir — twitching — hungry —
Her Teeth can hardly stand —
She leaps, but Robin leaped the first —
Ah, Pussy, of the Sand,

The Hopes so juicy ripening —
You almost bathed your Tongue —
When Bliss disclosed a hundred Toes —
And fled with every one —

Cat and Mouse

By Ted Hughes (1930-1998)

On the sheep-cropped summit, under hot sun,
The mouse crouched, staring out the chance
It dared not take.
Time and a world
Too old to alter, the five mile prospect —
Woods, villages, farms — hummed its heat-heavy
Stupor of life.
Whether to two
Feet or four, how are prayers contracted!
Whether in God's eye or the eye of a cat.

To a Cat

By John Keats (1795-1821)

Cat! who hast past thy grand climacteric,
How many mice and rats hast in thy days
Destroy'd? — How many tit bits stolen? Gaze
With those bright languid segments green and prick
Those velvet ears — but prythee do not stick
Thy latent talons in me — and upraise
Thy gentle mew — and tell me all thy frays
Of fish and mice and rats and tender chick.
Nay, look not down, nor lick thy dainty wrists —
For all the wheezy asthma — and for all
Thy tail's tip is nicked off — and though the fists
Of many a maid have given thee many a maul,
Still is that fur as soft as when the lists
In youth thou enter'dst on glass bottled wall.

From 'The Manciple's Tale'

By Geoffrey Chaucer (1343-1400)

Lat take a cat, and fostre hym wel with milk
And tendre flessh and make his couche of silk,
And lat hym seen a mous go by the wal,
Anon he weyveth milk and flessh and al,
And every deyntee that is in that hous,
Swich appetit hath he to ete a mous.

Chapter 5

The Old Woman and her Cats

By John Gay (1685-1732)

Who friendship with a knave hath made
Is judg'd a partner in the trade.
The matron, who conducts abroad
A willing nymph, is thought a bawd;
And if a modest girl is seen
With one who cures a lover's spleen,
We guess her, not extreamly nice,
And only wish to know her price.
'Tis thus, that on the choice of friends
Our good or evil name depends.

A wrinkled hag, of wicked fame,
Beside a little smoaky flame
Sate hov'ring, pinch'd with age and frost;
Her shrivell'd hands, with veins embost,
Upon her knees her weight sustains,
While palsie shook her crazy brains:
She mumbles forth her backward prayers,
An untam'd scold of fourscore years.
About her swarm'd a num'rous brood
Of Cats, who lank with hunger mew'd.
Teaz'd with their crys, her choler grew,
And thus she sputter'd. Hence, ye crew.
Fool that I was, to entertain
Such imps, such fiends, a hellish train!
Had ye been never hous'd and nurst,
I, for a witch had ne'er been curst.

To you I owe, that crowds of boys
Worry me with eternal noise;
Straws laid across my pace retard,
The horse-shoe's nail'd (each threshold's guard;)
The stunted broom the wenches hide,
For fear that I should up and ride;
They stick with pins my bleeding seat,
And bid me show my secret teat.
　　To hear you prate would vex a saint,
Who hath most reason of complaint?
Replies a Cat. Let's come to proof.
Had we ne'er starv'd beneath your roof,
We had, like others of our race,
In credit liv'd, as beasts of chace.
'Tis infamy to serve a hag;
Cats are thought imps, her broom a nag;
And boys against our lives combine,
Because, 'tis said, your cats have nine.'

Chapter 6

The Prayer of the Cat

By Carmen Bernos de Gasztold (1919-1995)

Translated from the French by Rumer Godden

Lord,
I am the cat,
It is not, exactly, that I have something to ask of You!
No–
I ask nothing of anyone–
but,
if You have by some chance, in some celestial barn,
a little white mouse,
or a saucer of milk,
I know someone who would relish them.
Wouldn't You like some day
to put a curse on the whole race of dogs?
If so I should say,

AMEN

Twelve Songs, V

By W. H. Auden (1907-1973)

DOG The single creature leads a partial life,
Man by his mind, and by his nose the hound;
He needs the deep emotions I can give,
I scent in him a vaster hunting ground.

CATS Like calls to like, to share is to relieve
And sympathy the root bears love the flower;
He feels in us, and we in him perceive
A common passion for the lonely hour.

CATS We move in our apartness and our pride
About the decent dwellings he has made:
DOG In all his walks I follow at his side,
His faithful servant and his loving shade.

Chapter 7

From 'To a Cat'

By A. C. Swinburne (1837-1909)

I
Stately, kindly, lordly friend,
    Condescend
Here to sit by me, and turn
Glorious eyes that smile and burn,
Golden eyes, love's lustrous meed,
On the golden page I read.

All your wondrous wealth of hair,
    Dark and fair,
Silken-shaggy, soft and bright
As the clouds and beams of night,
Pays my reverent hand's caress
Back with friendlier gentleness.

Dogs may fawn on all and some
    As they come;
You, a friend of loftier mind,
Answer friends alone in kind.
Just your foot upon my hand
Softly bids it understand.

Chapter 8

The Cat and the Moon

By W. B. Yeats (1865-1939)

The cat went here and there
And the moon spun round like a top,
And the nearest kin of the moon,
The creeping cat, looked up.
Black Minnaloushe stared at the moon,
For, wander and wail as he would,
The pure cold light in the sky
Troubled his animal blood.
Minnaloushe runs in the grass
Lifting his delicate feet.
Do you dance, Minnaloushe, do you dance?
When two close kindred meet,
What better than call a dance?
Maybe the moon may learn,
Tired of that courtly fashion,
A new dance turn.
Minnaloushe creeps through the grass
From moonlit place to place,
The sacred moon overhead
Has taken a new phase.
Does Minnaloushe know that his pupils
Will pass from change to change,
And that from round to crescent,
From crescent to round they range?
Minnaloushe creeps through the grass
Alone, important and wise,

And lifts to the changing moon
His changing eyes.

White Cat Blues

By Lorna Crozier (b. 1948)

The white cat with sapphire eyes
can't be colour blind
must see the world
as blue.
Blue horses, blue light spilling
from the window, blue willows,
blue women
carrying bowls of bluish cream.

How beautiful I feel
all blue – shoulders, feet and hair,
the brilliant air,
blue wind
touching everything.

Tonight desire
the distance
between the moon and the white cat
sleeping under the apple tree
(the apples cold and blue)
will be the precise colour
of the cat's dreams of rain.

The Cat and the Wind

By Thom Gunn (1929-2004)

A small wind
blows across the hedge
into the yard.
The cat cocks her ears
— multitudinous rustling
and crackling all around —
her pupils dwindle
to specks in
her yellow eyes
that stare first upward
and then on every side
unable to single out
any one thing
to pounce on,
for all together,
as if orchestrated,
twigs, leaves,
small pebbles, pause
and start and pause
in their shifting,
their rubbing
against each other.

She is still listening
when the wind is already
three gardens off.

Chapter 9

Tyger?

By Paul Gallico (1897-1976)

Tyger, tyger burning bright,
Blazing headlamps in the night
Some immortal hand or brain
Has taught me to keep out of rain.

When the storm clouds shroud the stars,
I take shelter under cars,
When they go, the passing showers,
I come forth to smell the flowers.

With the tears from Heaven rent,
Blossoms synthesize their scent.
He who smiles this work to see
Also smiles since He made me.
Tyger, tyger burning bright
Shining orbs that pierce the night,
What immortal hand did make
Me and also William Blake?

A Cat

By Edward Thomas (1878-1917)

She had a name among the children;
But no one loved though someone owned
Her, locked her out of doors at bedtime
And had her kittens duly drowned.

In Spring, nevertheless, this cat
Ate blackbirds, thrushes, nightingales,
And birds of bright voice and plume and flight,
As well as scraps from neighbours' pails.

I loathed and hated her for this;
One speckle on a thrush's breast
Was worth a million such; and yet
She lived long, till God gave her rest.

The Chair

By Paul Gallico (1897-1976)

This is my chair.
Go away and sit somewhere else.
This one is all my own.
It is the only thing in your house that I possess,
And insist upon possessing.
Everything else therein is yours.
My dish,
My toys,
My basket,
My scratching post and my Ping-Pong ball;
You provided them for me.
This chair I selected for myself.
I like it,
It suits me.
You have the sofa,
The stuffed chair
And the footstool.
I don't go and sit on them do I?
Then why cannot you leave me mine,
And let us have no further argument?

From 'The Door'

By Paul Gallico (1897-1976)

Veranda door,
Bedroom door,
Kitchen door,
Cupboard door,
Study door.
And to have to listen to you!
'Oh for God's sakes, the cat wants to go out again.
Somebody let her.'
Or 'Is that damned cat out again?
Open the door and let her in
Or she'll shout the house down.'
On the other hand it's pretty funny.
Do you know what you've managed to make of yourselves?
A bunch of doormen for us cats.

Chapter 10

From 'The Love Song of J. Alfred Prufrock'

By T. S. Eliot (1888-1965)

The yellow fog that rubs its back upon the window-panes,
The yellow smoke that rubs its muzzle on the window-panes,
Licked its tongue into the corners of the evening,
Lingered upon the pools that stand in drains,
Let fall upon its back the soot that falls from chimneys,
Slipped by the terrace, made a sudden leap,
And seeing that it was a soft October night,
Curled once about the house, and fell asleep.

Fog

By Carl Sandburg (1878-1967)

The fog comes
on little cat feet.

It sits looking
over harbor and city
on silent haunches
and then moves on.

Macavity: The Mystery Cat, Stanzas 2 and 5 

By T. S. Eliot (1888-1965)

Macavity, Macavity, there's no one like Macavity,
He's broken every human law, he breaks the law of gravity.
His powers of levitation would make a fakir stare,
And when you reach the scene of crime — *Macavity's not there!*
You may seek him in the basement, you may look up in the air —
But I tell you once and once again, *Macavity's not there!*

He's outwardly respectable. (They say he cheats at cards.)
And his footprints are not found in any file of Scotland Yard's.
And when the larder's looted, or the jewel-case is rifled,
Or when the milk is missing, or another Peke's been stifled,
Or the greenhouse glass is broken, and the trellis past repair —
Ay, there's the wonder of the thing! *Macavity's not there!*

Chapter 11

From 'The Naming of Cats'

By T. S. Eliot (1888-1965)

The Naming of Cats is a difficult matter,
    It isn't just one of your holiday games;

You may think at first I'm as mad as a hatter
When I tell you, a cat must have THREE DIFFERENT NAMES.
First of all, there's the name that the family use daily,
. . . .
    All of them sensible everyday names.
There are fancier names if you think they sound sweeter,
. . . .
    But all of them sensible everyday names.
But I tell you, a cat needs a name that's particular,
    A name that's peculiar, and more dignified,
Else how can he keep up his tail perpendicular,
    Or spread out his whiskers, or cherish his pride?
. . . .
But above and beyond there's still one name left over,
    And that is the name that you never will guess;
The name that no human research can discover —
    But THE CAT HIMSELF KNOWS, and will never confess.
When you notice a cat in profound meditation,
    The reason, I tell you, is always the same:
His mind is engaged in a rapt contemplation
    Of the thought, of the thought, of the thought of his name:
        His ineffable effable
        Effanineffable
Deep and inscrutable singular Name.

my cats

By Charles Bukowski (1920-1994)

I know. I know.
they are limited, have different
needs and
concerns.

but I watch and learn from them.
I like the little they know,
which is so
much.

they complain but never
worry,
they walk with a surprising dignity.
they sleep with a direct simplicity that
humans just can't
understand.

their eyes are more
beautiful than our eyes.
and they can sleep 20 hours
a day
without
hesitation or
remorse.

when I am feeling
low
all I have to do is
watch my cats
and my

courage
returns.

I study these
creatures.

they are my
teachers.

Chapter 12

The Cat and the Sea

By R. S. Thomas (1913-2000)

It is a matter of a black cat
On a bare cliff top in March
Whose eyes anticipate
The gorse petals;

The formal equation of
A domestic purr
With the cold interiors
Of the sea's mirror.

Magic Cats, Stanza 14

By Gwendolyn MacEwen (1941-1987)

When cats decide to die   they lie alone   lost
among leaves beneath the dark winds and broad thunders
of the world and pray to the Beast of the Skies,
Warm Presence, Eyes.

On the Death of a Cat,
a Friend of Mine, Aged Ten Years and a Half

By Christina Georgina Rossetti (1830-1894)

Who shall tell the lady's grief
When her Cat was past relief?
Who shall number the hot tears
Shed o'er her, beloved for years?
Who shall say the dark dismay
Which her dying caused that day?

Come, ye Muses, one and all,
Come obedient to my call.
Come and mourn, with tuneful breath,
Each one for a separate death;
And while you in numbers sigh,
I will sing her elegy.

Of a noble race she came,
And Grimalkin was her name.
Young and old full many a mouse
Felt the prowess of her house:
Weak and strong full many a rat
Cowered beneath her crushing pat:
And the birds around the place
Shrank from her too close embrace.
But one night, reft of her strength,
She laid down and died at length:
Lay a kitten by her side,
In whose life the mother died.
Spare her line and lineage,
Guard her kitten's tender age,
And that kitten's name as wide

Shall be known as her's that died.

And whoever passes by
The poor grave where Puss doth lie,
Softly, softly let him tread,
Nor disturb her narrow bed.

Last Words to a Dumb Friend

by Thomas Hardy (1840-1928)

Pet was never mourned as you,
Purrer of the spotless hue,
Plumy tail, and wistful gaze
While you humoured our queer ways,
Or outshrilled your morning call
Up the stairs and through the hall —
Foot suspended in its fall —
While, expectant, you would stand
Arched, to meet the stroking hand;
Till your way you chose to wend
Yonder, to your tragic end.

Never another pet for me!
Let your place all vacant be;
Better blankness day by day
Than companion torn away.
Better bid his memory fade,
Better blot each mark he made,
Selfishly escape distress
By contrived forgetfulness,
Than preserve his prints to make
Every morn and eve an ache.

From the chair whereon he sat
Sweep his fur, nor wince thereat;
Rake his little pathways out
Mid the bushes roundabout;
Smooth away his talons' mark
From the claw-worn pine-tree bark,
Where he climbed as dusk embrowned,

Waiting us who loitered round.

Strange it is this speechless thing,
Subject to our mastering,
Subject for his life and food
To our gift, and time, and mood;
Timid pensioner of us Powers,
His existence ruled by ours,
Should — by crossing at a breath
Into safe and shielded death,
By the merely taking hence
Of his insignificance —
Loom as largened to the sense,
Shape as part, above man's will,
Of the Imperturbable.

As a prisoner, flight debarred,
Exercising in a yard,
Still retain I, troubled, shaken,
Mean estate, by him forsaken;
And this home, which scarcely took
Impress from his little look,
By his faring to the Dim
Grows all eloquent of him.

Housemate, I can think you still
Bounding to the window-sill,
Over which I vaguely see
Your small mound beneath the tree,
Showing in the autumn shade
That you moulder where you played.

参考文献

引用英詩文献

Auden, W. H. *Collected Shorter Poems 1927-1957*. 1966; London, Faber and Faber, 1972: 160.

Blake, William. *The Complete Poems*. 1971; London, Longman, 1980: 214-215.

Bukowski, Charles. *On Cats*, ed. Abel Debritto. 2015; Edinburgh, Canongate Books, 2016: 109-110.

Chaucer, Geoffrey, *The Riverside Chaucer*, ed. Larry D. Benson. 1987; Oxford, Oxford University Press, 3rd edn., 2008: 284.

Crozier, Lorna. *Angels of Flesh, Angels of Silence*. 1988; Toronto, Ont., McClelland and Stewart, 1989: 20.

De Gasztold, Carmen Bernos. *Prayers from the Ark*, trans. Rumer Godden. 1962; London, Pan Books, 1992: 7.

Dickinson, Emily. *The Poems of Emily Dickinson*, ed. Thomas H. Johnson, 3 vols. Cambridge, Mass., the Belknap Press of Harvard University Press, 1979: vol. 2, 389.

Eliot, T. S. *Selected Poems*. London, Faber and Faber, n.d.: 11-12.

Eliot, T. S. *Old Possum's Book of Practical Cats*. London, Faber and Faber, 1939: 11-12, 37-39.

Flatman, Thomas. *Poems and Songs*. London, printed for Benjamin Tooke, 4th edn., 1686: 122.

Gallico, Paul. *Honourable Cat*. London, Pan Books, 1990: 48, 62-63, 108, 117.

Gay, John. *The Poetical Works of John Gay*, ed. G. C. Faber. London, Oxford University Press, 1926: 253-254.

Gray, Thomas. *The Works of Thomas Gray, in Prose and Verse*, ed. Edmund Gosse, 4 vols. New York, AMS press, 1968: vol. 1, 11-13.

Gunn, Thom. *The Passages of Joy*. London, Faber and Faber, 1982: 28.

Hardy, Thomas. *Thomas Hardy: A Critical Selection of His Finest Poetry*, ed. Samuel Hynes. Oxford, Oxford University Press, 1984: 336-338.

Herbert, George. *The English Poems of George Herbert*, ed. Helen Wilcox. 2007; Cambridge, Cambridge University Press, 2011: 178.

Herrick, Robert. *The Complete Poetry of Robert Herrick*, 2 vols., ed. Tom Cain and Ruth Connolly. Oxford, Oxford University Press, 2013: vol. 1, 212.

Hughes, Ted. *Selected Poems 1957-1967*. London, Faber and Faber, 1972: 43.

Keats, John. *Complete Poems*, ed. Jack Stillinger. 1978; Cambridge, Mass., the Belknap Press of Harvard University Press, 1982: 164.

MacEwen, Gwendolyn. *Magic Animals: Selected Poetry of Gwendolyn MacEwen*. 1974; Don

Mills, Ontario, General Publishing Co. Limited, 1984: 133-135.
Marciuliano, Francesco. *I Knead My Mommy and Other Poems by Kittens*. San Francisco, Chronicle Books, 2014: 12-13.
Rossetti, Christina. *The Complete Poems*, ed. R. W. Crump. 2001; London, Penguin, 2005: 614-615.
Sandburg, Carl. *The Complete Poems of Carl Sandburg: Revised and Expanded Edition*. New York, Harcourt Brace and Company, 1970: 33.
Swinburne, A. C. *The Collected Poetical Works of Algernon Charles Swinburne*. 1904; London, William Heinemann, 1919-1920, 6 vols.: vol. 6, 255.
Thomas, Edward. *The Collected Poems and War Diary, 1917*, ed. George Thomas. London, Faber and Faber, 2004: 68.
Thomas, R. S. *Collected Poems 1945-1990*. 1993; London, Phoenix, 2000: 79.
Wordsworth, William. *William Wordsworth: The Poems Volume One*, ed. John O. Hayden. 1977; Harmondsworth, Penguin, 1982: 632-636.
Wyatt, Sir Thomas. *The Complete Poems*. Ed. R. A. Rebholz. London, Penguin, 1978: 189-192.
Yeats, W. B. *The Collected Poems of W. B. Yeats*, introd. Cedric Watts. Ware, Wordsworth Editions Ltd., 2008: 141-142.

猫にまつわる英語文献

Alderton, David. *Understanding Your Cat: How to Interpret What Your Cat is Really Telling You*. London, Cico Books, 2007.
Anon. *The Wonderful Discoverie of the Witchcrafts of Margaret, and Philip Flower, Daughters of Joan Flower Neer Bever Castel*. London, by G. Eld for I. Barnes, 1619.
Bentham, Jeremy. *An Introduction to the Principles of Morals and Legislation*. 1780; London, printed for T. Payne and Son, 1789.
Boylan, Clare. *The Literary Companion to Cats*. London, Sinclair-Stevenson, 1994.
Carr, Samuel (ed.) *The Poetry of Cats*. London, Chabcellor, 1991.
Carmichael, James. *Newes from Scotland, declaring the damnable life and death of Doctor Fian a notable sorcerer, who was burned at Edenbrough in Ianuary last. 1591*. London, printed [by E. Allde] for William Wright, 1592.
Carroll, Lewis. *Alice's Adventures in Wonderland and Through the Looking Glass with Ninety-Two Illustrations by John Tenniel*. London, David Campbell Publishers Ltd., 1992.
Clutton-Brock, Juliet. *The British Museum Book of Cats*. London, British Museum, 1988.
Congreve, William. *Love for Love: A Comedy: Acted at the Theatre in Little Lincolns-Inn Fields*

by His Majesty's Servants. London, printed for Jacob Tonson, 1695.

Eliot, T. S. 'Tradition and the Individual Talent', in *Selected Essays*. 1932; London, Faber and Faber, 1972.

Gettings, Fred. *The Secret Lore of the Cat: The Magic of Cats in Myth, Legend and Occult History*. London, Grafton Books, 1989.

Hardy, Thomas. *Far from the Madding Crowd*, ed. Suzanne B. Falck-Yi. 1993; Oxford, Oxford University Press, 2008.

---. *Jude the Obscure*, ed. Patricia Ingham. 1895; Oxford, Oxford University Press, 1998.

Hart, Henry. 'T. S. Eliot's Autobiographical Cats', *The Sewanee Review*, 120, 3 (2012), 379-402.

Hearn, Lafcadio. *Glimpses of Unfamiliar Japan.* 2 vols. 1894; New York, Cosimo, 2007.

Howey, M. Oldfield. *The Cat: In the Mysteries of Magic and Religion*. New York, Castle Books, 1956.

James I, *A Remonstrance of the Most Gratious King Iames I.* Cambridge, printed by Cantrell Legge, printer to the University of Cambridge, 1616.

Jonson, Ben. *The Masque of Queenes Celebrated from the House of Fame*. London, by N. Okes for R. Bonian and H. Wally, 1609.

Kaul, Suvir. 'Why Selima Drowns: Thomas Gray and the Domestication of the Imperial Ideal', *PMLA*, 105, 2 (1990), 223-232.

Kern, Adam L. *The Penguin Book of Haiku*. London, Penguin, 2018.

Klingender Francis, Evelyn Antal, John Hartham. *Animals in Art and Thought to the End of the Middle Ages*. London, Routledge, 1971.

Knights, L. C. 'How Many Children Hath Lady Macbeth', *Explorations*. New York, George W. Stewart, 1947.

Larry the Cat Enterprises, *The Larry Diaries: Downing Street: The First 100 Days as Chief Rat Catcher*. London, Simon & Schuster. 2011.

Morris, Desmond. *Catwatching*. New York, Crown, 1986.

---. *Catlore*. New York, Crown, 1988.

---. *Cats in Art*. London, Reaktion Books, 2017.

Pope, Alexander. *The Works of Alexander Pope*. Ed. Whitwell Elwin and William John Courthope. 10 vols. New York, Gordian Press, 1967.

Poe, Edgar Allan. *Complete Tales and Poems*. New Jersey, Castle Books, 2002.

Pursell, Henry, et al. *The Catch Club, or, Merry Companions Being a Choice Collection of the Most Diverting Catches for Three and Four Voices / Compos'd by the late Mr. Henry Purcell, Dr. Blow, &c*. London, printed for I. Walsh, 1690.

Rogers, Katharine M. *Cat*. London, Reaktion Books, 2006.

Shakespeare, William. *The Riverside Shakespeare*. Ed. G. Blakemore Evans. Oxford, Oxford University Press, 1972.

---. *The Arden Shakespeare: Macbeth*. Ed. Kenneth Muir. London, Methuen, 1951.

Smart, Christopher. *Jubilate Agno*, in *The Book of Cats*, ed. George MacBeth and Martin Booth. 1976; Newcastle upon Tyne, Bloodaxe Books Ltd, 1992.

Tague, Ingrid H. 'Dead Pets: Satire and Sentiment in British Elegies and Epitaphs for Animals', *Eighteenth-Century Studies*, 41, 3（2008）, 289-306.

Thomas, Jane. 'In Defence of Emma Hardy', *The Hardy Society Journal*, 9, 2（2013）, 39-59.

Tilley, Morris Palmer. *Dictionary of the Proverbs in England in Sixteenth and Seventeenth Centuries*. Ann Arbor, University of Michigan Press, 1950.

Topsell, Edward. *The Historie of Foure-Footed Beastes Describing the True and Lively Figure of Every Beast*. London, William Iaggard, 1607.

---. *The Historie of Serpents. Or, The Second Booke of Liuing Creatures Wherein is Contained Their Divine, Naturall, and Morall Descriptions*. London, William Jaggard, 1608.

Webster, John. *The Selected Plays of John Webster*, John Dollimore and Alan Sinfield. Cambridge, Cambridge University Press, 1983.

West, Anna. *Thomas Hardy and Animals*. Cambridge, Cambridge University Press, 2017.

Whitney, Geoffrey. *A Choice of Emblemes and Other Devises*. Leiden, Christopher Plantyn, 1586.

Wither, George. *A Collection of Emblemes, Ancient and Modern*. London, printed by A[ugustine] M[athewes] for Iohn Grismond, 1635.

Woof, Pamela. 'Dorothy Wordsworth and Old Age', *The Wordsworth Circle*, 46, 3（2015）, 156-176.

Yoshinaka, Takashi. 'A Tabby Kitten in Thomas Hardy's *Jude the Obscure*', *Hiroshima Studies in English Language and Literature*, 66（2022）, 21-24.

邦文献

阿部公彦『幼さという戦略――「かわいい」と成熟の物語作法』（朝日新聞出版、2015 年）

有川浩『旅猫リポート』（講談社、2015 年）

荒木経惟『愛しのチロ』（平凡社、2002 年）

浅田次郎選、日本ペンクラブ編『猫のはなし――恋猫うかれ猫はらみ猫』（角川文庫、2013 年）

池田雅之『猫たちの舞踏会――エリオットとミュージカル「キャッツ」』（角川ソフィア文庫、2013 年）

石寒太『加藤楸邨の 100 句を読む――俳句と生涯』（飯塚書店、2012 年）

一茶記念館・信濃毎日新聞社出版部編『猫と一茶』（信濃毎日新聞社、2013 年）
今泉忠明『飼い猫のひみつ』（イースト新書 Q、2017 年）
今泉忠明『猫脳がわかる！』（文春新書、2019 年）
岩合光昭『きょうも、いいネコに出会えた』（新潮文庫、2006 年）
岩合光昭『島の猫』（辰巳出版、2014 年）
内田百閒『ノラや』（中公文庫、1980 年）
内田百閒『贋作吾輩は猫である――内田百閒集成 8』（ちくま文庫、2003 年）
遠藤周作『沈黙』（新潮文庫、1981 年）
大橋政人『春夏猫冬』（思潮社、1999 年）
長田弘『ねこに未来はない』（角川文庫、1975 年）
大佛次郎『大佛次郎随筆全集　第一巻』（朝日新聞社、1973 年）
大佛次郎『猫のいる日々』（徳間文庫、2014 年）
河合隼雄『猫だましい』（新潮社、2000 年）
角田光代『今日も一日きみを見てた』（角川書店、2015 年）
川口晴美編『名詩の絵本』（ナツメ社、2011 年）
川村元気『世界から猫が消えたなら』（小学館文庫、2014 年）
木村衣有子『猫の本棚』（平凡社、2011 年）
金子信久『ねこと国芳』（パイ　インターナショナル、2012 年）
桐野作人編著『猫の日本史』（洋泉社、2017 年）
倉阪鬼一郎『猫俳句パラダイス』（幻冬舎新書、2017 年）
クラフト・エヴィング商會『猫』（中央公論新社、2009 年）
『現代思想　2016 年 3 月臨時増刊号　imago 総特集　猫！』（青土社、2016 年）
小泉八雲『骨董・怪談――個人完訳　小泉八雲コレクション』平川祐弘訳（河出書房新社、2014 年）
小宮豊隆編『寺田寅彦随筆集　第一巻』（岩波文庫、1947 年）
斎藤環『猫はなぜ二次元に対抗できる唯一の三次元なのか』（青土社、2015 年）
坂本美雨『ネコの吸い方』（幻冬舎、2014 年）
彩図社文芸部編纂『文豪たちが書いた「猫」の名作短編集』（彩図社、2017 年）
『作家の猫』（平凡社、2006 年）
『作家の猫 2』（平凡社、2011 年）
重松清『ブランケット・キャッツ』（朝日文庫、2011 年）
渋谷寛監修『ねこの法律とお金』（廣済堂出版、2018 年）
清水満監修『ねこ検定』（廣済堂、2016 年）
田中貴子『猫の古典文学誌――鈴の音が聞こえる』（講談社学術文庫、2014 年）
武田花『犬の足あと猫のひげ』（中公文庫、2010 年）

武田花『猫光線』（中央公論新社、2016年）
武田百合子『〈新版〉富士日記（下）』（中公文庫、2019年）
武田百合子『日日雑記』（中公文庫、1997年）
谷真介『猫の伝説116話——家を出ていった猫は、なぜ、二度と帰ってこないのだろうか？』（新泉社、2013年）
谷崎潤一郎『猫と庄造と二人のおんな』（中公文庫、2013年）
夏目漱石『吾輩は猫である』（新潮文庫、1962年）
日本民話の会／外国民話研究会編訳『世界の猫の民話』（ちくま文庫、2017年）
『ねこがいっぱい ねこアート』（青幻舎、2018年）
『猫が見ていた』（文春文庫、2017年）
猫川柳編集部編『ねこ川柳——五・七・五で詠むネコゴコロ！』（辰巳出版、2019年）
『ねこ新聞』監修『猫は音楽を奏でる』（竹書房、2013年）
『ねこ新聞』監修『ねこは猫の夢を見る』（竹書房、2008年）
『ねこ新聞』監修『猫は魔術師』（竹書房、2008年）
『猫なんて！——作家と猫をめぐる47話』（キノブックス、2016年）
『猫は神さまの贈り物　エッセイ編』（実業之日本社、2014年）
『猫びより　2008年3月号　文人が愛した猫たち』（日本出版社、2008年）
『猫びより　2011年5月号　作家と猫』（日本出版社、2011年）
『猫びより　2012年11月号　猫の名作美術館』（辰巳出版、2012年）
ねこまき（ミューズワーク）『ねことじいちゃん』（メディアファクトリー、2015年）
ねこまき（ミューズワーク）『ねことじいちゃん2』（メディアファクトリー、2016年）
萩原朔太郎『猫町』（版画荘、1935年）
萩原朔太郎「月に吠える」『ちくま日本文学　萩原朔太郎』（ちくま文庫、2009年）
東野圭吾『容疑者Xの献身』（文藝春秋、2005年）
平出隆『猫の客』（河出文庫、2009年）
『藤田嗣治画文集　猫の本』（講談社、2003年）
佛渕健悟・小暮正子編『俳句・短歌・川柳と共に味わう　猫の国語辞典』（三省堂、2016年）
保坂和志『猫に時間の流れる』（中公文庫、2003年）
保坂和志作・小沢 さかえ画『チャーちゃん』（福音館書店、2015年）
堀江珠喜『猫の比較文学（猫と女とマゾヒスト）』（ミネルヴァ書房、1996年）
復本一郎校注『鬼貫句選・独ごと』（岩波文庫、2010年）
堀本裕樹・ねこまき（ミューズワーク）『ねこのほそみち——春夏秋冬にゃー』（さくら舎、2016年）
町田康『猫にかまけて』（講談社、2004年）
松本舞「猫と文学——その壱（ヨーロッパ篇）」『表現技術研究　13』（広島大学表現技

術プロジェクト研究センター、2018年）
松本舞「猫と文学――その弐（英詩篇）」『表現技術研究　14』（広島大学表現技術プロジェクト研究センター、2019年）
松本舞「猫と愛の物語――トマス・フラットマンの恋猫、ポール・ギャリコの仔猫のためのマニュアル、マルチウリアーノの猫のふみふみ」『表現技術研究　15』（広島大学表現技術プロジェクト研究センター、2020年）
宮沢賢治『〈新〉校本　宮澤賢治全集　第十二巻　童話［V］・劇・その他 本文篇』（筑摩書房、1995年）
紫式部『源氏物語（五）梅枝－若菜　下』柳井滋ほか校注（岩波文庫、2019年）
村山由佳『晴れときどき猫背　そして、もみじへ』（ホーム社、2019年）
室生犀星『室生犀星全集』第三巻（新潮社、1966年）
『もの書く人のかたわらには、いつも猫がいた―― NHK ネコメンタリー　猫も、杓子も。』（河出書房新社、2019年）
山根明弘『ねこの秘密』（文春新書、2014年）
山根明弘『ねこはすごい』（朝日新書、2016年）
山本葉子・松村徹『猫を助ける仕事――保護猫カフェ、猫付きシェアハウス』（光文社新書、2015年）
養老孟司『猫も老人も、役立たずでけっこう―― NHK ネコメンタリー　猫も、杓子も。』（河出書房新社、2018年）
養老孟司『ヒトの壁』（新潮新書、2021年）
養老孟司『遺言』（新潮社、2017年）
吉中孝志『名前で読み解く英文学――シェイクスピアとその前後の詩人たち』（広島大学出版会、2013年）
吉中孝志『花を見つめる詩人たち――マーヴェルの庭とワーズワスの庭』（研究社、2017年）
『ユリイカ　平成22年11月号　特集　猫――この愛らしくも不可思議な隣人』（青土社、2010年）
『吾輩も猫である』（新潮文庫、2016年）
和田博文編『猫の文学館Ｉ――世界は今、猫のものになる』（ちくま文庫、2017年）
和田博文編『猫の文学館ＩＩ――この世界の境界を越える猫』（ちくま文庫、2017年）

翻訳文献

ギャリコ、ポール『猫語の教科書』（灰島かり訳、ちくま文庫、1998年）
ギャリコ、ポール『猫語のノート』（灰島かり訳、ちくま文庫、2016年）
ジョイス、ジェイムズ『猫と悪魔』（丸谷才一訳、小学館、1976年）

チャペック、カレル『チャペックの犬と猫のお話』（石川達夫訳、河出文庫、1998 年）
ナスタシ、アリソン『文豪の猫』（浦谷計子訳、エクスナレッジ、2018 年）
ハーディ、トマス『日蔭者ヂュード』（大沢衛訳、岩波文庫、1977 年）
ヒューズ、テッド『クジラがクジラになったわけ』（河野一郎訳、岩波少年文庫、2001 年）
ペロー、シャルル『長靴をはいた猫』（澁澤龍彥訳、河出文庫、1994 年）
ボードレール、シャルル『悪の華』（安藤元雄訳、集英社、1991 年）
モリス、デズモンド『キャット・ウォッチング 1――なぜ、猫はあなたを見ると仰向けに転がるのか？』（羽田節子訳、平凡社、2009 年）
モリス、デズモンド『キャット・ウォッチング 2――猫に超能力はあるか？』（羽田節子訳、平凡社、2009 年）
モリス、デズモンド『デズモンド・モリスの猫の美術史』（柏倉美穂訳、エクスナレッジ、2018 年）
ル＝グウィン、アーシュラ・K『空飛び猫』（村上春樹訳、講談社文庫、1996 年）
ロジャース、キャサリン・M『猫の世界史』（渡辺智訳、エクスナレッジ、2018 年）

註

◉第 1 章

(1) ところで、小泉八雲 は、自身が飼っていた三毛猫の玉を「我が家に貴重な、頂戴に値する贈り物として届けられた」といっています。「鼠だけでなく魔物を追い払う力があると信じられた三毛猫」は縁起のいい猫として捉えられていたようです。小泉八雲「病理的なるもの」『骨董・怪談』141 頁を参照。

(2) 'demure' は *OED* 3. 'Affectedly or constrainedly grave or decorous; serious, reserved, or coy in a way that is not natural to the person or to one of his years or condition' の意。グレイのここでの表現が用例として挙げられています。この語はセリーマが恥じらう乙女と重ねられていることを表しています。

(3) 【図 1】および【図 2】については、キャサリン・M・ロジャース『猫の世界史』137 頁を参照。

(4) ウィリアム・シェイクスピアの戯曲『ロミオとジュリエット』(*Romeo and Juliet*, 1594) の中で、ロミオの友人マキューシオは、決闘シーンにおいて、昔話に「猫の王」として登場する「ティベルト」(Tybert) と敵方の青年ティボルトとを重ねて、彼を「猫の王」('Prince of Cats', 2.4.19) と呼び、からかい半分で闘いを挑みます。ここでマキューシオは「九つの命があるのなら、そのうちたった一つだけ頂戴する」ともいっています。

(5) *OED*, 9: 'Having one's thoughts and attention unduly centered in one's own personality; and hence, apt to imagine that one is the object of observation by others; self-conscious. Of personal bearing, actions, etc.: Displaying such preoccupation'.

(6) デズモンド・モリス『キャット・ウォッチング 2』59-64 頁を参照。

(7) ポール・ギャリコ『猫語の教科書』141-146 頁を参照。この書は、作家のポール・ギャリコが猫翻訳家を騙り、野良猫がどのように一家を乗っ取って家猫になったかを語らせていて、野良猫たちのためのマニュアルの体裁をとっています。

(8) 小宮豊隆編『寺田寅彦随筆集　第一巻』227-228 頁を参照。

(9) デズモンド・モリス『キャット・ウォッチング 2』33-36 頁を参照。

(10) 今泉忠明『猫脳がわかる！』156-159 頁。

(11) ル＝グウィン『空飛び猫』18 頁を参照。

(12) トムという名は現代でも雄猫に多くつけられ、例えば、テッド・ヒューズは 'Esther's Tomcat' と題した詩を書いています。トムという名が伝統的に雄猫に付けられることについては、Fred Gettings, *The Secret Lore of the Cat*, pp. 39-40 を参照。

(13) カウル (Suvir Kaul, 'Why Selima Drowns: Thomas Gray and the Domestication of the Imperial Ideal') のように、世界の海を股にかけて重商主義を拡張していく18世紀の大英帝国という時代背景の中にこの詩を置いて、富や贅沢品を追い求めることは、セリーマの溺死と同じ結果をもたらす、という教訓を含んでいると論じることもできるかもしれません。ただ、こういう社会的、経済史的寓意をこの詩から読みとることが行き過ぎだとしても、18世紀の消費経済の発展こそが生活必需品以外の商品取引を可能にし、精神的喜びを与えること以外には何の役にも立たない、一種の贅沢品である動物をペットとして飼うことを可能にしたという事実は否定できません。

◉第２章

(1) *The Catch Club, or, Merry Companions Being a Choice Collection of the Most Diverting Catches for Three and Four Voices / Compos'd by the late Mr. Henry Purcell, Dr. Blow, &c.*, p. 31.

(2) 猫の恋を描いた俳句は、多く英訳もされています。しかし、例えば、Adam L. Kern は一茶の「ばか猫や身体ぎりの浮かれ声」を 'silly cat! / hamming up the yowling / with whole torso' (*The Penguin Book of Haiku*, p. 259) と訳していますが、これが猫の恋を描いているとはにわかには伝わってきません。「猫の恋」というそのものの季語を使った「闇《くらき》より闇に入るや猫の恋」という俳句も 'from darkness / slinking into darkness — / cat on the prowl!' p. 258) という英訳では季語すら落とされて、発情期の猫が相手を求めて夜歩き回る様子が伝わるか疑問です。「寝て起きて大あくびして猫の恋」という一茶の句は 'snoozing, stirring / taking an enormous yawn — / feline passion' (p. 259) と訳され、松尾芭蕉の「猫の恋やむとき閨の朧月」は、'cats mating — / in our bedroom as they finish, / misty moonlight' (p. 258) と訳されていて、猫の恋が feline passion とか cats mating で表せるのか、微妙にニュアンスが違うことは否めません。本論で紹介する猫の俳句は佛渕健悟・小暮正子編『猫の国語辞典』、一茶記念館・信濃毎日新聞社出版部編『猫と一茶』、堀本裕樹・ねこまき（ミューズワーク）『ねこのほそみち』などの書籍から引用しています。恋する猫の声が変わってしまうことに日本人が耳を澄ませていたことは、「はや色に出るや猫の声がはり」(槐本諷竹、江戸時代の俳人) などの句からも見てとることができるでしょう。

(3) 内田百閒『ノラや』262頁。世界の文豪たちにも根っからの猫好きは多いですが、こんなにも猫の失踪をめぐって大騒ぎした作家は百閒以外にはいないでしょう。ドイツ文学者であった百閒は、どこからか家に紛れ込んできた野良猫「ノラ」が失踪した際に、何度も新聞の折り込みチラシにノラの捜索依頼（英語版までも）を出しています。猫の生態の観察とノラの失踪後に家に居ついたクルツへの百閒

の愛情表現も必読です。

(4) デズモンド・モリス『キャット・ウォッチング 1』178 頁。

(5) マタタビに含まれている揮発性のマタタビラクトンという成分は、猫の大脳を麻痺させ、眠気を引き起こし、運動中枢や脊髄などの反射機能を鈍らせると考えられています。猫の上顎にある、フェロモン物質を感知するヤコブソン器官が、マタタビラクトン類などに反応し、その信号が脳に伝わるという仕組みのようです。『ねこ検定』25 頁を参照。動物心理学者の黒田亮(1890-1947)はエッセイ「猫にマタタビの誘惑」の中で、「マタタビが猫をひきつける理由」として「その香の猫に対して持つ性欲的意味」を挙げ、仔猫を含め、いろいろな猫で実験をして、性的に成熟していない仔猫や、雌猫はマタタビには反応しないことも多いと考えています。『猫は神さまの贈り物　エッセイ編』158-168 頁を参照。カラーページ「日本の猫」にマタタビをくわえている猫がいます。ぜひお探しください。

(6) 猫の交尾事情については今泉忠明『飼い猫のひみつ』187-200 頁を参照。

(7) 画家兼詩人として活躍したエドワード・リア(Edward Lear, 1812-1888)による「フクロウと子ねこちゃん」('The Owl and the Pussy-cat')と題された歌詞があります。リアは動物園の鳥類や動物などを観察し、以下のような動物の絵に詩をつける形で猫のナンセンス詩を書きました。これは絵本をはじめとする児童文学の書物の出版の先駆けにもなったと考えられます。この詩の中では、なぜかフクロウと仔猫('Pussy')がボートに乗って旅をするのですが、フクロウがギターにあわせながら「ああ、可愛いネコさん、ああ、ネコさん、僕のいとしい人、/ ほんとうに / ほんとうに / 君はなんてかわいい子ねこちゃん!」('O lovely Pussy! O Pussy, my love, / What a beautiful Pussy you are, / You are, / You are! / What a beautiful Pussy you are!', ll. 7-11)と歌います。やがてこの二匹は結婚します。猫とフクロウのナンセンスな取り合わせですが、両者とも夜行性で、ネズミを食べるという共通点があります。また、スコティッシュ・フォールドなどの、丸い顔の猫は、特に耳が折れて目立たないと、どことなくフクロウにも似ています。カラーページ「日本の猫」にフクロウ・ネコカフェの写真を掲載しています。見比べてみてください。

▶ Edward Lear, 'The Owl and the Pussy-cat' の挿絵

(8) ミュージカル『キャッツ』では月夜の晩に集会をする猫たちが、ロンドンのゴミ捨て場に集まっている、というところでつながっているだけで、それぞれの猫がそれぞれの物語をもっています。野良猫たちは夜の集会をしているようですが、昼

はそれぞれの縄張りにいて、ほかの猫と一緒に生きているわけではないし、ほかの猫が何をしているか、詮索をするわけでもない。『キャッツ』の感想としては、ストーリーがない、という批判も多いようですが、エリオットもロイド・ウェバーもうまくこの群れないという猫性を表現しているような気がします。

(9) ちなみにエリオットの原作では、『キャッツ』中の唯一のプロットの主役である娼婦グリザベラすら登場しません。『キャッツ』におけるグリザベラについては池田雅之『猫たちの舞踏会』85-92 頁を参照。

(10) 'Let a cat be throwen from a high roofe to the bottom of a cellour or vault, she lighteth on her feet, and runneth away without taking any harme. A king is not like a cat, howsoever a cat may looke upon a king: he cannot fall from the loftie pinnacle of Royaltie, to light on his feet upon the hard pavement of a private state, without crushing all his bones to pieces' (James I, *A Defence of the Right of Kings,* in *A Remonstrance of the Most Gratious King Iames I* , p. 211.)

(11) Morris Palmer Tilley, *Dictionary of the Proverbs in England in Sixteenth and Seventeenth Centuries*, C141, C153.

(12) デズモンド・モリス『キャット・ウォッチング 1』184-185 頁。

(13) Sir Thomas Wyatt, Epistolary Satire CL: 'My mother's maids ...', lines 52-54, in *The Complete Poems*, p. 190.

(14) Geoffrey Whitney, *A Choice of Emblemes*, p. 222.

(15) George Wither, *A Collection of Emblemes, Ancient and Modern* , p. 215.

(16) カレル・チャペック『チャペックの犬と猫のお話』170 頁。

(17) この仕組みは最近まで解明されておらず、アメリカのペットのクローン会社が倒産しました。亡きペットの再生を求める人間を相手にしたクローンビジネスは、犬では成功したのですが、猫ではうまくいかなかったそうです。(竹内薫「ネコと科学と国家」『ユリイカ　平成 22 年 11 月号』130-131 頁。) ここ数年で、徳島大学の研究者が猫のクローン生産に成功したそうですが、やはりほかの動物と比べて難しいそうです。

(18)近年では、父親猫も子育てをするという新たな説も唱えられています。今泉忠明『飼い猫のひみつ』137-142 頁を参照。

(19) デズモンド・モリス『キャット・ウォッチング 2』172-173 頁。生殖行為に関する雄猫の生態については、172-177 頁を参照。

(20) ル＝グウィンの『空飛び猫』の中では、新しい雄と結婚する母親猫から仔猫たちが自立することが次のように描かれています。

「[……] ゆうベトム・ジョーンズさんが私に、結婚の申しこみをしました。私はその申しこみを受けるつもりです。そうなると、子供たちは邪魔になる

のです」

子猫たちはみんなしくしく泣きました。でもみんなにはわかっていました。猫の親子にとってはそれが当たり前なのだということが。子猫たちはまた誇らしくも思いました。これなら大丈夫、もうちゃんと独り立ちできるとお母さんが認めてくれたわけですから。(19-20 頁)

また、内田百閒は『ノラや』の中で、ノラがまだ仔猫だったころ、ノラの母親が新しい仔猫を身ごもって自分を邪険にし始めたことがきっかけで、百閒宅にいつくことになったと言っています。

［ノラは］もうすつかり乳離れはしてゐる様で、あまり親猫の後を追つ掛けない。親猫の方はその内に又次の子供が出来かかつてゐる様子で、彼をうるさがり出した。どうか何分共よろしくお願ひ申しますと口に出しては云はなかつたが、さう云う風にどこかへ行つてしまつた。(内田百閒『ノラや』9 頁)

(21) ポール・ギャリコ『猫語の教科書』102 頁。

◉第３章

(1) Pamela Woof, 'Dorothy Wordsworth and Old Age', *The Wordsworth Circle*, 46, 3 (2015), p. 162.

(2)『源氏物語』の終盤で、一つの不倫事件に猫が一役を買ったことはよく知られています。光源氏と女三宮の邸宅の庭で、柏木らの若い男性が蹴鞠をしていたところ、女三宮の部屋の中で飼われていた猫をつないでいた紐が絡まり、女三宮の御簾が上へあがってしまいます。この猫のいたずら（もしくは計らい）で、柏木は女三宮の姿を見て、ひとめぼれをしてしまい、恋心を募らせるようになります。柏木が物思いにふけって縁先近くで寝ていると猫がやってきて「ねうねう」と鳴くと紫式部は表現しています。「にゃあにゃあ」という現代の表記の元となった「ねうねう」の音の中には「早く寝よう寝よう」という性的な意味が隠されていることも指摘されています。紫式部『源氏物語（五）梅枝－若菜　下』390-393 頁を参照。

(3) 松苗あけみ「少女漫画は猫の顔」『ユリイカ　平成 22 年 11 月号』86 頁を参照。

(4) 今泉忠明「ネコがかわいい 10 の理由」『飼い猫のひみつ』14-20 頁を参照。

(5) 阿部公彦『幼さという戦略』115 頁。

(6)『猫川柳　五・七・五で詠むネコゴコロ』2019 年カレンダー、1 月 6 ～ 12 日。

(7) 武田百合子『日日雑記』150 頁。

(8) デズモンド・モリスは、猫はホモ・サピエンス以外のどの動物よりも複雑な声を出すと考えています。デズモンド・モリス『キャット・ウォッチング 2』37-53 頁を参照。

(9) ポール・ギャリコ『猫語の教科書』136-137 頁を参照。

(10) 桐野作人編著『猫の日本史』16-17 頁を参照。宇多天皇の記述に、桐野は「猫は

のどをゴロゴロ鳴らして、口を開けてサイレント・ミャオをしてみせたものだろうか。サイレント・ミャオ（サイレント・ミュウ、サイレント・ニャアとも）とは鳴き声が出ない鳴き方で、高周波数の声がでているが聞こえないだけともいう。子猫と母猫のコミュニケーションともいわれている」と指摘しています。

（11）角田光代『今日も一日きみを見てた』56 頁を参照。

（12）デズモンド・モリスは「なぜ前足であなたのひざをたたくのか」の項で、次のように言っています。

> ネコの飼い主なら誰でも、ネコがひざにとびのってきて、用心深くすわりこむのを経験しているはずだ。ちょっと間をおいてから、ネコはまず片足、次にもう片足と、もむようなあるいは踏みつけるようなリズミカルな仕草で、交互に前足を押しつけはじめる。そのリズムはゆったりと落ちついていて、まるでネコがゆっくり時を刻んでいるかのようだ。（デズモンド・モリス『キャット・ウォッチング 1』62 頁）

さらに、この行為が強くなると爪がチクチクするので、飼い主は猫を追い払うが、猫のほうは満足そうによだれまで垂らすことも指摘しています。猫のこの行動は、母猫の乳を飲んでいる仔猫が前足で母猫のおなかを揉んでいる行為と同じものであり、よだれをたらすのは、仔猫がごちそうにありつけることを期待しているからだといいます。デズモンド・モリスもこの動作は「幼児行動の一端」と位置付けており、嫌がる飼い主とは対照的に、猫にとってこの足踏みは「愛情の通った心あたたまるひととき」であると考えています。デズモンド・モリス『キャット・ウォッチング 1』62-64 頁を参照。

（13）寺田寅彦「舞踊」『猫は神さまの贈り物　エッセイ編』34-35 頁を参照。

（14）「香箱座り」の定義は広辞苑ですらなされていないのですが、『猫の国語辞典』では「香箱を作る猫」とは、「猫が背中を丸めてうずくまる様子。周囲が安定して落ち着いた気分の時の姿」と説明されています。佛渕健悟・小暮正子編『猫の国語辞典』46 頁を参照。

（15）角田光代『今日も一日きみを見てた』57-58 頁を参照。

（16）NHKE テレ「ねこねこ 55」のエンディング曲「猫のふみふみ」（うちのますみ作詞、近藤研二作曲、うた：杉林恭雄）より。

（17）デズモンド・モリスは「なぜ、あなたの気にいりの椅子の布を［猫が］破くのか」の章で、猫の前足の爪とぎについて、マーキングを理由に挙げています。デズモンド・モリス『キャット・ウォッチング 1』52-54 頁を参照。

（18）小木茂光が演じる、鬼のごとき人事部長鬼塚汰朗が、公園に捨てられていた仔猫のうちの一匹を引きとり、会社の寮として契約しているウィークリーマンションで仔猫を育てる連続テレビドラマ（亀井亨監督、全 12 回放送、2008 年）。引きと

られた仔猫は「鬼塚トラ」という、かわいらしい風貌とは対照的に怖そうな名をつけられます。(我が家のキャルアはこのトラそっくりです。) リストラや厳しい新人研修などで心を鬼にしながらも、トラとの触れ合いの中で、鬼塚は自身が貫いてきた信念や生き方そのものに疑問をもつようになります。大森美香監督、大杉漣主演で映画化もされています。

◉第 4 章

(1) デズモンド・モリス『キャット・ウォッチング 1』115 頁。

(2) 猫の目の変化については、デズモンド・モリス『キャット・ウォッチング 1』143-144 頁を参照。猫の眼の変化については、第 8 章「猫のからだ」で詳しく解説をします。

(3) 佛渕健悟・小暮正子編『猫の国語辞典』196 頁を参照。

(4)『猫びより　2011 年 5 月号』5 頁参照。また、ラリー(を名乗る語り手)は *The Larry Diaries: Downing Street: The First 100 Days as Chief Rat Catcher* と題した本を出版しています。

(5) ラリーをはじめとする猫の公務員たちは、Twitter のアカウント(https://twitter.com/number10cat)を持ち、首相官邸の情報を発信する役割も担っています。

(6) デズモンド・モリス『キャット・ウォッチング 1』128 頁を参照。

(7) Edward Topsell, *The Historie of Foure-Footed Beastes*, p. 83 を参照。

(8) キャサリン・M・ロジャースは、アメリカ大陸へはヨーロッパからの入植者によって猫が持ち込まれたことを指摘しています。キャサリン・M・ロジャース『猫の世界史』26 頁を参照。また、アメリカンショートヘアがメイフラワー号に乗ってアメリカに渡った猫の子孫であることをモチーフにした短編の一つに重松清「旅に出たブランケットキャット」があります。アメリカンショートヘアの猫タビーが、自身に流れる血、はるか遠い記憶に思いをはせながら、次のように言っています。

> 暗かった。くさかった。サビのにおいと、カビのにおいと、埃くささと……あと一つ、しょっぱいような苦いような、あのにおいはなんだろう……。
>
> [……] あのなつかしいにおいは、大西洋の潮の香りだった。自分のココロとカラダの奥深くから聞こえてくるのは、船に乗って海を渡ったご先祖さまの声だった。
>
> そうだ——。
>
> 声が聞こえる。
>
> 俺たちは旅人とともにある猫だ。開拓の民とともに、道なき道を進んだ猫だ。おまえのがっしりした四肢と、グッと張った顎、太い首、大きな頭、

厚い胸板、物怖じしない性格……すべては荒野ではぐくまれ、殺風景な開拓村の路地で鍛えられた。

おまえは、俺たちの末裔だ——。（重松清『ブランケット・キャッツ』276、288 頁）

桐野作人は、アメリカ西部開拓時代に鼠害に悩まされた人々が猫を 50 セントで買った例として『大草原の小さな家』シリーズのエピソードを紹介しています。桐野作人編著『猫の日本史』196-198 頁を参照。

(9) 八雲は「玉の先祖の一匹はおそらく家康の頃にオランダ船かスペイン船に乗ってきたのであろう。」と言っています。小泉八雲「病理的なるもの」『骨董・怪談』142 頁を参照。

(10) 阿部真之助「猫のアパート」『猫のはなし』51 頁。

(11) 阿部真之助「猫のアパート」『猫のはなし』52 頁。また、この書のなかでは、坪田譲治「ねことねずみ」と題された童話も収録されています。十二支になぜ猫が存在しないか、なぜ猫は鼠を食らうか、という解釈の一つとなっています。坪田譲治「ねことねずみ」『猫のはなし』169-171 頁を参照。

(12) 内田百閒『ノラや』27-29 頁、177-179 頁。

(13) 高村光太郎「猫」『猫の文学館Ⅰ』256-257 頁。

(14) ヨーロッパでは伝統的に黒猫は魔女の手先として貶められていましたが、高村が留学したころには、パリのサロンでおしゃれなアイテムとして黒猫がポスターに描かれることもありました。ルドルフ・サリ経営のモンマルトルのキャバレー「黒猫（シャ・ノワール）」では、エリック・サティがピアノを弾き、テオフィル・アレクサンドル・スタンラン（Théophile Alexandre Steinlen, 1859-1923）が「黒猫」のポスター（1896 年）を描いています。このキャバレー「黒猫」には詩人のヴェルレーヌや作曲家のドビュッシー、建築家のエッフェルなどが出入りをしており、スタンランの店舗のポスターは芸術作品としての価値を高めていったとされています。ヨーロッパにおける黒猫の概念の変化については次の第 5 章「猫と魔女」の章で詳しく解説をします。

(15) キャサリン・M・ロジャース『猫の世界史』28 頁を参照。猫と犬との違いについては、第 6 章「猫と犬」の章でも解説をします。

(16) ポール・ギャリコ『猫語の教科書』109 頁。

(17) Paul Gallico, 'Invitation' , ll. 4-5, in *Honourable Cat*, p. 114.

(18) キャサリン・M・ロジャース『猫の世界史』32 頁を参照。また遠藤周作は『沈黙』の中で、役人の顔色を伺いながら不義理を働くキチジローを犬に喩える一方で、「転ぶ」即ちキリスト教を捨てることを司祭に薦める通辞は「小さな生き者をいじめる猫」（206 頁）「獲物を弄ぶ猫」（258 頁）に喩えられています。

（19）武田花「富士の山荘で玉を愛した二人」『猫びより　2008 年 3 月号』19 頁。

（20）武田百合子『〈新版〉富士日記（下）』325 頁。

（21）テッド・ヒューズ『クジラがクジラになったわけ』126-136 頁を参照。ここでの日本語訳はこの書籍から引用。

（22）アイルランドの現代作家ジェイムズ・ジョイス（James Joyce, 1882-1941）は、『猫と悪魔』（*The Cat and the Devil*, 1936）という童話を書いて、最初に悪魔と猫がどのように結びついたかを説明しています。こうした由来の話を含めた猫の民話については、『世界の猫の民話』を参照。

◉第 5 章

（1）Edward Topsell, *The Historie of Foure-Footed Beastes*, p. 80.

（2）Edward Topsell, *The Historie of Foure-Footed Beastes*, p. 81 を参照。

（3）M. Oldfield Howey, *The Cat: In the Mysteries of Magic and Religion*, p. 17.

（4）デズモンド・モリス『デズモンド・モリスの猫の美術史』34 頁。

（5）Juliet Clutton-Brock, *The British Museum Book of Cats*, p. 36.

（6）Edward Topsell, T*he Historie of Foure-Footed Beastes*, p. 80 及び M. Oldfield Howey, *The Cat: In the Mysteries of Magic and Religion*, p. 3 を参照。

（7）Edward Topsell, *The Historie of Foure-Footed Beastes*, p. 80 及び M. Oldfield Howey, *The Cat: In the Mysteries of Magic and Religion*, p. 33 を参照。ローマ人がエジプトで猫を殺したことでエジプトの民衆から殺害された事件は、二〇世紀に入ってからも、H・C・ブルック（H. C. Brooke）の「一匹のアビシニアン・キャットに捧げる詩」（'Lines to an Abyssinian Cat', 1925）と題された詩の中で語られています。

（8）生きた猫を盾に縛り付けて戦ったという説と、兵士たちの盾に猫の姿を描いたという説などがあります。戦いの後、カンビュセス二世は、聖なる動物のために国を犠牲にしたエジプト人を軽蔑し、エジプト人たちの顔に猫を投げつけたと言われています。Desmond Morris, *Catlore*, p. 163 を参照。

（9）デズモンド・モリス『デズモンド・モリスの猫の美術史』34 頁。

（10）猫をつれた魔女の魔女裁判については、Fred Gettings, *The Secret Lore of the Cat*, pp. 163-165, Juliet Clutton-Brock, *The British Museum Book of Cats*, p. 55 を参照。

（11）Edward Topsell, *The Historie of Foure-Footed Beastes*, p. 83 を参照。

（12）M. Oldfield Howey, *The Cat: In the Mysteries of Magic and Religion*, p. 92 を参照。

（13）スコットランドにおける魔女裁判については、M. Oldfield Howey, *The Cat: In the Mysteries of Magic and Religion*, pp. 90-93 などを参照。

（14）M. Oldfield Howey, *The Cat: In the Mysteries of Magic and Religion*, pp. 40-41.

（15）James Carmichael, *Newes from Scotland, declaring the damnable life and death of Doctor*

Fian a notable sorcerer, who was burned at Edenbrough in Ianuary last. 1591（London: Printed [by E. Allde] for William Wright, 1592）, sigs. [Biiii]-Ciiv を参照。Cf. 'Moreouer she [i.e., Agnis Tompson] confessed that at the time when his Maiestie was in Denmarke, she being accompanied with the parties before specially named, tooke a Cat and christened it, and afterward bound to each parte of that Cat, the cheefest partes of a dead man, and seuerall joynes of his bodies'（sigs. [Biiiiv]-C）.

（16）William Congreve, *Love for Love*, p. 20: 'Look to it, Nurse; I can bring Witness that you have a great unnatural Teat under your Left Arm, … ; and that you Suckle a Young Devil in the Shape of Tabby Cat[.]'

（17）L. C. Knights, 'How Many Children Hath Lady Macbeth'.

（18）William Shakespeare, *The Arden Shakespeare: Macbeth*, pp. 41-42.

（19）Tilley, C144.

（20）William Shakespeare, *The Arden Shakespeare: Macbeth*, p. 4 を参照。

（21）M. Oldfield Howey, *The Cat: In the Mysteries of Magic and Religion*, pp. 88-89を参照。1596 年、アバディーンの魔女たちは猫の変装をし、フィッシュ・クロス（Fish Cross）で密かに祝宴を催したのですが、この集会が罪に問われることとなりました。実は、魔女と思われていたのは、本物の猫で魚市場の魚の匂いにひかれるかのように集まっていたと考えられています。

（22）Edward Topsell, *The Historie of Serpents*, pp. 39-40 を参照。

（23）タイエルムの儀式については、M. Oldfield Howey, *The Cat: In the Mysteries of Magic and Religion*, p. 115 を参照。ヨーロッパでは黒猫が生贄になることが多く、ベルギーのイーペル（Ypre）では黒猫をマルクト広場に面した繊維協会ホールの塔から投げる伝統がありました。イーペルでは繊維業が盛んで、ウール製品を冬のあいだ保管しておくために、ネズミなどの害獣を駆除する猫が重宝されていたのですが、中世に入り、猫がペストを媒介するという風説が流布し、猫の数を減らすために猫を塔から投げていたと考えられています。この慣習を反省し、過去の過ちを繰り返さないために、現在では三年に一度、猫投げ祭が行われています。現在投げられているのは、生きた黒猫ではなく、黒猫のぬいぐるみとなっています。

（24）壁の中の猫のミイラについては、Juliet Clutton-Brock, *The British Museum Book of Cats*, p. 57 を参照。

（25）Edgar Allan Poe, *Complete Tales and Poems*, pp. 203-209.

（26）Edward Topsell, *The Historie of Foure-Footed Beastes*, p. 83 を参照。

（27）Edward Topsell, *The Historie of Foure-Footed Beastes*, pp. 83-84 を参照。

（28）Ben Jonson, *The Masque of Queenes Celebrated from the House of Fame*, lines 125-126: 'I … / Kill'd the black Cat, and here's the brayne.'

(29) 日本でも江戸時代には、黒猫を飼えば肺結核や恋の病が治るという俗信がありました。「黒猫を短かい玉の緒でつなぎ」という川柳があります。佛渕健悟・小暮正子編『猫の国語辞典』41 頁を参照。

(30) デズモンド・モリス『キャット・ウォッチング 2』248、250 頁。

(31) Gwendolyn MacEwen, 'Magic Cats', stanza 17, in *Magic Animals: Selected Poetry of Gwendolyn MacEwen*, p. 134.

(32) 小泉八雲が日本に滞在していた頃、日本での化け猫騒動は Lord Redesdale によって *The Vampire Cat of Nabeshima* として英語で紹介されていました。古くは、藤原定家の日記『明月記』に、怪物としてみなされた「ねこまた」が登場します。田中貴子『猫の古典文学誌』62-63 頁を参照。

(33) 阿部真之助「猫のアパート」日本ペンクラブ編『猫のはなし』50-51 頁を参照。

(34)『萩原朔太郎』88-89 頁。

◉第 6 章

(1) T. S. Eliot, *Old Possum's Book of Practical Cats*, p. 53. ミュージカル『キャッツ』では、この言葉はリフレインになっており、この A は B ではない、という当たり前の不等式に含みがあることを感じさせます。

(2) マンクスの伝説については、デズモンド・モリス『キャット・ウォッチング 2』225-227 頁、David Alderton, *Understanding Your Cat*, pp. 105-106 を参照。また、重松清（1963 年生まれ）はこの伝説に着想を得て、「尻尾のないブランケット・キャット」という短編を書いています。重松清『ブランケット・キャッツ』113-162 頁を参照。

(3) 日本民話の会／外国民話研究会編訳『世界の猫の民話』35-37 頁を参照。

(4) 関敬吾「犬と猫」日本ペンクラブ編『猫のはなし』98-102 頁を参照。

(5) カレル・チャペック『チャペックの犬と猫のお話』188 頁。

(6) 岩合光昭『島の猫』などを参照。

(7) 柳田國男「猫の島」『猫は神さまの贈り物　エッセイ編』134-148 頁を参照。

(8) 桐野作人は、江戸時代には養蚕現場において、猫が重用されたことを指摘しています。ネズミ捕りの才能を買われ、とりわけ鼠害の高じた年などは、猫が高価格で取引されたことが論じられています。桐野作人編著『猫の日本史』189-191 頁を参照。

(9) 桐野作人編著『猫の日本史』168-172 頁を参照。

(10) 今泉忠明『猫脳がわかる！』136 頁。

◉第 7 章

(1) デズモンド・モリス『デズモンド・モリスの猫の美術史』34 頁。

(2) ポール・ギャリコ『猫語の教科書』92-94、108 頁。

(3) 角田光代『今日も一日きみを見てた』122-123 頁。
(4) シャルル・ボードレール『悪の華』95、136 頁。
(5) 坂本美雨『ネコの吸い方』。「ネコ吸い」の定義の一つは、「ネコの体の様々な部位に顔をうずめ、心を無にし、深く呼吸をすること」です。「顔で、毛並みのやわらかさを堪能してください」とも指示があります。作者は、音楽家、坂本龍一の娘。
(6) 斎藤環「欠如ゆえの愛」『現代思想　2016 年 3 月臨時増刊号』93 頁。また、医学的には、猫を撫でると「ストレスホルモンの血中濃度が下がり、それによって、血圧と心拍数が下がりやすくなる」ことが報告されているようです。「猫を飼う人の脳卒中や心臓発作のリスクが 30%以上も低くなる」らしい。アリソン・ナスタシ『文豪の猫』9 頁を参照。
(7) ねこまき『ねことじいちゃん 2』95 頁。
(8) Christopher Smart, *Jubilate Agno*, in *The Book of Cats*, p. 105.
(9) シャルル・ボードレール『悪の華』94 頁。
(10) 宮沢賢治『〈新〉校本　宮澤賢治全集　第十二巻　童話［V］・劇・その他 本文篇』258 頁。
(11)『名詩の絵本』72 頁。
(12) 桐野作人編著『猫の日本史』262-263 頁。Lafcadio Hearn, *Glimpses of Unfamiliar Japan*, vol. 2, p. 458.
(13) 倉阪鬼一郎『猫俳句パラダイス』46 頁。
(14) 内田百閒『ノラや』211-212、240-241 頁。

◉第 8 章

(1) Fred Gettings, *The Secret Lore of the Cat*, p. 25.
(2) 和田博文編『猫の文学館 I』145 頁を参照。
(3) 倉阪鬼一郎『猫俳句パラダイス』36 頁を参照。
(4) 佛渕健悟・小暮正子編『猫の国語辞典』167-168 頁を参照。ここでは「猫の目の時計はせはし冬牡丹」(柳居)「猫の目を鐘の代りにする野寺」(一水) なども紹介されています。また、フランシス・スカーフ (Francis Scarfe, 1911-1986) は「猫の目」(‘Cat’s eyes’) と題された詩の中で「中国の賢人は猫の目の中に時間を読むのだという」(‘The clever Chinese say they read / The time in eyes of cats’, lines 1-2) と言っています。Samuel Carr (ed.), *The Poetry of Cats*, p. 80 を参照。
(5) 谷真介『猫の伝説 116 話』312 頁、桐野作人編著『猫の日本史』160-162 頁を参照。
(6) デズモンド・モリス『キャット・ウォッチング 1』143-144 頁を参照。
(7) David Alderton, *Understanding Your Cat*, p. 69 を参照。また、『ねこ検定』では、暗闇の中で猫の瞳が光るのは、「タペータム」という反射板によるものだと解説されて

います。『ねこ検定』24 頁。

(8) 猫が色を見分けられるかについては、デズモンド・モリス『キャット・ウォッチング 1』145-146 頁を参照。

(9) 和田博文編『猫の文学館 I』145 頁を参照。

(10) 中村眞一郎「私の動物記・猫／猫の災難」『猫は神さまの贈り物　エッセイ編』129 頁。

(11) 今泉は「イカ耳」のことを「後ろに反らせるか、頭に添わせるように倒し」た耳の形、と説明しています（今泉忠明『猫脳がわかる！』140 頁）。

(12) デズモンド・モリス『キャット・ウォッチング 2』24-28 頁を参照。

(13) デズモンド・モリス『キャット・ウォッチング 2』65-69 頁を参照。デズモンド・モリスは、猫に磁力を取り付けると帰路をみつける能力も狂わせてしまうことを指摘し、猫の帰巣能力は体内の磁力に由来するものであると論じています。

(14) 養老孟司『遺言』17 頁。

(15)『ねこのための音楽～ Music For Cats ～』ASIN: B01MSTXGP2

(16) デズモンド・モリス『キャット・ウォッチング 2』65-69 頁を参照。

(17) 今泉忠明『猫脳がわかる！』162 頁。猫は「獲物である小動物の鳴き声が超音波であることから、高い音を好む」と述べられています。

(18) Gwendolyn MacEwen, ‘Magic Cats’, stanza 13, in *Magic Animals: Selected Poetry of Gwendolyn MacEwen*, p. 134.

◉第 9 章

(1) William Blake, *The Complete Poems*, pp. 214-215.

(2)『ねことじいちゃん』の中では、タマは雨の中で米屋への買い物についてきます。雨嫌さに、じいちゃんに抱きかかえられるタマは 8 キロ、2 キロのお米の 4 倍の重さ。「タマさんや　少し痩せたらえーんじゃないかの？」と言いつつも、じいちゃんは、雨に濡れるのが嫌いなタマをエコバッグに入れて島の坂道を上ります。ねこまき（ミューズワーク）『ねことじいちゃん』56-58 頁。

(3) Morris, *Cats in Art*, pp. 37-38. デズモンド・モリス『デズモンド・モリスの猫の美術史』38 頁を参照。

(4) 詩の話者である猫は、ブレイクの虎の目に喩えた車のランプ、つまり走っている車に恐怖心を感じていますが、実は停まっている車も野良猫たちには充分危険なことを現代の猫好きたちは知っています。特に冬場、暖かさを求めて、車の下から車の内部、エンジン近くへと潜り込む猫たちが、急に発進した自動車のエンジンベルトなどに巻き込まれて、命を落としたり、瀕死の重傷を負う事件が多発しているようです。ひょっとしたら野良猫が入り込んでいるかもしれないことを想定して、いわゆるネコバンバン、車に乗る前にまずボンネットをバンバンとたたい

て追い出してやる注意が必要だと思います。ところで、第4章で見た猫の公務員である、ネズミ捕獲長のラリーは、オバマ元大統領訪問の際には、彼を歓迎しましたが、トランプ前大統領の時には、アメリカの大統領公用車「ビートル」の下でじっと動かず、彼を困惑させたことで、「自分で大統領接待の方法を選んだんだ」というラリーのツイートとともに話題になりました。

(5) 雄雌の区別がつくよう、オスは右耳、雌は左耳をカットすることが多いようです。この活動は、海外では、捕獲（Trap）不妊去勢手術（Neuter）元の場所に戻す（Return）の頭文字をとって、TNR活動と呼ばれています。

(6) 仔猫を水に沈めて殺してしまう習慣は、ペット愛が定着しつつあったヴィクトリア朝においても一般的だったようです。本書の最終章で、トマス・ハーディの書いたペットの猫に対する深い愛情が表れた挽歌を見ますが、彼の手紙を読むと、飼い猫が仔猫を産んだ際に、一匹を残して、残りの仔猫はみな溺死させたことや、仔猫が原因で仲の悪くなった成猫2匹のためにその仔猫を故意に水死させてしまう方法をとったことが書かれているのに驚きます。もともと労働者階級の家柄であるハーディが拭い去ることのできなかった、動物に対する実用主義《プラグマティズム》が反映した行動だとも考えられますし、アナ・ウエストは、ハーディの、生きていることが必ずしも幸せなことではない、という悲観論が仔猫を殺すことへの抵抗感を弱めていたのではないかと論じています。Anna West, *Thomas Hardy and Animals*, pp. 156, 179-180, 184.

(7) ポール・ギャリコ『猫語のノート』167-169頁。

(8) イギリス政府はこの愛護団体から多くの猫を引きとり、ネズミ捕獲の任務を命じています。キャメロン元首相が団体を訪れた際にはニュースにもなっています。

(9) ロンドンには、Lady Dinah's Cat Emporiumと呼ばれる保護猫のカフェがあります。（https://www.ladydinahs.com/ を参照。）ここでは、捨て猫や野良猫を保護し、里親を探しています。イタリアのローマでは、トッレ・アルジェンティーナ広場（Largo di Torre Argentina）という、ローマ時代の遺跡の中にTorre Argentina Cat Sanctuaryと呼ばれる野良猫の保護施設が併設されています。（http://www.romancats.com/torreargentina/en/introduction.php を参照。）

(10) Alexander Pope, *The Gardian*, no. 61（1713）, *Works*, vol. 10, p. 516: '[Cats] have the misfortune, for no manner of reason, to be treated as common enemies wherever found. The conceit that a cat has nine lives has cost at least nine lives in ten of the whole race of them'. Katharine M. Rogers, *Cat*, p.44 も参照。

(11)) Jeremy Bentham, *An Introduction to the Principles of Morals and Legislation*, p. cccix: '… the question is not, Can they *reason*? Nor, Can they *talk*? But, Can they *suffer*?'

(12) 田中貴子『猫の古典文学誌』31-32頁を参照。

(13) 大佛次郎「八百屋の猫」和田博文編『猫の文学館Ⅰ』321-322 頁を参照。
(14) 梶井基次郎「愛撫」『猫の文学館Ⅰ』175-178 頁を参照。またこの梶井のエピソードをもとに、大木あまりは「猫の耳は切符の固さ夏に入る」という俳句を詠んでいます。大木の俳句の解説は倉阪鬼一郎『猫俳句パラダイス』55 頁を参照。
(15) 金井美恵子「猫には七軒の家がある」(『猫の文学館Ⅰ』211-215 頁)を参照。また、ポール・ギャリコは、野良猫が家猫になる際に「二股をかける方法と技術」についても指南しています。ポール・ギャリコ『猫語の教科書』163-170 頁を参照。
(16) 内田百閒『ノラや』172 頁を参照。
(17) 内田百閒『ノラや』285-286 頁を見よ。
(18) ポール・ギャリコは主人公の猫に「人間全部に共通する特徴は、孤独ということ。そして猫とちがって、人は一人でそれに耐えられるだけの強さがないのです。猫が人間を支配できるのも、たぶん根底に、人は孤独の中で猫を必要とするという事実があるからでしょう。[……] 私が、ひざに座ってあげたり、呼ばれたら応えてあげたり、ベッドの足のほうに寝てあげたり、あるいはただそこにいるというだけで、ときには彼らの孤独をなぐさめてあげられる……」と言わせています。ポール・ギャリコ『猫語の教科書』160 頁。
(19) 村山由佳『晴れときどき猫背　そして、もみじへ』29、20 頁。
(20) H. Hughes, 'To a Lady, on the Loss of Her Canary-Bird', in *Retribution, and Other Poems* (London, W. Clarke, 1798), pp. 61-62, cited in Ingrid H. Tague, 'Dead Pets: Satire and Sentiment in British Elegies and Epitaphs for Animals', *Eighteenth-Century Studies*, 41, 3 (2008), pp. 295-296.
(21)『ねこがいっぱい ねこアート』26 頁を参照。

◉第 10 章

(1) 和田博文「日常と異界の往還」和田博文編『猫の文学館Ⅱ』366-372 頁を参照。
(2) 浅田次郎「小説家がペットと暮らす理由」『猫なんて!』58-59 頁を参照。
(3)「保坂和志とシロちゃん」『もの書く人のかたわらには、いつも猫がいた』119 頁。
(4) 恩田陸「猫占い」『猫は音楽を奏でる』180-181 頁。恩田陸は不健康な酔っ払いかつ小説家である自分にとって犬は健全すぎると言っていますが、先に挙げた浅田次郎は犬と猫の両方を飼っていて、一日家に引きこもっている小説家を「おさんぽ」という口実で外に連れ出し、気分転換と運動をさせてくれるとも言っています。浅田次郎「小説家がペットと暮らす理由」『猫なんて!』57-58 頁を参照。
(5) 谷真介『猫の伝説 116 話』44-46 頁。
(6) 恩田陸「猫占い」『猫は音楽を奏でる』180-181 頁。
(7) 新宮一成「一つの空間論としての命」『現代思想　2016 年 3 月臨時増刊号』』160 頁。

(8) デズモンド・モリス『キャット・ウォッチング2』178-179 頁。また、大佛次郎は「物の本に依ると、猫は生まれて最初の一箇年に二十歳だけ歳を取る。それから後は一年毎に人間の四年分ずつ年齢を加えて行くのださうだから、十五年で死んだ猫は人間で云えば七十五六歳の勘定とな」ると言っています。「『隅の隠居』の話」クラフト・エヴィング商會『猫』52 頁。

(9) T. S. Eliot, 'The Love Song of J. Alfred Prufrock', lines 15-22, in *Selected Poems* , pp. 11-12.

(10) Carl Sandburg, *The Complete Poems of Carl Sandburg: Revised and Expanded Edition*, pp. 5, 3.

(11) Henry Hart, 'T. S. Eliot's Autobiographical Cats', *The Sewanee Review*, 120, 3 (2012), p. 392.

(12) Hart., p. 402.

(13) マキャヴィティという名前の由来については、池田雅之『猫たちの舞踏会』145 頁参照。

(14) Hart., p. 389.

(15) T. S. Eliot, 'Tradition and the Individual Talent', in *Selected Essays*, p. 21: 'Poetry ... is not the expression of personality, but an escape from personality'.

(16) Hart, p. 380.

(17) Lewis Carroll, *Alice's Adventures in Wonderland and Through the Looking Glass with Ninety-Two Illustrations by John Tenniel*, p. 77: '"Well, then," the Cat went on, "you see, a dog growls when it's angry, and wags its tail when it's pleased. Now *I* growl when I'm pleased, and wag my tail when I'm angry. Therefore I'm mad."'

(18) シニフィエとシニフィアンについては、吉中孝志『名前で読み解く英文学』60-63 頁を参照。

(19) 斎藤環「欠如ゆえの愛」『現代思想　2016 年 3 月臨時増刊号』93 頁。斎藤は続けて次のように述べています。「なぜそこで直立するのか、なぜ舌をしまいわすれるのか、なぜ自分の尻尾に蹴りを入れるのか、なぜ片足だけ挙上したままフリーズするのか、なぜ高いところから人を見下ろしたがるのか、さまざまな解釈はあれど正解はない。そもそもなぜ猫はゴロゴロ言うのかという有史以来の疑問にすら未だ正解は与えられていない。いや、それればかりか、ゴロゴロ音が解剖学的／生理学的にどのように発生するかについてさえ未解明というのだから驚くではないか。ことほどさように、猫の身体は謎めいた場所なのである。」

(20) 加門七海「猫の魔力」『現代思想　2016 年 3 月臨時増刊号』182 頁。

(21) 加門七海「猫の魔力」『現代思想　2016 年 3 月臨時増刊号』183 頁。猫が帰ってくるように、というおまじないで有名なものは、在原行平の「立ち別れ　因幡の

山の峰に生ふる　松とし聞かば　今帰り来む」という和歌の「〜生ふる」までを紙にかき、猫が使っていた食器の下に置いたり、玄関の人目《ひとめ》につかない場所にはり、猫が戻ってきたら下の句を書き足し、川に流すか燃やすかをするというものだったそうです。内田百閒もこの和歌を用いて、昭和32年秋に刊行した『ノラや』（文藝春秋新社）は、第1頁のトビラに百閒の自筆による「オマジナヒたちわかれいなばの山のみねにおふるまつとしきかばいまかへり来む」と書いた文字で「迷ひ猫についてのお願ひ」の貼紙を囲んだ意匠となっています。内田百閒『ノラや』312頁。また、猫の茶碗を伏せた上にいなくなった日数だけもぐさで灸をすえるというおまじないを行なっていました。内田百閒『ノラや』188、316頁。

(22) 谷真介『猫の伝説116話』333-334頁。

(23) 今泉忠明『飼い猫のひみつ』185-186頁を参照。2020年には新型コロナウィルスが流行し、2メートルの間隔をあけるという「ソーシャル・ディスタンス」を保つことが推奨されはじめたのですが、猫はソーシャル・ディスタンスを保つ天才ともいえるでしょう。ウィルスが蔓延しないための猫なりの知恵なのかもしれません。

(24) 萩原朔太郎「猫町　散文詩風な小説」和田博文編『猫の文学館Ⅱ』211頁。

(25) 大橋政人「ふたり」『ねこ新聞』監修『ねこは猫の夢を見る』12頁。

(26)『富士日記を読む』15頁。

(27) 角田光代『今日も一日きみを見てた』113頁。「二匹以上で飼われている猫も、先住猫が新入り猫に猫語を教えてしまうから、一匹猫よりもわかりづらくはなる」、と角田は続けています。

(28) 保坂和志『チャーちゃん』14、6頁。夏目漱石の『吾輩は猫である』でも触れられていますが、猫踊りの節に「猫じゃ猫じゃ」という踊りがあります。千葉県の伝説では、和尚と猫が踊って次のような節をつけたといわれています。「ねこじゃねこじゃと　おっしゃいますが／ねこが　じょじょ（草履）はいて　かこ（下駄）はいて／しぼりゆかたで　くるものか／はぁー、おっちょちょいの　ちょい／もひとつ　おまけで　ちょい」。夏目漱石『吾輩は猫である』23、476頁。谷真介『猫の伝説116話』53-57頁。

(29) 新宮一成「一つの空間論としての命」『現代思想　2016年3月臨時増刊号』162、164頁。

(30) 和田博文「日常と異界の往還」和田博文編『猫の文学館Ⅱ』365、381-383頁を参照。

◉第11章

(1) エリオットの詩集『ポッサム親爺の実際的な猫の本』に出てくる猫はいろいろな変わった名前をもっています。例えば、「ギャンビー・キャット」（'Gumbie Cat'）と

いう猫がでてくるのですが、本来は「ジェニーエニードッツ」（'Jennyanydots'）という名がつけられています。'Jenny' という女の子の名前に、「いくらでも」という意の 'any'、そして「斑点」の意の 'dots' の合成語になっていて、その猫が「座って、座って、てこでも動かないために、ねばねばしていて、くっついたらなかなか離れない、ガムのような猫になっちゃった」とあります。

(2)『猫なんて！』18-19 頁を参照。

(3)「タマ」という猫の名は今はほどんど見られず、2020 年の保険会社の調査による飼い猫の名前のランキングではレオ、ソラ、ムギ、モモなどの名が上位にランクインするようです。https://www.anicom-sompo.co.jp/special/name_cat/　を参照。

(4) 内田百閒『ノラや』117 頁。クルツの死後、往診をしてくれたドクトルへのお礼の「不祝儀の飾り菓子」に百閒は Kater Kurz と名を入れています（内田百閒『ノラや』259 頁）。

(5) 夏目漱石『吾輩は猫である』36、37、26、8 頁。

(6) シャルル・ボードレール『悪の華』175-176 頁。

(7) Gwendolyn MacEwen, 'Magic Cats', stanza 5, in *Magic Animals: Selected Poetry of Gwendolyn MacEwen*, p. 133.

(8)『ねこ新聞』監修『ねこは猫の夢を見る』62-63 頁を参照。

(9) 室生犀星は『高麗の花』（1924 年）に収録された「猫」と題された詩の中で、「猫の心をおし測つたとて／いまのわたしに何が解らう／猫の心は猫の心でひとりで悲しからう」と言っています。『室生犀星全集』第三巻、70 頁。

(10)『ねこ新聞』監修『ねこは猫の夢を見る』36-37 頁を参照。

(11) 斎藤環「猫と私」『ユリイカ　平成 22 年 11 月号』118 頁。斎藤は自分の飼っている猫のわがままぶりに半ばあきれ、半ば愛おしく思いながら、猫の語源は「寝子」なのに、「どうしてそう早起きなのか。早起きはいいとしても、朝の五時に顔を舐めて起床を促すのはやめてください。[……] こちらが眼をさますまで、枕元でじっと見下ろすのもどうかと思う。なんで少しでも人間様より大所高所に立とうとするのか。『高いところからごめんなさい』くらいいったらどうか。本当は喋れるくせに」とも言っています。

(12) 養老孟司『ヒトの壁』138、200 頁。

(13) 阿木燿子「猫の大先生」『猫は魔術師』133-134 頁。

(14) 長谷川潾二郎「タローの思い出」『作家の猫 2』10-15 頁を参照。

(15) 長谷川潾二郎「タローの思い出」『ねこがいっぱい ねこアート』100-101 頁を参照。

(16)『作家の猫 2』16-17 頁を参照。

(17)『ユリイカ　平成 22 年 11 月号』162 頁。

◉第 12 章

（1） George Herbert, *The English Poems of George Herbert*, p. 178.

（2） 石寒太『加藤楸邨の 100 句を読む』137-140 頁。

（3） 有馬頼義「お軽はらきり」クラフト・エヴィング商會『猫』31-32 頁。

（4） デズモンド・モリス『キャット・ウォッチング 2』126 頁。

（5） デズモンド・モリス『キャット・ウォッチング 2』127-128 頁。

（6） デズモンド・モリス『キャット・ウォッチング 1』199-201 頁を参照。

（7） ねこまき『ねことじいちゃん 2』164-169 頁。

（8） 中島らも「実録・らも動物園」『猫なんて！』197 頁。

（9） 中島さなえ「きみはここで死ぬんだよ」『ユリイカ　平成 22 年 11 月号』79-81 頁。中島美代子「らもと猫たち」『作家の猫』117-118 頁も参照。

（10） 有川浩『旅猫リポート』185-189 頁を参照。福士蒼汰主演の映画版ではナナを見失う場所が一面の菜の花畑になっていますが、原作のススキの野原のほうが文学的にはより適切だと思われます。

（11）『作家の猫』84 頁。

（12） 武田花「山荘のこと」武田百合子『〈新版〉富士日記（下）』438 頁。

（13） Robert Herrick, 'Upon a child', in *The Complete Poetry of Robert Herrick*, vol, 1, p. 212:

> Here a pretty Baby lies
> Sung asleep with Lullabies:
> Pray be silent, and not stirre
> Th'easie earth that covers her.

（14） Thomas Hardy, *Far from the Madding Crowd*, pp. 11-12: 'There was also a cat in a willow basket, from the partly opened lid of which she gazed with half-closed eyes, and affectionately surveyed the small birds around. […] At length she drew the article into her lap and untied the paper covering; a small swing looking-glass was disclosed, in which she proceeded to survey herself attentively. She parted her lips, and smiled.'; 'She simply observed herself as a fair product of Nature in the feminine kind'.

（15） Ibid., p. 47: '"Yes — she's very vain. 'Tis said that every night at going to bed she looks in the glass to put on her nightcap properly."'

（16） Ibid., p. 69.

（17） Ibid., pp. 31, 36.

（18） トマス・ハーディ『日蔭者ヂュード　下』40-41 頁。Thomas Hardy, *Jude the Obscure*, pp. 289-290.

（19） トマス・ハーディ『日蔭者ヂュード　下』41、47 頁。Ibid., pp. 290, 294.

（20） Takashi Yoshinaka, 'A Tabby Kitten in Thomas Hardy's *Jude the Obscure*', in *Hiroshima*

Studies in English Language and Literature, 66（2022）, pp. 21-24. を見よ。

（21）Anna West, *Thomas Hardy and Animals*, p. 180.

（22）Jane Thomas, 'In Defence of Emma Hardy', *The Hardy Society Journal*, 9, 2（2013）, pp. 39-41.

（23）Ibid., p. 58.

英詩《えいし》に迷《まよ》い込《こ》んだ猫《ねこ》たち

猫性《ねこせい》と文学《ぶんがく》

2022年3月28日　第1刷発行

【著者】
松本舞・吉中孝志

発行者：高梨 治

発行所：株式会社**小鳥遊《たかなし》書房**
〒102-0071　東京都千代田区富士見1-7-6-5F
電話 03 (6265) 4910（代表）／FAX 03 (6265) 4902
https://www.tkns-shobou.co.jp

装幀　坂川朱音（朱猫堂）
印刷　モリモト印刷(株)
製本　(株) 村上製本所

ISBN978-4-909812-81-0　C0098

本書で紹介した作品につきまして、権利所有者不明などのため、
事前連絡できないものがございました。
お心当たりある方は、編集部までご一報ください。